Renate Krohn
Mariness lebt ihren Traum

Impressum

Herstellung und Verlag: BoD – Books on Demand, Norderstedt
ISBN 978-3-7481-8743-1

Lektorat   Renate Krohn, Leverkusen
Coverbild   BoD Norderstedt

Satz   Renate Krohn, Leverkusen

Renate Krohn

Mariness lebt ihren Traum

Gerufen wurde sie Mariness, das passt besser zu ihr als Maria-Ines. Unter diesem althergebrachten spanischen Namen stellt man sich eine dunkelhaarige, rassige Schönheit beim Flamenco vor. Doch Mariness ist ein Teenager ihrer Zeit. Was sie nach dem Abitur machen wird, weiß sie noch nicht genau; es sollte schon etwas in Richtung Musik sein. Doch dann kommt ganz anders. Ihr Vater spendiert ihr nach dem bestandenen Examen eine Reise nach Norwegen und dort fing alles an.

Renate Krohn *1948 in Hüls/Ndrh. übersiedelte 1968 nach Köln. Sie liebt Deutsch, Geschichte, Geographie. Und gehört zu der Generation, für die der Besuch einer weiterführenden Schule noch keine Selbstverständlichkeit war. Bereits in der Schulzeit schrieb sie mit Begeisterung Aufsätze, je länger, desto lieber. Mit den Jahren entwickelte sie ein waches Auge und fing Gegebenheiten ein, die sie in die entsprechende Zeit umsetzte. Mit dem Buch *Mariness lebt ihren Traum* schuf sie eine Figur, die in den sechziger Jahren lebte und deren Lebensweise heute noch oder schon wieder aktuell ist.

Personen

Maria-Ines Dreschmann	genannt Mariness
Axel Dreschmann	Vater
Anita Dreschmann	Mutter, geb. Carlsson
Boris Carlsson	Onkel
Magdalena, genannt Magda	Tante
Fedja	beider Sohn
Ramon Hellersen	Klassenkamerad von Mariness
Roy und Gerald	Ramons Freunde
Vater Hellersen	Fabrikant
Mutter Hellersen	Party"girl"
Hieronymus Griffel	Theaterintendant
Anneliese Brinker	Sekretärin
Jonathan Brinker	Journalist & Annelieses Bruder
Norman Meller	Stammschauspieler
Harald von Bendom/Yannik	Stammschauspieler
Hartmut Rödeler	
Jens Mittelreich	Theaterneulinge
Lukas Anteil	
Clemens von Bendom	Haralds Vater
Marietta von Bendom	Harald Mutter
Horst Sandmann	Hauptkommissar
Rolf Deterlich	Hauptkommissar
Dr. Penelope Deterlich	Ehefrau und Pathologin

Helmut Kanter
Dieter Schwarz
Paul Kleemann
Wolfgang Ixmann   Polizei und
Kallmann   Spurensicherung
Holler
Julius Neuhauser   Pfarrer

Die Reise nach Norwegen ...

...ist ein Geschenk des Vaters zum bestandenen Abitur. *Mariness wollte eigentlich nach Russland, doch das war ihrem Vater zu weit weg und er überredet sie mit List zu einem Besuch bei Verwandten in Vadsø im hohen Norden Norwegens. Als sei die Zeit dort stehen geblieben, erlebt Mariness eine völlig fremde Welt und ihre erste Liebe.*

„Maria-Ines? Um Himmels Willen, was ist denn das für ein Name?" Entsetzt hob Tante Hermeline die Hände und sah ihre Nichte Anita fast strafend an.

„Das ist ein alter spanischer Name und leitet sich von Agnes ab. Es bedeutet soviel wie heilig oder geweiht. Auch keusch. Das weiß man ja noch nicht. … Aber sie wird so heißen", schloss Anita ihre Ausführungen mit einem leichten Schmunzeln im Gesicht und zuckte dabei mit den Schultern.

„Na ja, ein bisschen exotisch ist der Name schon, aber sehr schön. Mir gefällt er." Onkel Johann ließ sich die Silben auf der Zunge zergehen.

*

Gerufen wurde sie Mariness. Dieser Name passte auch besser zu ihr als Maria-Ines. Darunter stellte man sich eine dunkelhaarige Schönheit vor und bei Mariness stand noch nicht fest, wie sie sich einmal entwickeln würde. Kurz vor ihrem achtzehnten Geburtstag war sie ein modernes Mädchen ihrer Zeit. Ihr Vater betrachtete sie manchmal verstohlen und bemerkte, dass sie ihrer Mutter immer ähnlicher wurde. Nicht so hellblond wie ihre Mutter Anita, eher so ein dunkles Aschblond, von ihr selber spöttisch als Straßenköterfarbe bezeichnet. Graublaue Augen, eine schlanke Figur, die zeigte, dass sie sportlich durchtrainiert war.

Mariness' Mutter Anita gebürtig aus Norwegen, stammte aber, was die weitere Familie anging, aus dem Osten. Aus einem Gebiet, das früher einmal Weißrussland hieß, kannte man es Jahrzehnte unter dem Sammelbegriff Sowjetunion, um es nun in dem Zusammenschluss ehemaliger sowjetischer Staaten in der GUS wiederzufinden.

In den Wirren des ersten Weltkrieges gelang es Mariness' Vorfahren, Russland zu verlassen. Sie ließen sich in Vadsø nieder.

Dieser Ort, denn mehr ist es nicht, liegt am Ufer des einhundertzwanzig Kilometer langen Vorangerfjords im Norden Norwegens.

Erst viele Jahre später wanderten einige Nachkommen nach Deutschland aus; warum sie ausgerechnet nach Bückeburg kamen, weiß wohl niemand mehr zu sagen. Dort wurde Mariness geboren.

*

Heute lief Mariness missmutig durch den Schlosspark und dachte mit Schaudern an das bevorstehende Abitur. Sie wusste, dass sie ihr Abi zwar schaffte, doch der Vater würde ein wenig enttäuscht sein. Er rechnete mit einer tollen Abschlussnote und die würde sie ganz gewiss nicht bekommen. Alle Mühen der letzten Wochen waren umsonst; auf die Nachlässigkeit der vergangenen Jahre folgte die entsprechende Strafe. Die Schule ist nun einmal nichts für mich, dachte Mariness wütend, keiner hat mich gefragt, ob ich überhaupt ein Abitur machen wollte. Meine Welt ist die Musik. Bloß Vati ist überzeugt, auch ein Musikstudium sei ohne Abitur nicht möglich. Mit einem unzufriedenen Seufzer machte sie sich auf den Heimweg. Ein bisschen muss ich wohl doch noch tun, sonst bekomme ich auch noch die versprochene Belohnung gestrichen, dachte sie im Stillen. Dazu muss man wissen, dass Mariness' Vater ihr eine großartige Reise in Aussicht gestellt hatte, wenn sie ein vernünftiges Abi bauen würde. Trotz dieses großzügigen Angebotes gab es allerdings einen Kampf zwischen Vater und Tochter. Mariness liebäugelte mit der Fahrt einer Jugendgruppe nach Russland. Sie wollte unbedingt das Land ihrer Vorfahren kennen lernen.
Zu dieser Mentalität hatte sie einen besonderen Draht; genauso, wie sie die russische Musik außerordentlich liebte. Vater behauptete immer, das sei ihr mütterliches Erbteil. Doch mit diesem Wunsch stand Mariness allein. Alles, nur genau diese *Traum*reise wollte der Vater nicht zulassen. Ihn schreckten die Nachrichten über die veränderten Gegebenheiten und außerdem beschlichen ihn, noch aus dem letzten Krieg, einige ungute Erinnerungen.
Mariness hingegen verstand einfach nicht, was daran so Besonderes sein sollte. Immerhin war sie erwachsen und der Ansicht, dass sie mit

Anderen zusammen eine solche Reise durchaus antreten könne.

Als Mariness von ihrer Schlenderei durch den Schlosspark heimkam, wartete der Vater schon auf sie.

„Kommst du mal bitte."

Oh je, dachte Mariness, jetzt gibt's Schelte. *Ich hätte längst mit den Vorbereitungen fürs Abendessen anfangen sollen.* Seit Mariness' Mutter verstorben war, lebten die Beiden allein und teilten sich so gut es ging alle Hausarbeiten. Auch putzen und kochen. Mariness besaß darin ein beachtliches Geschick. Gelegentlich machte ihr das sogar Spaß. Entgegen aller Befürchtungen empfing der Vater sie jedoch sichtlich erfreut und meinte: „Jetzt wirst du dich bestimmt gleich hinsetzen!"

„Warum?"

„Ich habe eine Riesenüberraschung für dich!"

„Na, dann lass mal hören", lachte sie und dachte dabei, ich bin neugierig, was da rauskommt.

„Du weißt, dass Mutter noch einen Bruder hat, der im äußersten Norden Norwegens lebt. Im Laufe vieler Generationen haben die Carlssons sich da oben ein großes Gut aufgebaut. Um es kurz zu machen, dein Onkel Boris hat dich eingeladen, einige Monate bei ihm zu verbringen. Wenn du also dein Abitur in der Tasche und Lust dazu hast, kannst du ein paar Monate dort bleiben. Immer vorausgesetzt, es gefällt dir auch. Zur Begleitung und Unterhaltung ist dein Cousin Fedja da, den du persönlich noch nicht kennst. Er ist zwei Jahre älter als du. Was sagst du jetzt?"

Im ersten Augenblick sagte Mariness gar nichts. Sie wusste nicht genau, ob sie sich freuen oder ärgern sollte. Dann flutschte ihr heraus: „Ich weiß nicht – das hast du doch eingefädelt?!"

Ein wenig pikiert antwortete der Vater: „Du irrst dich mein Kind, diese Einladung ist wirklich ohne mein Zutun entstanden. Bitte, lies selbst."

„Tatsächlich", murmelte Mariness, „Onkel Boris, wie komisch. Mit diesem Gedanken muss ich mich erst vertraut machen, Vati. Das kommt ziemlich plötzlich."

„Norwegen muss ein herrliches Land sein."

Mariness seufzte: „Das glaube ich sogar, trotzdem ..."

„Du entscheidest dich in den nächsten Tagen?"

Ein Kopfnicken war die Antwort und Mariness verzog sich erst mal in die Küche, um das Abendessen vorzubereiten und nachzudenken.

*

Endlich war das Abitur überstanden und Mariness strahlte mit der Sonne um die Wette. Es klappte besser als erwartet und sie freute sich auf das Gesicht ihres Vaters. Die beiden hatten in den vergangenen Wochen *Burgfrieden* geschlossen und die Zusage zum Aufenthalt in Norwegen war inzwischen nicht nur abgeschickt, sondern löste in Mariness sogar eine unbestimmte Vorfreude aus.

Im Augenblick ging es nur noch um die Frage, ob man besser mit dem Zug fuhr oder das Flugzeug benutzte.

„Ich möchte eigentlich gern fliegen, Vati."

„Hm, sicher", meinte er unbestimmt, „das geht natürlich viel schneller. Ich frage mich nur, ob du von einer mehrtägigen Bahnfahrt, so anstrengend sie auch sein mag, nicht mehr hast. Immerhin ist das eine Strecke, die normalerweise nicht übermäßig von Touristen frequentiert wird. Du würdest bestimmt eine Menge sehen und erleben. Im Liegewagen und mit einem Haufen Leute um dich herum ..."

Mariness strahlte ihren Vater erstaunt an: „Das ist ein Argument! Ich hätte nicht erwartet, dass du das zulassen würdest. Wo du doch so dagegen warst, dass ich nach Russland fahre."

„Das ist etwas ganz anderes", meinte er unwirsch.

Mariness unterließ vorsichtshalber die Frage, was daran anders sei. In Gedanken weilte sie bereits in Norwegen und dachte über ihren Onkel Boris und ihren Cousin Fedja, die sie beide kennen lernen sollte, viel nach.

„Gut, also nehme ich den Zug. Du hast Recht. Außerdem – was soll mir schon passieren. Schließlich bin ich erwachsen!"

Letzteres nahm der Vater mit gemischten Gefühlen zur Kenntnis. In seinen Augen war Mariness lediglich nach Kalenderjahren erwachsen. Das konnte er ihr nur nicht sagen. Wie jeder Teenager reagierte sie äußerst allergisch darauf, wenn man diese angebliche Tatsache infrage stellte.

*

Anfang August stieg Mariness in den Zug. Die Route war so zusammengestellt, dass sie unterwegs wirklich alles mitnahm, was an Sehenswürdigkeiten zu finden war.

Zwei Tage und eine Nacht sollte die Fahrzeit betragen; Eisenbahn und Fähre waren entsprechend geplant. Auf dem Bahnsteig wurde ihr plötzlich ein bisschen mulmig.

Ihre erste Reise und dazu eine so lange. Mariness fühlte sich auf einmal überhaupt nicht mehr erwachsen. Sie hätte am liebsten losgeheult. Der Vater stand auch mit einem seltsamen Gesichtsausdruck neben ihr, so dass Mariness sich eisern bezwang, genau das nicht zu tun.

„Der Zug kommt gleich. Mach's gut Mädchen, pass auf dich auf!"

„Klar Vati. Was soll denn schon passieren, immerhin kann die Eisenbahn nicht vom Himmel fallen."

„Da hast du recht."

Eine letzte Umarmung. Ab in den Zug.

Dem Abenteuer Norwegen entgegen.

*

Mariness suchte sich, nachdem sie die Fähre hinter sich hatte, ein drittes Mal umgestiegen war und jetzt in dem Zug saß, der sie ihrem endgültigen Ziel entgegen brachte, ihren reservierten Platz und begann, die Mitreisenden neugierig zu mustern. Es waren eine Menge älterer Leute darunter und nach kurzer Zeit kam auch eine Unterhaltung in Gang. Immerhin würde man ziemlich viel Zeit zusammen verbringen. Da war es schon wichtig, dass man sich nicht nur gegenüber saß und beharrlich anschwieg. Außerdem war Mariness inzwischen vom Reisefieber gepackt und beantwortete die Fragen ihrer Mitreisenden mit echtem Vergnügen.

In der Eisenbahn musste jeder für sich selbst sorgen und Mariness verspürte inzwischen ausgewachsenen Hunger. Ihr wohl gefüllter Proviantkorb enthielt nichts von dem, was sie momentan gern essen würde und deshalb machte sie sich auf den Weg zum Speisewagen. Für das, was sie vorfand, war der Begriff Speisewagen gewiss übertrieben. Aber immerhin ein Coupé, in dem man etwas Essbares kaufen konnte. Sie erstand ein Päckchen Erdnussplätzchen und, weil es keine Limonade gab, ein Glas Tee. Als es ans Bezahlen ging stellte sich heraus, dass Mariness ihr letztes Kleingeld ausgeben musste. Die größeren Scheine wollte sie für etwaige Sonderausgaben aufbewahren. Für die nächsten Gelüste blieb also nur der Proviantkorb. Sie sollte schnell merken, dass auf solchen Reisen eine Art *Austausch* von Essbarem keine Seltenheit war. Mariness gewann den Eindruck, das nach festgesetzten Regeln ablief:

„Zeig mal – was ist das denn?“
„Das habe ich ja noch nie gegessen.“
„Oh, bitteschön – du kannst gern einmal probieren.“
„Was hast du denn da? Das kenne ich nun wieder nicht ...!“

Mariness wurde ohne große Worte in diesen Kreis einbezogen und bekam zunächst einmal einen roten Kopf. Sie bedankte sich und meinte: „Das kann ich aber nicht annehmen. Ich kann Ihnen doch nichts zurückgeben.“

„Na und, Sie haben doch Hunger, oder?“ fragte die freundliche Stimme wieder.

„Ja.“

„Dann wünsche ich Ihnen einen guten Appetit.“

Mariness war wie benommen. In ihrem Kopf wirbelten die Eindrücke durcheinander. Wie war so etwas möglich? In Deutschland käme gewiss kaum noch jemand auf die Idee, einem Anderen mit nur zehn Cent aus der Patsche zu helfen und hier wurde sie mit der größten Selbstverständlichkeit von wildfremden Menschen gleichsam verpflegt. Besonders nett waren die Beiden aus dem Nachbarabteil. Ein älterer und ein junger Mann. Sowohl der Ältere als auch der Junge hatten schon mit ihr gesprochen und Mariness überlegte, was das für Landsleute wären? Beide sprachen deutsch mit ihr, allerdings unverkennbar mit Akzent.

Zunächst machte sie sich mit Appetit über die angebotenen Leckerbissen her. Während sie genießerisch kaute, ließen die Mitreisenden sie in Ruhe. Sie spürten, Mariness weilte mit ihren Gedanken in einer anderen Welt.
Wie wird es in Vadsø sein? fragte sie sich immer wieder. Ihr kam zu Bewusstsein, dass das Endziel nicht weit vom Eismeer lag, sogar ziemlich nahe an der Grenze. Eine ihr fremde Welt, so hoch im Norden Europas. Mariness war ehrlich zu sich selbst, sie hatte nun doch ein wenig Angst vor dem Unbekannten.

*

Die letzte Etappe der Fahrt war angebrochen. Von der Bahnstation, die noch etliche Kilometer von Vadsø entfernt lag, trennten sie nur noch wenige Stunden.

Mariness verbrachte zum ersten Mal in ihrem Leben eine Nacht im Liegewagenabteil eines Zuges und dachte am Morgen amüsiert an das Bettenbauen des vergangenen Abends zurück. Irgendjemand hatte ihr Doppellaken mit dem Einstieg falsch herum gelegt und da sie keine Ahnung hatte, wie das funktionierte, war sie bemüht, genau so in das Laken zu kriechen, wie die anderen Mitreisenden. Bloß – das ging nicht. Bis der junge Bursche von nebenan kam und unter etlichem Gelächter ihr Bett so baute, dass auch sie dann endlich schlafen gehen konnte.
Währenddessen ratterte der Zug durch eine endlose Ebene mit kleinen Waldflecken, die eher mit halbhohen Krüppelbäumen bewachsen wa-

ren. Wald gab es nicht, aber kleinere Flecken mit halbhohem Bewuchs. Gelegentlich kam mal eine zusammen hängende Fläche mit Baumbestand.

Mariness sah aus dem Fenster: Ab und zu sah man dunkelblau das Wasser zahlreicher Seen schimmern. Trotz der Jahreszeit, es war erst August, strahlte eine kalte Sonne vom wolkenlosen Himmel. So blau kann der Himmel auch nur hier sein, dachte sie. Zu Hause sieht man oft kaum noch etwas von der Sonne; alles grau in grau.

Die kleinen Waldstücke blieben zurück und die Landschaft veränderte ihr Bild kaum. Die endlose Weite, die sie durchfuhren, machte auch die übrigen Mitreisenden schweigsam. Einige dösten vor sich hin, Andere sahen stumm aus dem Fenster.

Plötzlich sagte eine Stimme von der Tür her: „Nun junges Fräulein, was sagen Sie zu unserem schönen Land?"

„Es kommt mir so weit vor und trotzdem ... erdrückt es mich irgendwie", drehte Mariness sich zu dem Sprecher um. Es war der nette Herr aus dem Nachbarabteil, der sie, gemeinsam mit seinem Sohn, der ihr belustigt beim Bettenbauen half, großzügig mit durchfütterte.

„Kommen Sie mit mir auf die andere Seite. Dort sieht die Landschaft ganz anders aus", meinte der Fremde. Mariness erhob sich. Auf der anderen Seite blickte sie auf Grasflächen, die von kleineren und größeren Seen unterbrochen wurden. Einige, sonderbar gekleidete, Männer hüteten Viehherden oder sahen tatenlos in den grauen Himmel.

So gegensätzlich die Landschaftsbilder auch waren, sie bildeten eine Einheit. Eine Harmonie, die Mariness bis ins Innerste empfand. Sie dachte dankbar an ihren Vater, der ihr diese Reise ermöglichte. Aus ihren Phantasien auftauchend sah sie den Fremden immer noch neben sich und lächelte nachdenklich: „Sie haben sich so nett um mich gekümmert und dabei kennen Sie mich doch gar nicht."

„So, ich kenne dich also gar nicht?" fiel der Fremde unvermittelt in ein vertrauliches *du*. „Zugegeben, als ich dich zum letzten Mal sah, warst du höchstens so groß." Er deutete mit seinen Händen etwa die Größe eines einjährigen Kindes an. „Ich bin dein Onkel Boris."

Mariness verschluckte sich. Sie hatte wohl noch nie so verdutzt geguckt wie gerade jetzt.

„Onkel Boris – ja, aber wieso sind Sie ... bist du ...?"

Die ganze Mariness war ein einziges Fragezeichen und verheddert sich völlig. Boris lachte: „Nun das ist schnell erzählt. Weder dein Vater noch ich wollten dir das Erlebnis deiner ersten selbständigen Reise nehmen. Allein eine mehrtägige Fahrt, mit einer Übernachtung in der Eisenbahn, machte uns doch Sorgen und so beschlossen wir, dir deine *Freiheit* zu lassen und trotzdem sorgfältig auf dich aufzupassen. Zufrieden?"

Mariness gehörte zu den Menschen, die schnell versöhnt sind und eine Notwendigkeit auch einsehen. Meistens jedenfalls.

„Du hast recht, Onkel Boris", meinte sie. „Wenn wirklich etwas passiert wäre, hätte ich vermutlich ganz schön dumm aus der Wäsche geguckt."

„Na, siehst du, es hat sich doch alles in Wohlgefallen aufgelöst. Dass du im Abteil nie allein warst, hast du gar nicht bemerkt. Fedja hat auf dich aufgepasst."

„Fedja", kam es fragend, „wer ist Fedja?"

„Erstens mein Sohn, zweitens dein Cousin und gleichzeitig der junge Mann, der dich immer mal mit gefüttert hat, wenn du gar so hungrig ausgesehen hast."

Nun lachte Mariness. „Ach so – der war wirklich immer sehr nett. Ich mag ihn."

„Kein Wunder, da er mein Sohn ist! Aber bitte, tu mir den Gefallen, und lass den Onkel weg. Das passt nicht zu mir und ich komme mir vor, als sei ich mein eigener …ich will nicht sagen Großvater!"

Das konnte Mariness ohne Probleme versprechen und meinte, sie könne in ihm wohl eher einen großen Bruder sehen. Eine Stimme ließ sich aus dem Hintergrund vernehmen: „Aber wage dich, mich zum kleinen Bruder abzustempeln!" Mit einem: „dann bin ich beleidigt", erschien Fedjas grinsendes Gesicht.

Inzwischen war die Bahnstation näher gerückt und man begann, die Koffer und Taschen auf den Gang hinauszutragen.

Himmel noch mal, was so ein Mädchen doch alles mit sich herum trägt, dachte Fedja, der sich leichtsinnigerweise bereit erklärte, das Gepäck zu übernehmen. Damit lastete das Schleppen auf ihm und er seufzte in sich hinein. Dabei sieht sie völlig normal aus, vollendete er insgeheim seine wiederholte Musterung.

Mariness war gewissermaßen Familienzuwachs, wenn auch nur für einige Monate.

Vor dem Bahnhof stand Grischa und wartete auf die Ankömmlinge. Er war das Hausfaktotum und schon lange im Dienst der Familie. Grischa gehörte einfach dazu. Neugierig musterte er das Mädchen aus dem Ausland. Alles, was nicht aus seiner unmittelbaren Nähe stammte, war für ihn exotisch. Ebenso gespannt betrachtete Mariness den älteren Herrn, der ihr als guter Geist des Hauses vorgestellt wurde. Man hatte ihr erzählt, dass es so etwas im Hause gab und nun war sie enttäuscht. Grischa sah ganz normal aus und sprach außerdem deutsch. Sie hatte so einen stinkfeinen Lakaien in Livree erwartet. Mariness wurde aufgeklärt, dass Grischas Familie ursprünglich deutschstämmig gewesen sei und die Sprache genauso beibehalten wurde, wie in der Familie die Tradition alter russischer Vornamen. Alle Familienmitglieder sprachen norwegisch, teilweise estnisch und sogar noch russisch, aber nur in Ausnahmefällen. Zu Hause sprach man deutsch und der letzte Krieg hatte dafür gesorgt, dass es auch nicht in Vergessenheit geriet. Mariness befürchtete allerdings gewisse Probleme, als sie bemerkte, dass ihr bisschen norwegisch wohl kaum für eine richtige Unterhaltung ausreichte. Mit einem Seitenblick auf Fedja dachte sie: na, du bist ja auch noch da!

Die Fahrt nach Vadsø trat Mariness auf dem Kutschbock an. Das war für sie etwas ganz Besonderes. Als Stadtkind und dazu aus Deutschland, kannte sie diese Art der Fortbewegung nur von vorbeifahrenden Hochzeitskutschen und genoss es sehr. Außerdem drängte sich noch Fedja auf den Kutschbock, der sich vorgenommen hatte, seine Cousine keinesfalls mehr aus den Augen zu lassen. Er vertrat vor sich die Ausrede, für sie verantwortlich zu sein. Sie war ja noch so jung. Dass er selber gerade zwei Jahre älter war, wollte er im Moment gar nicht wissen.

Die Landschaft mit Wiesen, Seen und Niedriggehölz zog an ihr vorbei und Mariness staunte immer wieder darüber, wie abwechslungsreich dieses Bild war. Vom Bahnhof waren es noch gute zwei Stunden Fahrt. Trotzdem war sie enttäuscht als es hieß: „Nur noch ein paar Kilometer und du hast es geschafft. Du musst ja hundemüde sein; zwei volle Tage im Zug sind zum Schluss bestimmt kein Vergnügen mehr."
Der Wald öffnete sich und gab den Blick auf sanfte Hügel frei. Umgeben von Weideflächen, anders als wir sie kennen, mit härterem Gras, und am Horizont durch eine niedrige Hügelkette gesäumt, lag Vadsø wie ein vergessener Ort inmitten einer Mulde. Der Bauernhof, den man ihr geschildert hatte, entpuppte sich vor Mariness Augen eher als ein ausgedehntes Gut. Der strenge Baustil wirkte ein wenig abweisend; Shakespeare hätte Pate sein können. Auf ihre diesbezügliche Frage wurde sie von Grischa aufgeklärt. Ein Gut sei es anfangs nicht gewesen; die ersten Besitzer waren jedoch sehr gut situiert und ließen vor allem der Inneneinrichtung große Bedeutung zukommen. Aufgrund der politischen Wirren von zwei Weltkriegen waren die Gebäude und das dazu gehörende Land irgendwann einmal in den Besitz der Familie Carlsson übergegangen. Danach hatte jeder Besitzer ein Stück angebaut, vergrößert oder verändert. Obwohl der Unterhalt sehr kostspielig sei, erklärte man Mariness, wolle man versuchen, es auch weiterhin im privaten Besitz zu halten. Es hatte bereits einige Versuche gegeben, dieses Haus für die wenigen Touristen, die hierher kamen, zu öffnen. Dies sei jedesmal am Widerstand der Familie gescheitert. Na, Gott sei Dank, dachte Mariness, es wäre eine Schande, wenn hier ständig fremde Menschen herumliefen. Man käme sich vor, als ob daheim im Wohnzimmer immer eine Kamera mitlaufen würde, die aufzeichnet, was man gerade tut. (*)

(*) Inzwischen gibt es in Vadsø fünf Hotels und auch Touristen finden sich ein. Es ist die vorletzte Station auf der Hurtigroute.

Mariness wunderte sich nicht wenig über sich selbst. Erst hatte sie nicht fahren wollen und jetzt ... Sie versuchte sich zu erklären, was sie vom ersten Sehen mit diesem Haus verband. Allerdings wollte das nicht so recht gelingen.

Mit einem scharfen Ruck hielten die Pferde und Mariness fiel fast vom Kutschbock, hätte Fedja sie nicht im letzten Moment festgehalten. „Na, kleine Cousine, ausgeträumt? Ich denke, Mutter wird schon warten. Sie freut sich seit Wochen darauf, so ein verhungertes Stadtkind endlich ein bisschen rausfüttern zu können."

Bloß das nicht, dachte Mariness nicht gerade freundlich, es fehlt mir noch, dass ich nach Hause komme und nicht mehr in meine Hosen passe.

Als hätte sie den Satz laut ausgesprochen, begann Boris zu lachen: „Lass nur, so schlimm wird es bestimmt nicht!"

Die Mutter entpuppte sich als eine kleine, zierliche Frau namens Magdalena. Eine blonde Zopfkrone thronte hoheitsvoll über normalerweise spitzbübisch blitzenden blauen Augen. Boris sprang aus der Kutsche und legte den Arm um seine Frau: „Magda, das ist nun der verhungerte Spatz aus der Stadt." Und zu Mariness gewandt: „Das ist unsere Mutter. Für die nächsten Monate auch die deine."

Magda musterte Mariness entgegen der vorangegangenen Aussage von Boris eher kühl und fragte: „Wie kommst du zu so einem ausgefallenen Namen? Das ist doch nicht deutsch?"

„Nein, das ist ein Name aus dem alten Spanien – eigentlich sogar aus Guatemala – und *vollständig* heiße ich Maria-Ines. Als ich ein bisschen größer wurde stellte meine Mutter fest, dass ich für diesen klassischen Namen denkbar ungeeignet sei. Seitdem rief man mich kurz Mariness."

„Nun, deine Mutter war wohl etwas exzentrisch in dieser Beziehung. Ich hätte nicht den Mut gehabt, meiner Tochter so einen außergewöhnlichen Namen zu geben. Aber schön ist er."

Zusammen gingen sie ins Haus und Mariness blieb erstaunt in einer großen Halle stehen. In den Zeiten reicher Gutsherren wurde sie sicherlich als Empfangshalle genutzt. Die Einrichtung erschien kostbar. Große

Vasen in kobaltblau, Vorhänge, die aussahen, als seien sie aus Silberfäden gewebt. Das hatte Mariness nicht erwartet. Sie drehte sich ein bisschen eingeschüchtert zu Fedja um.

Der lachte: „Keine Angst, das ist gar nicht so vornehm wie es aussieht. Viele Sachen standen bereits vor unserer Zeit hier und wir haben nichts geändert, sondern dieses Mobiliar übernommen. Jedenfalls einen grossen Teil davon. Die gläsernen Kobaltvasen zum Beispiel, sind nicht aus Glas."

„Nicht?"

„Nein, du wirst es nicht glauben: es sind Tonvasen, die irgendwer der früheren Bewohner, zugegebenermaßen wohl entsprechend talentiert, mit kobaltblauer und goldener Farbe überzogen hat. Sehr sorgfältig, das muss man dem Künstler lassen. Als Laie sieht man keinen Unterschied. Und jeder, der vor uns hier wohnte, hat das Inventar offensichtlich immer sehr gepflegt. Man muss es einfach mögen, dieses Haus, mit allem drum und dran. Aber nun komm, ich zeige dir deine Zimmer."

„Zimmer – in der Mehrzahl! Fedja, ich weiß gar nicht, was ich mit mehr als nur einem Zimmer machen soll!"

„Daran wirst du dich sehr schnell gewöhnen. Hier ist alles ein bisschen größer. Passt zum Land, nicht wahr?"

Im ersten Stock blieb er stehen und drehte sich zu Grischa um, der ihnen mit einem Teil des Gepäcks gefolgt war. Leise sagte er: „Pass auf sie auf und verwöhne sie ein bisschen. Sie scheint es nötig zu haben."

Das hätte Grischa auch so getan. Das deutsche Fräulein gefiel ihm ausgesprochen gut. Inzwischen hatte er auch festgestellt, dass Fedja Gefallen an ihr fand und nahm sich vor, hübsch die Augen offen zu halten. Mariness sollte schließlich nur für ein paar Monate hier bleiben und Grischa wollte nicht, dass sein erklärter Liebling Fedja möglicherweise *gekränkt* zurückblieb. Er vermutete trotz der Kürze der Zeit aufkeimende zarte Bande zwischen den Beiden...

„Wenn Sie etwas möchten, Fräulein Mariness, klingeln Sie einfach. Ich bin meistens irgendwo im Haus und Frau Magda wird ebenfalls noch nach Ihnen sehen."

„Danke, Grischa." Dann war sie allein.

Langsam ging Mariness quer durch den Raum zum Fenster und sah hinaus auf die Pferdekoppel. Daneben standen auf einer Weide noch Jungtiere und sie nahm sich vor, in den kommenden Wochen alles genau auszukundschaften. Trotz der vielen neuen Eindrücke empfand sie einen Augenblick so etwas wie Heimweh. Ihre Augen verfolgten einen Sonnenstrahl und sie verbannte die trüben Gedanken. Das Zimmer war viel zu schön, als über etwas anderes nachzudenken. Mariness nahm sich vor, alles was man ihr bot, zu genießen. Manchmal hatte der Vater doch recht, wenn er sagte, sie solle nicht so viel träumen. Man brauchte nur die Augen aufzumachen und die Welt um sich herum zu sehen. Das war manchmal schon wie ein Traum. Dieses Zugeständnis war der erste Schritt aus ihrer eigenen Welt in die der Erwachsenen. Dass das nicht ohne Schwierigkeiten zu meistern ist, sollte sie noch feststellen.

*

Das Abendessen wurde im Kreis der Familie eingenommen und Mariness fiel auf, dass Grischa Mädchen für alles war. Sie sah in ihm den Kutscher, Chauffeur, Gärtner, ein Faktotum und, wenn es sein musste, auch das Haus„mädchen".

Nach dem Essen machte sich die lange Reise bemerkbar und Mariness fielen die Augen fast im Sitzen zu. Magda sagte noch zu ihr: „Weißt du, du hast so einen schönen Namen, ich werde dich Maria-Ines nennen. Hast du etwas dagegen?"

Sie hatte eine Menge dagegen, ergab sich jedoch seufzend in ihr Schicksal, weil sie Magda nicht verärgern wollte. Sie wurde das Gefühl nicht los, dass Magda ihr bei weitem nicht so gut gesonnen war wie sie tat.

„Nein, tu' das", antwortete sie gähnend und verschwand in ihrem Zimmer. Waschen? Mariness entschied, dass sie sogar dazu viel zu erschöpft sei. Zähneputzen, dreimal rechts, dreimal links – das war für heute genug. Danach legte sie sich ins Bett und war wenige Minuten später fest eingeschlafen. In ihren Träumen sah sie den Vater mit erhobenem Zeigefinger: „Pass auf dich auf und komm bald wieder!" Das Traumbild verschwand.

*

Die Sonne schickte ihre Morgenstrahlen schräg durch das Fenster und Mariness schlug die Augen auf. Sie musste sich erst besinnen wo sie war, setzte sich im Bett auf und blickte sich um. Am Abend zuvor war sie so müde, dass sie alles nur halb wahrgenommen hatte. Das sollte also ihre Behausung für die nächsten Monate sein, falls sie Lust hätte, so lange zu bleiben. Es war beinahe eine komplette Wohnung beziehungsweise das, was man in Deutschland als ein äußerst luxuriöses Appartement bezeichnete. Ein großer, gemütlicher Raum mit abgeteiltem Alkoven, offenem Kamin, einer wuchtigen, dunkelbraunen Ledergarnitur und dicken Teppichen. Die Teppiche zogen ihre Aufmerksamkeit an. Mariness kletterte aus dem Bett und hockte sich auf den Boden. Webteppiche, murmelte sie, so was sieht man bei uns nur noch ganz selten. Während sie damit beschäftigt war, ihr Zimmer zu inspizieren, hörte sie, wie sich nebenan jemand daran machte, ihr ein Bad zu richten. Das konnte nur Grischa sein. Sie öffnete die Tür und staunte Bauklötze. Entsprechend der Landessitte und ihrer Kenntnisse aus diversen Büchern, hatte sie eine Sauna erwartet, doch das hier war ein richtiges Badezimmer. Komfortabel, komfortabel, dachte sie, so fein habe ich es zu Hause nicht. Das war kein Badezimmer, sondern ein Bade*saal*! In der Mitte des Raumes führten ein paar Stufen zu der fest installierten Wanne hinauf, deren Wasser herrlich blau schimmerte. Die Beckenwände und der -boden sahen aus, als seien sie mit lauter Mosaiksteinchen verkleidet. Als Mariness mit der Hand über den Rand strich, stellte sie aber zu ihrem Erstaunen fest, dass auch das Keramik war. Von fachkundiger Hand lackiert.
Grischa bedeutete Mariness, dass das Bad fertig sei und schloss die Tür hinter sich. Sie kletterte in die riesige, runde Wanne. Der Badeofen war

vorsintflutlich, aber er funktionierte. Das Wasser war herrlich temperiert und Mariness streckte sich wohlig aus. Während sie darüber nachdachte, dass es eine Mordsarbeit sein musste, diese Riesenwanne so in Ordnung zu halten, genoss sie diese Art von Annehmlichkeit bis das Wasser kühl wurde.

∗

Die nächsten Wochen vergingen wie im Flug und Mariness lernte das Hofleben von einer Seite kennen, die nicht nur amüsant war. Sie wollte zwar immer und überall helfen, stand jedoch öfter als einmal im Weg, weil sie, von ihrer mangelnden Technik mal abgesehen, auch nicht über ausreichend Körperkraft verfügte, die für viele der anfallenden Arbeiten unerlässlich war. Sie liebte Tiere, konnte aber nicht sonderlich gut mit ihnen umgehen. Als Stadtkind hatte sie von den entsprechenden Notwendigkeiten keine Ahnung. Sie hätte es am liebsten beim Füttern und Streicheln belassen; doch sowohl Grischa als auch Fedja bestanden darauf, dass sie, wenn sie schon helfen wollte, auch unangenehme Arbeiten verrichten musste. Ausmisten zum Beispiel. Und genau da merkte Mariness ganz schnell, dass sie den Mund zu voll genommen hatte. Der Muskelkater, der sie tags darauf plagte, war ärger als alles, was sie in dieser Hinsicht bislang erlebte. Die grinsenden Gesichter taten regelrecht weh. Mit zusammengebissenen Zähnen setzte Mariness sich an den Abendbrottisch und hätte Magda, die sich scheinheilig nach ihrem Befinden erkundigte, am liebsten erwürgt.
Doch mit der abwechslungsreichen Arbeit, abendlichem Zusammensitzen und ab und zu einmal ins Dorf gehen, das heißt aufgrund der Entfernung musste man fahren, gingen die Wochen bis zum Herbst, der so hoch hier oben schon Winter war, dahin.

Eines Morgens, Mariness reckte sich genüsslich unter ihrem dicken Federbett, als ihr auffiel, dass sich die Geräuschkulisse verändert hatte. Es herrschte eine unnatürliche Ruhe. Sie stand auf, ging zum Fenster und schaute fassungslos nach draußen. Über Nacht war es Winter geworden. Das war doch nicht möglich! In Deutschland hieß es Spätsommer, beziehungsweise gerade Herbstanfang, und hier hatte es geschneit. Mariness überlegte, dass das außergewöhnlich sei, als ihr die Tiere einfielen, die sie am Vortag noch auf der Koppel gesehen hatte. So, wie sie war, im Nachthemd, hastete sie die Treppe hinunter. An der Außentür stieß sie mit Fedja zusammen, der sich gerade den Schnee von seinen Stiefeln wischte.

„Fedja", sprudelte sie gleich los, „was ist mit den Pferden. Das ist doch viel zu kalt!"

„Keine Sorge, Boris und ich haben sie gestern Abend noch in die Unterstände gebracht. Wir rechneten bereits seit ein paar Tagen mit einem Wetterumschwung. Der Himmel sah danach aus und es ist auch die Zeit dafür. Meistens kommt hier ein regelrechter Wettersturz; das kennen wir. Du bist hier in einem Gebiet, in dem nur wenige Wochen im Jahr richtig Sommer ist. Frühjahr, Sommer und Herbst, alles zusammen dauert nur wenige Wochen. Und der Winter ist lang."

Nachdenklich ging Mariness in ihr Zimmer zurück und stellte mit einem kleinen Seufzer fest, dass sie nun die schönen neuen Sachen, die sie sich für die Reise gekauft hatte, nicht mehr anziehen konnte. Gott sei Dank befand sich auch etwas warme Kleidung im Gepäck; dass sie diese Sachen so schnell und ausschließlich brauchen würde ... mit dem Gedanken konnte sie sich noch gar nicht anfreunden.

*

Nachdem sie ihr morgendliches Bad beendet und sich angezogen hatte, ging sie hinunter zum Frühstück. Magda und Fedja saßen schon dort, sie hatten gewartet; nun hießen sie Mariness tüchtig zugreifen. Trotzdem fiel ihr auf, dass die Stimmung irgendwie gedrückt war. Mariness wagte nicht zu fragen; sie fühlte sich ab und zu noch fremd. Manchmal war das Gefühl so stark, dass sich sogar so etwas wie Heimweh in ihr breitmachte. Fedja meinte nach einer Weile: „Hast du Lust, eine Tour mit der Kutsche zu machen? Das Auto lassen wir besser wo es ist, bei diesem Wetter sind die Pferde zuverlässiger. Du willst doch soviel wie möglich sehen."

„Gerne. Das ist eine gute Idee."

Magda sagte mit einem seltsamen Unterton in der Stimme: „Fedja!" Dann stand sie auf und ging nach draußen.

Mariness sah Fedja fragend an. Er lächelte ein bisschen hilflos: „Mutter meinte, ich sollte ihr heute ein wenig zur Hand gehen, doch das kann Grischa ebenso gut."

Mariness wurde den Eindruck nicht los, das sei nur die halbe Wahrheit und schwieg. In Familienprobleme wollte sie sich nicht einmischen. Sie frühstückte rasch zu Ende und ging dann nach oben, um sich für den Ausflug umzuziehen. Dabei stellte sie fest, dass ihre Stiefel für diese Witterungsverhältnisse nicht geeignet waren. Zu Hause, in Bückeburg gab es auch Winter, doch das war kein Vergleich mit dem, was sich hier über Nacht ereignete. Etwas ratlos schlüpfte sie hinein und wieder heraus. Ach, das war noch eine Möglichkeit: sie zog ein zweites Paar Socken an. Jetzt waren die Stiefel ein bisschen eng, doch sie musste ja nicht laufen. Fedja hatte für Mariness Mütze, Schal und Handschuhe von Magda besorgt. Mit dieser *Notaufmachung* versehen lief sie abermals nach unten und machte sich auf den Weg zu den Ställen.

Fedja war gerade dabei, die Pferde anzuschirren und sie sah interessiert zu.

„Kannst du eigentlich reiten?", fragte er.

„Das hast du mich schon einmal gefragt! Nein, wo hätte ich das lernen sollen? Wir haben eine kleine Wohnung in der Stadt, einen winzigen Balkon vor dem Fenster und viel zu wenig Geld, als dass ich daheim reiten lernen könnte. Immerhin muss man dazu eine Reitschule besuchen und die Unterrichtsstunden sind nicht gerade billig."

„Das wird sich ändern", versprach Fedja. „Ich werde dir das Reiten beibringen. Spätestens im nächsten Frühjahr. Ob wir es jetzt noch schaffen, wage sogar ich anzuzweifeln!"

„Was ich alles in der Zeit, die ich bei Euch verbringe, lernen soll! Außerdem bleibt abzuwarten, ob ich im Frühjahr noch hier bin", erwiderte Mariness. „Trotzdem setzt du allerhand Vertrauen in meine Fähigkeiten. Irgendwann muss ich schließlich wieder nach Hause." Was deiner Mutter sehr entgegen käme, wenn ich das richtig beurteile, fügte sie in Gedanken hinzu.

„Komm, klettere auf den Kutschbock, wir haben unterwegs genug Zeit zum Erzählen."

Mariness enterte den Schlitten. Es war die *Kutsche*, mit der man sie vor Wochen vom Bahnhof abholte, nur für die jetzigen Gegebenheiten mit Kufen versehen. Von Fedja wurde sie zunächst einmal äußerst sorgfältig eingepackt.

„Ich komme mir vor, als wolltest du mich in Watte packen. Ich werde bestimmt nicht erfrieren", meinte Mariness.

„Hast du eine Ahnung, wie kalt das während der Fahrt wird. Das ist kein deutscher Winter."

„Die sind auch kalt", meinte sie „nur anders. Weniger Schnee, dafür eine nasse Kälte. Es regnet halt viel bei uns."

Die Unterhaltung erstarb, weil Fedja damit beschäftigt war, die Pferde durch die Einfahrt zu lenken. Nach einer Weile kam die Frage: „Wie gefällt dir das, was du hier siehst?"

„Gut. Ich hatte ja gar keine Vorstellung. Oder besser ausgedrückt: eine völlig falsche. Ich kenne nur die Erzählungen meiner Mutter und da war ich selber noch ein kleines Mädchen. Sie hatte mir alles immer weit und groß geschildert. So etwas kann man sich nicht ausmalen. Man muss es gesehen und erlebt haben. Es ist ein herrliches Land und Ihr, Ihr seid eine nette Familie!" Im Stillen dachte Mariness, immer nett sind eigentlich nur Boris, Fedja und Grischa. Magda hatte etwas gegen sie. Das spürte sie täglich aufs Neue, nur konnte sie das Warum nicht unterbringen.

„Danke", sagte Fedja in ihre Grübeleien hinein, „Könntest du dir denn vorstellen in diesem Land zu leben? Du kennst bisher nur unser Haus und eben das bisschen Gegend, was ich dir in den vergangenen Wochen zeigen konnte. Hier ist vieles anders als bei Euch. Es beginnt schon mit

dem Einkaufen. Für den täglichen Bedarf kriegst du alles, sonst musst du, im Sommer mit dem Jeep, im Winter mit dem Pferdeschlitten in die nächste Stadt. Du bekommst noch lange nicht alles so, wie du es dir vorstellst. Es ist ein schönes, manchmal hartes Leben bei uns."
„Ach", meinte Mariness, „ich denke, daran kann man sich gewöhnen. Ich könnte mir schon vorstellen, hier zu leben."
Fedja saß in Gedanken versunken neben ihr und sie hatte den Eindruck, als höre er ihr überhaupt nicht zu.

Langsam zogen die Pferde durch das verschneite Land. Mariness und Fedja sprachen nun nicht mehr. Fedja, mit einem grüblerischen Ausdruck im Gesicht, lenkte das Gespann; Mariness betrachtete die Landschaft. Ihre Gedanken wirbelten durcheinander und sie schalt sich eine dumme Gans. Immer wieder sah sie ihn von der Seite an. Er gefiel ihr. Netter Kerl, dachte sie, man muss ihn einfach mögen. Sie mochte ihn viel mehr als bloß ein bisschen ... und ertappte sich dabei, dass sie mit nicht gerade schwesterlichen Gefühlen zu Fedja schielte. Inzwischen glaubte sie zu wissen, warum in der Frühe so eine gedrückte Stimmung in der Küche geherrscht hatte: sie war die Ursache. Nur über den Grund wurde sie sich nicht klar. Ein bisschen trotzig kam sie zu dem Schluss: Na und, ich mag Fedja, finde ihn nett und Boris weiß das schließlich. Ich habe es ihm im Zug schon gesagt; möchte bloß wissen, was Magda plötzlich hat? Erst soll ich mich ganz in Familie fühlen und dann...? Ja, was dann? Darüber legte Mariness sich keine Rechenschaft ab. Allerdings fiel ihr auf, dass sie am Morgen keine Spur von Boris gesehen hatte und brach das Schweigen. „Fedja, wo ist eigentlich Boris und wieso sagst du Boris zu ihm und nicht Vater?"
Fedja lachte leise. „Also zu Punkt eins: Boris ist in die Stadt gefahren. Er will für Grischa auf irgendeinem Amt etwas erledigen. Was, weiß ich nicht. Und zum zweiten Teil: ja", sinnierte Fedja plötzlich, „da fragst du aber etwas. Ich weiß es, ehrlich gesagt, nicht. Es hat sich einfach eingebürgert, dass ich Boris sage. Vielleicht hat er mich als Kind schon dahin gelenkt? Wenn du mich nicht darauf aufmerksam gemacht

hättest, wäre mir das wohl gar nicht mehr aufgefallen. Bisher hat mich jedenfalls noch niemand darauf angesprochen."

Sie fuhren eine Weile ganz gemächlich durch die verschneite Gegend als die Pferde plötzlich ein bisschen schärfer anzogen und Mariness am Horizont eine dunkle Wand bemerkte, die langsam näher kam. Fedja sah sie anscheinend ebenfalls, spornte die Tiere zu einer noch schnelleren Gangart an und meinte: „Wir sollten uns mächtig beeilen, es zieht ein Wetter auf."

„Müssen wir dann nicht zurück?"

„Das geht nicht mehr. Wir sind zu weit weg. Ich fahre durch den kleinen Wald; dort steht eine alte Hütte, die oft von schutzsuchenden Jägern benutzt wird. Da können wir den Schneesturm in aller Ruhe abwarten. Wenn er vorbei ist, fahren wir wieder nach Hause."

Die Pferde jagten auf die Wolkenwand zu und der Waldrand, obwohl man im Vergleich zu deutschen Wäldern kaum *Wald* dazu sagen konnte, kam langsam näher. Mariness wurde immer ängstlicher.

Nur nichts anmerken lassen, dachte sie, sonst lacht er mich womöglich aus. Ihr lag viel daran, dass Fedja eine gute Meinung von ihr hatte. Sie wollte nicht als dummes, kleines Mädchen dastehen.

Fedja betrachtete ihr angespanntes Gesicht von der Seite.

Kleines Mädchen, wenn du wüsstest! Seine Gedanken waren ebenso wenig brüderlich, wie die von Mariness schwesterlich waren.

Nach knapp zwanzig Minuten Bangen kam die Hütte ins Blickfeld. Fedja nahm Mariness, die noch immer wie ein Paket eingewickelt war, einfach auf den Arm und hob sie aus dem Wagen.

„Schnell in die Hütte, es geht gleich los! Ich muss erst noch die Pferde versorgen." Fedja lief um die Hütte herum. Hinten befand sich ein kleiner Anbau, der in solchen Notfällen als Stall benutzt werden konnte. Die beiden Pferde passten gerade hinein. Der Schlitten, den man draußen stehen lassen musste, würde später völlig zugeschneit sein. Das war nicht wichtig. Hauptsache Mensch und Tier waren in Sicherheit.

Mariness hatte sich inzwischen aus ihren Decken geschält und sah sich in der Hütte um. Was sie vorfand war rustikal, einfach, zweckmäßig und sauber. In einer Ecke stand ein gemauerter Ofen; daneben war etwas Holz gestapelt und sie überlegte, dass etwas Wärme und ein Tee nicht schaden könnten. Bei näherem Hinsehen stellte sie fest, dass es in der Hütte kein Wasser gab. Jetzt war guter Rat teuer. Sie als Stadtkind war gewöhnt, einfach nur den Wasserhahn aufzudrehen – was tat man aber, wenn es keinen Wasserhahn gab? Mariness fiel ein, dass sie einmal irgendwo gelesen hatte, notfalls Schnee aufzutauen. Vor der Tür lag genug davon, den würde sie eben hereinholen. Sie nahm den Eimer, der in der Ecke stand und öffnete die Tür. Der Himmel war inzwischen beinahe schwarz und vor der Tür nahm sie einen dunklen Schatten wahr, der sich langsam zu seiner vollen Größe aufrichtete.

Mariness stieß unwillkürlich einen Schrei aus und ihr schoss durch den Kopf: Um Himmels Willen, das ist ein Bär. Wo ist Fedja?

Der hatte inzwischen die Pferde versorgt und kam ahnungslos um die Hausecke. Auch er blieb zunächst einmal wie versteinert stehen.

„Mariness", rief er, „geh' zurück, damit werde ich allein fertig!"

Vor lauter Aufregung war Fedjas Stimme eine Oktave höher als normal. Die schrille Stimme aus dem Hintergrund reizte den Bären und er drehte sich tapsig in die Richtung, aus der die Töne kamen. Seine kleinen Augen funkelten boshaft. Fedja stellte mit Entsetzen fest, dass er keine Waffe trug. Keine Waffe hieß bei Fedja: noch nicht einmal ein Messer. Er konnte nur versuchen, das Tier von der Hütte wegzulocken.

Zu allem Überfluss begann es heftig zu schneien und Fedja dachte daran, dass er in dem immer dichter werdenden Schneegestöber Mühe hätte, den Weg zurück zu finden. Im Augenblick war allerdings nur eines wichtig, dass der Bär von der Hütte verschwand. Mariness befand sich zwar nicht mehr direkt in Gefahr; doch allein der Gedanke, was ihr vielleicht passieren könnte, schnürte ihm vor Angst die Kehle zu. Die Hüttentür ging nach außen auf. Der Bär war durch die Stimme aus dem Hintergrund irritiert und drückte, während er sich umdrehte, mit seiner Pranke die Tür zu. In diesem Moment lief Fedja los...

Mein Gott, Mariness, dir darf einfach nichts passieren ... und schon gar nicht hier!

Während seine Gedanken Karussell fuhren und Fedja sich über deren Inhalt keine Rechenschaft ablegte, hastete er so schnell er konnte durch den Wald. Der Bär schaukelte fast gemütlich hinter ihm her. Er wusste, dass er der Schnellere von beiden war. Er will mich müde machen, dachte Fedja. Der gemächlich trabende Bär hielt, wie aus Bosheit, immer den gleichen Abstand.

Nach mehr als zehn Minuten war Fedja wirklich müde. Obwohl er sportlich war, raste sein Herz und seine Beine trugen ihn kaum noch. In der Umgebung gab es ohnehin wenig Baumbestand, doch während des Laufens hielt er intensiv Ausschau nach einem der wenigen Laubbäume. Seine Hoffnung war, einen solchen zu finden, der zudem groß genug war und dessen untere Äste so niedrig wuchsen, dass er sich daran hoch hangeln konnte. Endlich kam einer in Sicht! Er rannte darauf zu und zog sich mit letzter Kraft am ersten erreichbaren Ast hoch. Die Angst, dass der Bär ihm nachklettern könnte, ließ ihn keinen Moment los. Er wusste, dass das für das Tier eine Kleinigkeit wäre und hoffte, dass Meister Petz einfach zu faul dazu war. Seine Hoffnung erfüllte sich. Der Bär erhob sich nervös auf die Hinterbeine, fuchtelte mit den Vorderpranken in der Luft herum und brummte bösartig. Dann wurde es ihm, Gott sei Dank, anscheinend zu dumm und er trottete langsam zurück. Fedja hätte vor Erleichterung heulen mögen. Dieses Tier schien besonders gefährlich, weil vermutlich sein Winterschlaf durch irgendeinen Umstand unterbrochen wurde.

Fedja war nun weit genug weg und sicher, dass Mariness nichts mehr passieren konnte. Jetzt konnte er sich einen Moment ausruhen. Nur einen kleinen Augenblick. Danach wollte er sich wieder auf den Rückweg zur Hütte machen.

Doch es schien, als hätten ihn seine Kräfte völlig verlassen. Fedja richtete sich in einer Astgabel ein wenig ein, lehnte sich an den Stamm und schloss für eine Minute die Augen.

*

Inzwischen kam Boris aus der Stadt zurück. Bei diesem Wetter hatte er seinen Braunen aus dem Stall geholt und den Weg in die Stadt zu Pferd ausgiebig genossen. Nun ritt er auf den Hof und rief schon von weitem nach Mariness und Fedja. Magda kam aus der Küche. Mit grimmigem Gesicht sagte sie: „Ich weiß nicht, wohin sie sind. Fedja wollte ihr wieder einmal die Umgebung zeigen und hat auch nicht gesagt, wann sie zurück sein würden."

„Da" deutete Boris nach oben, „sieh mal an den Himmel."

„Um Gottes Willen, dahinten tobt ein Schneesturm. Und sie sind allein. Wir müssen sie suchen!"

„Magda, sei vernünftig, wir können sie jetzt nicht suchen", antwortete Boris, „wir wissen noch nicht einmal, in welcher Richtung wir anfangen sollten."

Magda sank in sich zusammen: „Fedja! Wenn Fedja etwas passiert! Du weißt doch, dass seit Wochen eine Bärin durch die Wälder streift."

„Man sagt es, aber gesehen hat sie noch niemand", beruhigte Boris seine Frau, „komm erst einmal wieder ins Haus. Vielleicht kommen sie gleich heim, dann sollten sie ein warmes Bad vorfinden. Es ist immerhin anzunehmen, dass sie entsprechend durchgefroren sind, und außerdem ..." Boris brach ab; er zweifelte an seinen eigenen Worten. Er kannte Fedja gut genug um zu wissen, dass er nach der morgendlichen Auseinandersetzung nicht so schnell wieder auftauchen würde. Er hatte seinen Kopf durchgesetzt und war mit Mariness weggefahren. Boris sah das auch nicht gern und hätte diese Fahrt, ebenso wie Magda, am liebsten verhindert. Schließlich scheiterten sie an Fedjas Hartnäckigkeit. Er hatte, bevor Mariness zum Frühstück erschien, seinen Eltern unmissverständlich klar gemacht, dass er bis über beide Ohren verliebt war. Boris versuchte ihm die Aussichtslosigkeit vor Augen zu führen: „Denke daran, Junge, das sind nicht nur zwei verschiedene Länder – das sind zwei Welten. Selbst in unserer modernen Zeit kann man nicht alle Unterschiede wegreden. Zudem, vergiss bitte nicht, sie ist deine Cousine!" Fedja sah das nicht ein und Boris musste dann los. Als Mariness zum Frühstück erschien, spürte sie nur noch die gedrückte Stimmung. Magda wollte sich mit ihrem Sohn nicht vor Mariness streiten, deswegen schwieg sie. Nun waren die beiden unterwegs und sie machte sich bittere Vorwürfe. Vielleicht hätte sie einfach alles laufen lassen sollen? Fedja war nicht dumm, bestimmt würde er von selbst einsehen, dass eine Verbindung zwischen ihnen beiden auf Dauer nicht möglich wäre. Magda gestand sich ein, dass sie auf der einen Seite Vorbehalte gegen Mariness hatte, sie andererseits irgendwie mochte. Leider erinnerte sie sich noch allzu gut daran, wie Boris' Schwester darunter litt, weil sie damals einen Mann heiratete, der nach Ansicht der Familie nicht hierher passte. Sicher, das lag viele Jahre zurück, doch dieses Schicksal wollte sie ihrem Sohn ersparen. Nicht, dass sich die Familie dagegen stellte, aber im Dorf wurde heute noch kein Fremder akzeptiert. Daran hatte sich auch in den Zeiten offener Grenzen nichts geändert. Sie wusste, dass ihr Sohn an solch einer Feindschaft zerbrechen würde. Er würde es in dieser Form sicher nicht zugeben, doch Fedja war hier tief verwurzelt. Nun war er unterwegs und in Gefahr. Magda ging zurück in den Wirtschaftsraum. Nach vielen Jahren lernte sie wieder beten.

Kurze Zeit später polterte Grischa in die Küche, sah Magda und tröstete sie: „Sobald der Sturm ein bisschen nachlässt werde ich hinaus reiten und die beiden suchen. Ich kann mir denken, wo sie sind"!

Magda wagte nicht, näher zu fragen und nickte nur: „Pass auf dich auf, Grischa."

*

Mariness saß derweil in der Hütte und wartete auf Fedja. Seit einer halben Stunde quälte sie sich. Warum kam Fedja nicht zurück? Mariness fand neben dem kleinen Ofen einige Anzünder; machte Feuer und starrte in die Flammen. Der Schreck, dass ein Bär vor ihr gestanden hatte, wich der Angst um Fedja und sie entschloss sich, ihn zu suchen. In welche Richtung er gelaufen war, hatte sie gesehen. Ein Blick aus dem Fenster zeigte ihr, dass der Sturm nachließ. Sie würde also wenigstens ihre eigene Spur nicht verlieren. Vorsichtshalber deckte sie die Glut ab und wickelte sich eine Decke um. Dann ging sie los. Fedjas Fußstapfen waren schwach zu sehen und es schneite noch ganz leicht. Ein nebliges Dämmerlicht herrschte draußen und Mariness konnte nicht abschätzen, wie spät es war. Sie folgte der Spur so gut es ging und rief zwischendurch immer wieder Fedjas Namen.

Doch um sie herum nur Lautlosigkeit.

Sie wusste nicht, wie lange sie schon lief. Mariness fror und schwitzte gleichzeitig vor Angst. Plötzlich sah sie eine Erhöhung im Schnee. Wie gehetzt rannte sie darauf zu und schaufelte mit den Händen einen unförmigen Hügel frei. Ein erstickter Schrei entfuhr ihr: „Fedja – um Gottes Willen! Fedja!" In ihrer Panik bemerkte Mariness erst nach einer Weile, dass Fedja nicht von dem Bären angefallen und verletzt, sondern besinnungslos war. Wäre Mariness nicht gekommen, hätte das ein böses Ende genommen. Er war auf einem der wenigen Bäume in dessen Astgabel vor Erschöpfung eingeschlafen, dabei verlor er den Halt und stürzte in die Tiefe. Der Schnee hatte den Aufprall gemindert, doch er fiel so unglücklich, dass er das Bewusstsein verlor.

Mariness übersah verzweifelt ihre Lage. Weit und breit kein Mensch. Es schneite noch immer leicht und ein Blick zum Himmel sagte ihr, dass die Dunkelheit nicht mehr lange auf sich warten ließe. Was tun? Langsam machte sich Furcht in ihr breit.

„Fedja, Fedja!", jammerte sie und versuchte, indem sie seine Arme und Beine kräftig massierte, ihn aus der Erstarrung zu wecken. Tränen liefen ihr übers Gesicht. Die Arme wurden lahm und in ihrem Kopf hatte nur der Gedanke Platz: er stirbt.

Er darf nicht sterben! „Bitte Fedja, wach auf!"

Sie ließ sich neben ihm auf dem Boden nieder und tat alles, um ihn zu wärmen. Nahe der Erschöpfung und fast bereit, alle Anstrengungen aufzugeben, kamen ihr Boris und Magda in den Sinn. Sie werden uns suchen, dachte sie, sie müssen uns einfach suchen!

Mariness schüttelte ihre Passivität ab und streifte die Wolldecke von den Schultern. Sie musste unbedingt etwas tun. Nach kurzem Überlegen breitete sie die Decke auf dem Boden aus und rollte mit einiger Mühe den noch immer ohnmächtigen Fedja darauf. Gott sei Dank handelte es sich um eine normal große Decke und nicht so ein kleines Reiseplaid. So konnte sie die Enden an Fedjas Füßen zusammenknoten und er würde ihr nicht nach unten abrutschen. Mariness drehte sich mit ihrer Last in die Richtung, aus der sie gekommen war und begann, Fedja hinter sich herziehend, den anstrengenden Weg zurück zur Hütte.

Auf dem Hinweg hatte sie nicht darauf geachtet, dass der Boden uneben war. Es ging zwar nicht bergauf und bergab, aber einige Holprigkeiten machten Mariness doch ziemlich zu schaffen. Es dauerte nicht lange, bis ihre Arme zu schmerzen begannen und sie eine Pause einlegen musste. Sie hielt an, beugte sich zu Fedja hinunter und stellte fest, dass sich seine Atmung verändert hatte. Er schien zu sich zu kommen. Wieder begann sie, ihn zu massieren. Zwischendurch legte sie ihre Hände auf seine geschlossenen Augen, um die Eiskügelchen aus den Wimpern aufzutauen. Unendlich kam ihr die Zeit vor, bis Fedja die Augen aufschlug.
„Oh Fedja, Gott sei Dank, du lebst!"
Mit diesen Worten verließen Mariness ihre Kräfte.
Fedja war reichlich benommen, schüttelte sich einige Male und konnte sich nur langsam erinnern, was eigentlich passiert war. Endlich funktionierte sein Gedächtnis wieder. Der Bär!
Wieso kam Mariness hierher? Er hatte sie doch in der sicheren Hütte zurückgelassen. Für Grübeleien war keine Zeit. Fedja streifte sein leichtes Schwindelgefühl ab, betastete vorsichtig seine Knochen; alles heil – nur eiskalt! Mühsam rappelte er sich hoch und begann, die Muskeln zu lockern. Der Kreislauf kam wieder in Fahrt. Er sah auf die zusamengesunkene Gestalt zu seinen Füßen; selbst noch wackelig auf den Beinen, versuchte er Mariness hochzuziehen: „Komm hoch, wir müssen weg, du darfst keinesfalls hier liegen bleiben."
Mariness hörte ihn nicht. Sie hatte sich völlig verausgabt und war, trotz der Kälte, fest eingeschlafen.

Fedja biss auf die Zähne, nahm alle seine Kräfte zusammen und versuchte nun seinerseits, Mariness in die Decke zu wickeln. Er taumelte, als er sie auf die Arme nahm und lehnte sich zunächst einmal an einen Baumstamm, bevor er sich mühsam in Bewegung setzte. Plötzlich kniff er die Augen zusammen. Er glaubte, in der Ferne ein Licht zu sehen. Seine letzten Energien mobilisierend ging er auf den sich bewegenden Punkt zu.

*

Grischa steckte den Kopf in die Wohnstube und sagte zu Boris: „Ich reite los, der Sturm hat nachgelassen."
Boris fuhr sich mit einer müden Handbewegung über die Stirn: „Ach Grischa, wohin willst du reiten? Wir wissen doch nicht, in welche Richtung die beiden sich gewandt haben."
„Ich werde versuchen, die zwei zu finden. Ich kann hier nicht tatenlos rumsitzen. Vielleicht sind sie in der alten Jagdhütte auf dem Weg zur Küste."

Grischa zog sich an, ging hinüber in den Stall und sattelte sich eines der kräftigsten Pferde und überlegte, ob er ein weiteres Pferd mitnehmen sollte, doch dann fiel ihm ein, dass die beiden mit dem Schlitten unterwegs waren. Es genügte also, wenn er nur sein Pferd hatte. Noch ein Blick in die Runde, eine Decke eingepackt und die Laterne am Sattelknopf befestigt. Dann ritt er los.
Der Sturm hatte inzwischen die Spuren verweht, doch Grischa kannte sich aus. Der Weg zur Hütte führte nach Osten. Er musste nach Gefühl reiten, denn am Himmel war kein Stern zu sehen. Er wusste, dass er nicht vom Weg abkommen durfte. Um sein Pferd zu schonen, ließ er es nur langsam gehen, auf freiem Weg leicht traben. Wichtig war, dass er die beiden fand. Er näherte sich dem Wäldchen und dachte zum ersten Mal in seinem Leben, dass es feindlich aussah.
Nach einer ganzen Weile sah er die Umrisse der Jagdhütte und davor ei-

nen schneebedeckten Haufen. Beim Näherkommen stellte Grischa fest, dass es der zugewehte Schlitten war. Im Anbau hinter dem Haus rumorten die Pferde. Gott sei Dank, dachte Grischa, es ist alles in Ordnung. Er band sein Pferd an und betrat die Hütte. Das Feuer war abgedeckt, glimmte aber noch, sonst war die Hütte leer. Die Lautlosigkeit der Umgebung sprang ihn an wie ein Gespenst. Sie waren also hier, bloß wo waren sie jetzt? Warum war die Hütte leer? Grischa setzte sich auf einen Stuhl und dachte nach. Auch ihm fiel die Legende über die streunende Bärin ein. Doch das war unsinnig; da die beiden in der Hütte Schutz suchten, waren sie für das Tier unerreichbar. Was also war passiert? Grischa füllte die Laterne mit Petroleum auf, nahm seine Decke und beschloss, ein Stück in die nähere die Umgebung zu reiten. Eine Erklärung für sein Tun hatte er nicht. Sein Instinkt riet ihm, nicht einfach sitzen zu bleiben.

*

Der Punkt bewegte sich noch immer. Fedja keuchte unter seiner Last, wagte aber nicht, die schlafende oder vielleicht ohnmächtige Mariness auch nur für einen Moment loszulassen. Er fürchtete, ein zweites Mal würde er nicht mehr die Kraft haben, sie aufzuheben. Dazwischen rief er aus Leibeskräften um Hilfe und merkte nicht, dass er immer wieder *Grischa* rief.

Grischa war von Kind an Fedjas Vertrauter. Ihm konnte er alles erzählen und fand auch noch Schutz und Hilfe, wenn er eigentlich ordentlich übers Knie hätte gelegt werden müssen.
Um ihn herum rauschte es noch immer; Gott sei Dank schneite es nach wie vor nur noch leicht. Unglücklicherweise kam der Wind von vorne, so dass Fedjas Rufe ungehört in die entgegen gesetzte Richtung getragen wurden. Fedjas Arme erlahmten, und, als hätte Mariness im Unterbewusstsein seine Erschöpfung gespürt, schlug sie die Augen auf.

„Fedja, was ist denn passiert?“, fragte sie und klapperte mit den Zähnen. Außerdem hatte sie Schwierigkeiten, sich zu erinnern. „Lass mich runter, ich muss laufen, du kannst dich doch selbst kaum auf den Beinen halten! Wo sind wir hier?“

Fedja stellte sie aufatmend auf den Boden, legte den Arm um sie und stellte erleichtert fest, sie konnten sich gegenseitig stützen. Das Unternehmen, die Hütte wieder zu finden, war jetzt nicht mehr ganz so aussichtslos.

Er erklärte Mariness, dass er einen Lichtschein gesehen habe. Sein Ruf war durch den Wind verhallt und jetzt war er nicht mehr sicher, ob er in der richtigen Richtung unterwegs war.

„Als das Licht durch die Bäume drang, bin ich dem Schein nachgegangen und jetzt weiß ich nicht mehr, ob wir nach Westen oder nach Norden gehen“, erzählte er ihr. „Richtig wäre nach Westen“, überlegte er halblaut. „Unser Küstenstück liegt im Osten, demnach müsste die Hütte von uns aus jetzt im Westen liegen. Bloß – wo ist Westen?“

„Komm, Fedja, es hat keinen Sinn zu grübeln. Gehen wir ein Stück in dieser Richtung weiter. Wenn wir nicht zur Hütte kommen, müssen wir den Weg bis hierher zurück und noch einmal etwas versetzt losgehen. Das ist unsere einzige Chance.“

Mariness hatte recht. Was passierte, wenn es wieder so dicht schneien würde? Fedja wollte nicht daran denken. Sie waren beide durchgefroren und er hatte nur noch den Wunsch, hier herauszukommen.

Mariness schien wieder einigermaßen auf den Beinen zu sein, trotzdem fürchtete er, sie könne ihm erneut umkippen.

Mariness versuchte, in der zunehmenden Dunkelheit Fedjas Gesicht zu sehen. „Fedja“, sagte sie, „erinnerst du dich eigentlich, wie alles passiert ist?“

„Denk jetzt nicht daran; in der Hütte haben wir Zeit genug zum Reden; jetzt dürfen wir uns nicht noch verrückt machen. Ich hoffe immer noch, dass Grischa uns sucht. Er ist der einzige, der weiß, wohin ich gehe, wenn etwas nicht ganz stimmt.“

„Also doch", entfuhr es Mariness, „ich habe es heute morgen gemerkt. Du hast mich angeschwindelt."

„Sollte ich dich mit Dingen belasten, die für dich unwichtig sind?"

„Sind sie für mich wirklich so unwichtig?", fragte Mariness leise. „Ich glaube das nicht ganz, Fedja. Es sei denn, du hältst nur das für wichtig, was *du* denkst und fühlst."

Ein bisschen beschämt blieb Fedja nun doch stehen.

„Du hast ein seltenes Talent, mit ein paar Worten auf den Kern zu kommen", brummte er.

„Nun gut, wenn du meinst. Okay also: ich habe dich vom ersten Augenblick an gemocht; das wollte ich dir nicht unbedingt sagen. Aber Boris und Magda sind nicht blind, sie wollten verhindern, dass wir soviel zusammen sind. Also auch, dass wir zum Beispiel diesen Ausflug machen. Wobei ihnen ihre Phantasie ganz sicher etwas anderes vorgegaukelt hat als das, was nun eingetreten ist."

Mariness lachte ein klein wenig. „Und das wolltest du mir nicht sagen? Warum? Wenn ich dich nicht hätte leiden mögen, wäre dein Versuch im Zug, mich mit *ernähren* zu wollen, ganz sicher fehlgeschlagen."

Fedja versuchte, der Situation die humorige Seite abzugewinnen: „Es ging ja schließlich nicht nur um Brot und Käse, Zwiebeln und Gurken!"

Im gleichen Moment ertönte eine tiefe, aber erleichterte Stimme hinter ihnen: „Nein – nicht nur um Zwiebeln! Ihr beiden riesengroße Esel!"

„Grischa!"

Dieser Schrei kam im Duett und Mariness hing ihm am Hals.

„Grischa, dass du da bist! Jetzt ist alles in Ordnung!"

„Nichts ist in Ordnung! Kommt erst einmal mit zur Hütte. Du, Mariness, setzt dich am besten aufs Pferd, du kannst ja kaum noch stehen. Und du, Fedja, dahinter. Einen besonders stabilen Eindruck machst du mir ebenfalls nicht."

Mariness wurde hochgehoben und landete etwas unsanft auf dem Pferderücken. Fedja kletterte hinterher und Grischa nahm die Zügel. Den Weg zur Hütte legten die drei schweigend zurück. Auch Grischa hing seinen Gedanken nach. Er hatte das Gefühl, noch rechtzeitig gekommen zu sein, bevor die beiden sich in romantischen Gefühlen verloren. Was angesichts der Lage sicher nicht zur Erleichterung der Situation beigetragen hätte.

Der Braune ging brav im Schritt und die beiden Reiter sanken im Takt nach vorn. Halb schlafend kamen sie bei der Hütte an.

*

Boris und Magda saßen im Wohnzimmer und starrten aus dem Fenster. Es war inzwischen völlig dunkel und schneite noch immer.

„Wenn es doch wenigstens aufhören würde zu schneien", sagte Boris.

Aus Magdas Ecke kam keine Antwort. Sie saß wie erstarrt und hoffte von Minute zu Minute, dass Grischa auftauchen würde. Boris hingegen kannte Grischa lange genug und wusste, dass er, wenn er die beiden gefunden hatte, sicherlich nicht sofort zurückkam. Er nahm es als gutes Zeichen, dass alles still blieb.

„Komm Magda, wenn Grischa sie nicht gefunden hätte, wäre er längst hier. Er hat sich auf den Weg zur alten Jagdhütte gemacht weil er denkt, dass Fedja dorthin gefahren sein könnte."

„Da war er doch schon seit Jahren nicht mehr."

„Das glaubst du. Aber lassen wir das. Ich bin dafür, dass du dich jetzt hinlegst. Du brauchst Schlaf und ich werde schon aufpassen. Wenn sie kommen, wecke ich dich. Ich glaube vielmehr, dass wir alle drei morgen früh unversehrt vor uns haben."

„Als ob ich jetzt schlafen könnte", fuhr Magda auf.

Trotzdem zog sie sich zurück. Nachdenklich setzte sie sich auf die Bettkante und ließ ihren Blick durch den Raum schweifen. Sie hatte sich an das Aussehen ihres Zimmers im Laufe der Jahre so gewöhnt, dass sie sich anstrengen musste, alles bewusst wahrzunehmen. Die stilvolle Einrichtung, ganz in hell- und dunkelbraun, strahlte Wärme aus. Ihr wurde klar, dass die Harmonie, die sie in ihrem Leben mit Boris gefunden hatte, sich auch in den Räumen widerspiegelte, die sie bewohnte. Es war nicht leicht, diese Behaglichkeit zu erhalten, denn es war ein altes Haus und ließ manche Bequemlichkeit moderner Wohnungen vermissen. Magda stellte fest, alles hat seinen Preis. Es war nicht mehr zeitgemäß, aber es hatte Seele. Das war wichtiger. Sie ließ sich nach hinten fallen und schloss für einen Moment die Augen. Überzeugt davon, ohnehin nicht schlafen zu können, forderte die Natur ihr Recht. Der Wind in den Bäumen enthob sie aller quälenden Gedanken und begleitete ihren Schlaf.

*

Grischa hob erst Mariness vom Pferd und trug sie in die Hütte. Das Feuer war heruntergebrannt und es war entsprechend kalt. Grischa legte die Schlafende auf eines der Betten und kümmerte sich dann um Fedja. Der war inzwischen vom Pferd geklettert, aber kaum in der Lage einen Fuß vor den anderen zu setzen. „Komm rein, hier kannst du nicht stehen bleiben."
Grischa ging in die Hütte und riet auch ihm, sich hinzulegen. Er brachte das Feuer wieder ordentlich in Gang, holte Schnee zum Auftauen und begann, Tee zu kochen. Zwischendurch sah er nach den Beiden. Sie schliefen. Mariness sah allerdings nicht gut aus. Ihr Gesicht war unnatürlich gerötet und Grischa dachte, dass sie Fieber haben könnte.
„Das hat noch gefehlt", brummte er, „die hat sich bestimmt einen Pips geholt."
Ihm war immer noch unklar, wie die zwei bei diesem Wetter in die Richtung gekommen waren, zumal feststand, sie mussten zuvor in der Hütte gewesen sein. Grischa sah ein, dass er nichts anderes tun konnte, als abzuwarten, bis wenigstens einer der Beiden aufwachte. In der Zwischenzeit hatte es endlich aufgehört zu schneien. Der Schnee verwandelte das Dunkel in ein graues Dämmerlicht und Grischa begann, die Kutsche vom Schnee zu befreien. Zwischendurch holte er die Pferde aus dem Verschlag und sah nach, ob in der Hütte etwas passierte. Beide schliefen noch. Nachdem er die Kutsche gesäubert hatte entschloss er

sich, entgegen seiner ursprünglichen Absicht, doch noch nach Hause zu fahren. Mariness gefiel ihm nicht und er fürchtete, dass ihr hier, weitab jeder ärztlichen Hilfe, etwas zustoßen könnte. Sorgfältig löschte er das Feuer, bevor er Mariness und Fedja weckte. Er wickelte sie in die vorhandenen Decken und legte sie in den Schlitten. Grischa band sein Pferd hinten an und setzte sich auf den Kutschbock. Die Strecke war weiter als er sie in Erinnerung hatte und er kam durch den Schnee nur mühsam vorwärts.

Boris stand am Fenster und sah die Kutsche kommen. Er lief die Treppen hinunter und überfiel Grischa mit Fragen. Der legte jedoch den Finger an den Mund: „Es hat keinen Zweck – sie schlafen beide. Ich fand sie im kleinen Hain und weiß selber nicht, was passiert ist. Wichtiger ist erst einmal, einen Arzt zu holen. Ich glaube, Mariness hat dieses Abenteuer nicht gut überstanden. Sie war völlig durchgefroren und scheint zu fiebern.“

„Gut, holen wir zunächst einen Arzt.“

Boris ging zum Telefon und rief den Doktor an. Der versprach, sobald wie möglich zu kommen und riet für die Zwischenzeit zu kalten Wadenwickeln und Aspirin, um das Fieber zu senken. Es höre sich nicht besonders gut an, was Boris ihm da erzählte und er hoffte, es sei keine Lungenentzündung. Das wünschte Boris auch. Der Arzt hielt Wort und war knapp zwei Stunden später zur Stelle, was für die Verhältnisse in diesem Teil des Landes schnell war. Zumal er – auch auf den Straßen – mit Schneemassen zu kämpfen hatte, die unsere Vorstellungskraft übersteigen. Wir können es uns auch sicher nicht mehr vorstellen, dass es keinen Notarzt gibt, der in wenigen Minuten vor Ort ist.

Inzwischen waren Mariness und Fedja aufgewacht und hatten, jeder seinen Teil des Abenteuers erzählt. Boris beschloss, sich sofort mit dem zuständigen Jäger in Verbindung zu setzen. Der Bär musste gefunden werden. Schließlich kamen immer mal wieder Menschen durch den

Forst und die wären, besonders in den Wintermonaten, durch ein streunendes Tier besonders gefährdet.

Bei Fedja, so stellte der Arzt fest, hatte der Ausflug keine Spuren hinterlassen. Bis auf die Tatsache, dass er vermutlich noch ein paar Stunden Schlaf brauchen würde, schien alles in Ordnung. Mariness hatte zum Glück keine Lungenentzündung, war aber total überanstrengt und mit einer fiebrigen Erkältung davon gekommen. Ein paar Tage im Bett und alles sei wieder okay.

„Nicht ganz", dachte Mariness, „aber das gehört wohl kaum zu meiner Krankheit. Irgendwie hat mich dieses Erlebnis verändert; ich habe nicht *einmal* an Zuhause gedacht."

Sie versuchte, sich darüber klar zu werden, ob es einfach aus der Situation heraus so war, oder ob die Ursache Fedja hieß. In Gedanken hörte sie ihren Vater: „Komm bald zurück!"

Bis über beide Ohren verliebt entschied Mariness: es war nicht nur Fedja, der ihr ausnehmend gut gefiel. Es war auch das Land. Die Weite, die sie faszinierte. Mit gemischten Gefühlen dachte sie an ihr Zimmer in Bückeburg. Es war einfach anders. War es hier wirklich besser? Hatte sie nicht auch eine Verpflichtung? Sie kannte sich in den örtlichen Gepflogenheiten nicht gut aus, wusste aber immerhin soviel, dass es fast unmöglich erschien, hier zu bleiben. Man weigerte sich, sie zu akzeptieren. Schon bei der Ankunft spürte sie eine versteckte Feindschaft und hörte, wie die Dörfler hinter ihr hertuschelten: *die Fremde.*

Mariness hatte Fedja schon einmal darauf angesprochen, der dann meinte, das würden sie auch sagen, wenn sie nur aus dem Nachbardorf käme.

Die Gedanken wurden langsamer und sie glitt zurück in ihre Traumwelt. Magda sah zwischendurch nach Mariness und fand sie schlafend vor. Nun machte sie sich doch Sorgen. Nach der Geschichte, die sie von Fedja gehört hatte, vermutete sie beiderseits tiefere Gefühle und wusste nicht, wie sie Mariness begegnen sollte. Immerhin war sie Gast der Familie. Boris teilte zwar ihre Meinung, vertrat dennoch gleichermaßen die Ansicht: „Das musst du nicht so ernst nehmen. Fedja ist zu jung, um

sich fest zu binden und Mariness wird spätestens im Frühjahr wieder nach Hause fahren. Immerhin wäre sie dann fast fünf Monate hier. Es ist eine erste Liebe auf beiden Seiten. Lass sie in Ruhe, es wird für beide heilsam sein."
Wie viele Mütter nun einmal sind; sie wollen nicht immer einsehen, dass Kinder ihre eigenen Erfahrungen sammeln müssen. Sie glauben, sie vor allem und jedem beschützen zu können.

Fedja war am übernächsten Tag schon wieder auf den Beinen und in Magda reifte der eiskalte Plan, die beiden zu trennen. Sie sagte ihm deshalb, es sei nicht sicher, ob Mariness nicht vielleicht eine ansteckende Krankheit habe, die durch die Anstrengungen vom Vortag ausgebrochen sei. Nachdem Fedja auf sein Klopfen an Mariness' Tür keine Antwort erhielt, erklärte er sich damit einverstanden, sie nicht im Krankenzimmer zu besuchen, sondern den Vater auf die Jagd zu begleiten. Fedja dachte mit einer Gänsehaut an die vergangenen Geschehnisse, wusste aber, dass seines Vaters Entschluss richtig war. Das Tier musste gefunden werden. Die Gefahr, dass Andere möglicherweise angefallen wurden, war einfach zu groß.
Grischa ritt auch mit. Doch der war sehr schweigsam. Seine Gedanken weilten daheim. Ihm gefiel nicht, dass Fedja bei der Jagd war. Er konnte sich den Grund nicht erklären. In einer Pause ging er zu Fedja und fragte ihn: „Warum bist du mitgekommen? Meinst du nicht, dass Mariness auf dich wartet?"
„Mutter sagte mir, dass es nicht sicher sei, ob Mariness nicht etwas Ansteckendes habe", antwortete Fedja erstaunt.
„Ach so!" Grischa enthielt sich jeden weiteren Kommentars.
Die Geschichte nahm eine Wendung, die ihm gar nicht gefiel. Sicher, Fedja sollte unter seiner ersten großen Liebe nicht leiden, aber wie man das Mädchen behandelte, fand ganz und gar nicht seinen Beifall.

Gegen Mittag wurde der Himmel klar und es herrschten Minusgrade. Grischa ging zu Boris und bat ihn, nach Hause reiten zu dürfen. Er sagte ihm auch warum und Boris zog die Stirn in Falten: „soll Fedja mitkommen?"

„Nein, das mach ich allein. Mariness soll nur wissen, warum Fedja nicht da ist und dass Magda hier ihre mütterlichen Finger im Spiel hat. Ausserdem wird sie auf Fedja warten und sich sein Fernbleiben nicht erklären können."

Grischa schwang sich auf sein Pferd und ritt zurück.

*

Magda stand vor Mariness' Bett und betrachtete das von der Anstrengung gezeichnete Gesicht. Das Abenteuer lag schon zwei Tage zurück, aber Mariness war immer noch nicht wieder ganz okay.

Langsam erwachte sie und sah sich um. Sie befand sich in ihrem Zimmer und der Ausflug lag wie ein wirrer Traum hinter ihr. Dann sah sie Magda.

„Was meinst du, kannst du aufstehen und mit mir frühstücken?", fragte sie Mariness.

„Sicher."

Diese war noch ein bisschen wacklig auf den Beinen; das Fieber war gesunken und sie fühlte sich soweit wieder ganz gut.

„Nach dem Frühstück musst du dich wieder hinlegen. Es wird sonst zuviel. Der Arzt meinte, du solltest schon noch ein paar Tage im Bett verbringen."

„Schade", meinte Mariness, „ich wäre viel lieber nach draußen oder in den Stall zu den Pferden gegangen. Reiten sollte ich auch noch lernen. A propos: reiten. Wo ist eigentlich Fedja?"

„Er ist mit Boris, Grischa, dem Förster und anderem Begleitpersonal den Bären suchen. Du brauchst keine Angst zu haben, keinem wird etwas passieren. Sie sind alle gut bewaffnet."

Mariness war erleichtert und gleichzeitig enttäuscht, Fedja nicht zu sehen.

Magda sah, wie sich ihr Gesicht veränderte und alle guten Vorsätze, sich aus dieser Geschichte herauszuhalten, gingen über Bord.

„Sag mal Mariness, du bist ja erst kurz hier, aber in der Beziehung zu Fedja scheinst du ein gewisses Tempo vorzulegen."

„Beziehung?", kam es gedehnt von Mariness, „was heißt bei dir Beziehung?"

Mariness' Ton war instinktiv schärfer geworden. Sie spürte, dass Magda etwas zerstören wollte, was in ihren Augen noch gar nicht richtig angefangen hatte. Mariness war sich inzwischen klar geworden, dass sie Fedja mehr als nur mochte. In der vergangenen Nacht, als alle glaubten, sie läge in tiefem Schlaf, hatte sie über vieles nachgedacht. Sie zählte erst achtzehn Jahre, war aber durch verschiedene Geschehnisse in ihrem bisherigen Leben weit über ihr Alter hinaus gereift. In der kurzen Zeit, in der sie sich hier aufhielt, bekam sie kaum Kontakt zu den Anderen im Ort. Sie sah wohl ein paar Mädchen und stellte fest, dass sie völlig anders geartet war. Die Mädchen waren fast alle in ihrem Alter, wirkten allerdings jünger. In Mariness' Augen waren sie nichts weiter als dumme Gänse. Fedja war also in Bezug auf ihre Person erst einmal vom Reiz des Unbekannten angesprochen worden. Auch Fedjas damalige Frage, ob sie in diesem Land leben könne, erkannte sie erst in der vergangenen Nacht richtig und glaubte, das aus ihrer augenblicklichen Gefühlswelt heraus durchaus zu können. Ob sie auf Dauer mit den harten Bedingungen fertig würde, wusste sie noch nicht. Mariness war ehrlich zu sich selbst, dass sie auch das Unbekannte reizte. Im Grunde nirgendwo richtig verwurzelt, empfand sie dieses Haus ein bisschen als ihre Heimat. Wenn sie sich auch nicht mehr besonders gut an ihre Mutter erinnern konnte, so hatte sie deren Charakterzüge allemal geerbt. Andererseits war sie eine Deutsche, aufgewachsen mit allen Vor- und Nachteilen, die eine durch und durch industrialisierte Gesellschaft zu bieten hatte. Sie bedachte, dass allein die Tatsache, hier nicht alles kaufen zu können wie sie es kannte, sich auf die Dauer als eine Belastung erweisen würde und beschloss, mit Fedja darüber zu reden.

Dazu brauchte sie Magda nicht. Sie hatte kein Vertrauen mehr zu ihr. Vielleicht dachte Magda ja im Grunde das gleiche wie sie, aber sie wollte sich ihren Traum nun gerade von ihr nicht zerstören lassen. Gegen ihre Gefühle ankämpfend antwortete sie mit einen Seufzer: „Weißt du, Magda, ich glaube, du beurteilst mich völlig falsch. Ich kann dir versprechen, dass ich Boris und Fedja heute Abend sagen werde, dass ich morgen wieder abreise! Es gibt ein paar Dinge, die ich mir nicht sagen lassen muss. Du stellst mich hin, als sei ich ..."

Den Rest des Satzes in der Luft hängen lassend brach Mariness ab und Martha rief entsetzt aus: „Maria-Ines! bloß nicht. Das kannst du doch nicht machen!" Magda war entsetzt. „Was soll dein Vater sagen, wenn du plötzlich wieder heimkommst?"

Mariness lächelte kalt: „Ach – wäre dir das eventuell peinlich? Müsstest du vielleicht eine Erklärung abgeben? Was kümmert dich das? Dann hast du doch deinen Willen. Du hast deinen Sohn wieder für dich allein, kannst ihn mit einem Mädchen aus der Nachbarschaft verkuppeln und bist den Störenfried Mariness los. Das war es doch, was ich von Anfang an für dich war. Oder?"

In Mariness tobte ein Kampf und sie wusste, dass sie Magda damit verletzte. Sie wollte aber, bei aller Einsicht, nicht einfach aufgeben. Dass sie sich selbst dabei widersprach, merkte sie nicht. Jetzt wollte sie nur einem anderen Menschen wehtun. Genauso, wie man sie selbst verletzt hatte. Bevor die beiden Frauen ihre Äußerungen klären konnten, hörten sie Pferdegetrappel im Hof. Mariness schnappte sich ihren Bademantel und beide eilten nach draußen: „Grischa! Warum kommst du allein? Was ist passiert?"

„Nichts. Ich wurde nur nicht mehr gebraucht. Boris meinte, ich solle meine alten Knochen schonen und besser nach Mariness sehen, ob sie auch noch brav im Bett läge. Ich stelle fest, das ist nicht der Fall. Also, warum sind gnädiges Fräulein aufgestanden?", vollendete er den Satz in der dritten Person. Obwohl er nicht wusste, was zwischen den beiden gesprochen wurde, zeigte Grischas Gesicht einen fürsorglichen Ausdruck und ein Blick auf Mariness sagte ihm, dass er zu spät kam. Hier gab es nichts mehr zu kitten.

„Ich sollte mit Magda frühstücken", meinte Mariness müde. Inzwischen bin ich nicht mehr hungrig. Ich gehe wieder auf mein Zimmer."

Grischa schoss einen nicht eben freundlichen Blick zu Magda, der besagte, dass er sie für einen Holzklotz hielt.

„Das wäre doch auch anders gegangen, oder?", fragte er leise.

Magda senkte ein bisschen beschämt den Kopf. Sie wusste, dass sie in ihrem Zorn einen Fehler gemacht hatte, der möglicherweise nicht mehr auszubügeln war. Vor allen Dingen, wenn Mariness ihre Drohung wahr machte und wirklich abrupt heimfuhr.

Mariness ging nach oben und Grischa trabte hinter Magda her: „Musste das denn nun sein?"

„Ach Grischa, inzwischen glaube ich selber, dass ich Gespenster gesehen habe und nun weiß ich nicht, was Boris und Fedja sagen werden. Sicher, Boris war mit mir einer Meinung, dass eine Verbindung zwischen den beiden nicht gut sei; vielleicht wäre es doch wirklich nur bei einer Freundschaft geblieben. Wir kennen Mariness Veranlagung nicht. Was passiert, wenn sie so ist, wie ihre Mutter?"

Grischa war lange genug im Hause um zu wissen, dass Mariness' Mutter ein heikles Thema war. Sie verließ damals das Dorf nicht freiwillig und es war auch nicht so, dass ihre Probleme nur dadurch entstanden, weil sie einen Fremden ins Dorf gebracht hatte. Man nannte sie *leichtsinnig*, weil sie vor ihrer Verheiratung bereits schwanger gewesen war. Die strenggläubigen Dörfler lebten damals noch wie im tiefsten Mittelalter und eine ledige Schwangerschaft wurde als unverzeihlicher Fehltritt bewertet. Das Gespött der Leute wurde so unerträglich, dass sie es vorzog, wegzuziehen.

Magda behauptete, diesen Tatbestand nicht so krass zu sehen. Trotzdem war Mariness in ihren Augen ein Mädchen, dessen *Veranlagung* sie nicht kannte. So eine wollte sie nicht in der Familie. Sie merkte dabei nicht, wie sehr sie sich mit dieser Einstellung mit den anderen auf eine Stufe stellte und ihre Schwägerin auf die gleiche Weise genauso verurteilte. Außerdem hatte Magda ein Geheimnis, von dem nur Boris und Grischa etwas wussten. Magda war zwar Fedjas Mutter, aber Boris nicht sein Vater. Magda selber befand sich seinerzeit in der gleichen prekären Lage wie ihre Schwägerin. Fedjas richtiger Vater wurde vor dessen Geburt von einem Bären getötet. Daher die Hysterie, wenn sie nur das Wort *Bär* hörte. Boris hatte Fedja als seinen Sohn erzogen und Fedja kannte die tatsächlichen Umstände nicht. Irgendwann musste man ihm davon berichten. Davor hatte Magda Angst. Sie konnte sich vorstellen, dass Fedja dann bestimmt alles daran setzen würde, Mariness hier zu behalten. Er war noch nicht klug genug, den Unterschied zwischen beiden Lebensarten als ein Hindernis anzusehen.

*

Mariness lag im Bett und überdachte die vergangene, mit nur wenigen Worten geführte Auseinandersetzung zwischen Magda und ihr. Sie war wütend geworden und drohte, nach Hause zu fahren. Was sie aber in diesem Fall ihrem Vater sagen wollte, wusste sie auch nicht. Sie musste unbedingt mit Fedja sprechen. Wenn man versuchte, ihn von ihr zu trennen, musste sie eben selbst einen Weg finden. Es ging jetzt darum zu klären, wie Fedja zu ihr und zu seiner Familie stand. In Mariness regte sich nicht nur Widerstand, sie entwickelte ungeahnte Kräfte, mit denen sie ihre Zuneigung zu Fedja stärkte. Magda sollte es nicht schaffen, sie von Fedja zu trennen. Da müsste schon etwas anderes passieren.

Sie nahm ihre Kraft zusammen, stand leise wieder auf und zog sich an. Ein Blick aus dem Fenster überzeugte sie, dass der Hof leer war und Grischa sein Pferd nur angebunden hatte. Mit den Augen schätzte sie die Entfernung vom Fenster zum Boden und überlegte, dass sie sich mit einem Hopser aus dem ersten Stock das Genick brechen würde. Obwohl reichlich Schnee vor dem Haus lag, fehlte ihr zu einem solchen Sprung der Mut. Sie musste also versuchen, auf normalem Weg aus dem Haus zu kommen. Die Stiefel in der Hand schlich sie die Treppe hinunter und lauschte, ob in der Nähe Stimmen zu hören waren. Es war alles still. Ein Blick auf die große Standuhr, die, auf welche Weise auch immer, ihren Weg von King Louis hierher gefunden hatte, zeigte ihr, dass es noch früh am Tag war. Inzwischen war sie erfahren genug um zu wissen, dass es hier sehr schnell dunkel wurde. In dieser Jahreszeit bereits am frühen Nachmittag. Gefühlsmäßig vermutete sie Fedja in der Jagdhütte und sie würde sich sputen müssen, wenn sie ihn dort treffen und unbemerkt wieder zurückkommen wollte.

Ihr Körper streikte noch ein wenig, ein Schwächegefühl machte sich breit. Mariness biss die Zähne zusammen und schwang sich mit einiger Mühe auf Grischas Pferd. Sie redete ihm gut zu und schlug einen grossen Bogen um die Einfahrt. Hinten war noch ein Tor; das wollte sie benutzen. Der Braune spürte die ungeübte Reiterin auf seinem Rücken und prustete unwillig.

Komm sei brav, flüsterte Mariness. *Du musst mir jetzt helfen und renn nicht so, ich falle sonst runter. Das kann ich nicht gebrauchen. Ich hab vom letzten Mal noch die Nase voll.* Als hätte der Braune verstanden, spielten seine Ohren und er setzte sich vorsichtig in Bewegung.

Einen Bogen zur anderen Seite ausreitend, hielt sie sich in Richtung Osten. Fedja hatte ihr beigebracht, sich nach dem Stand der Sonne zu orientieren und sie hoffte, dass keine dichteren Wolken aufzogen. Dann wäre es Essig mit der Orientierung. Nach einer halben Stunde hatte Mariness das Gefühl, hundert Kilometer mit dem Fahrrad gefahren zu sein. Alle Knochen schmerzten und sie musste absitzen. Sie konnte nun einmal noch nicht reiten und der von ihr gestartete Versuch war nichts anderes als ein krampfhaftes „Sich-fest-halten" auf dem Pferd. Nachdem sie sich ausgiebig gereckt hatte, blieb sie, an den warmen Körper des Tieres gelehnt, aufatmend stehen.

*

Boris, der Förster und zwei Gehilfen schlugen vor, eine kurze Pause einzulegen.

„Boris, sitz ab, wir sollten rasten. Es ist noch früh und ich denke, das Tier muss hier in der Nähe sein. Wenn wir ruhig sind, werden wir ihn irgendwann hören. In dieser Richtung war es doch auch, als Fedja mit ihm zu tun hatte?"

Boris bejahte und sah sich gleichzeitig nach Fedja um. „Wo steckt mein Sohn?", fragte er. Keiner konnte antworten. Die anderen suchten Grischa, aber Boris sagte ihnen, er habe ihm gestattet, zurück zu reiten. Für Grischa sei eine solche Jagd nichts mehr.

Fedja hatten sie schon länger nicht mehr gesehen, stellten sie fest.

„Das fehlt mir noch", knirschte Boris, „dass der Bengel ausgerechnet jetzt verschwindet!"

Er stand auf und wies seine Leute an, weiter Pause zu machen. „Ich glaube, ich weiß, wo ich Fedja suchen muss. Wartet nicht auf mich. Ich werde Euch schon wieder einholen. Reitet im ausgemachten Umkreis, dann finde ich euch wieder."

Boris schwang sich auf sein Pferd und trabte in Richtung Jagdhütte davon.

*

Fedja war zurückgeblieben, bis er sicher sein konnte, dass die anderen ihn nicht mehr beachteten. Was Grischa ihm so beiläufig gesagt hatte, gab ihm zu denken und er überlegte, ob er nicht auch nach Hause reiten sollte. Schließlich war er davon ebenso betroffen wie Mariness. In Erinnerung an ihren kurzen Aufenthalt in der alten Jagdhütte hatte er das Gefühl, dass sie ihn wirklich mochte, aber sicher war er nicht. Eventuell, so dachte er, sollte ich auch erst einmal zur Hütte reiten. Dort kann ich in Ruhe überlegen. Vater würde ihn zu finden wissen und ihn hoffentlich verstehen. Er wendete sein Pferd und ritt in schnellem Trab davon.

Der scharfe Ritt und die Luft taten ihm gut. Seine Gedanken kamen langsam zur Ruhe. Nach einer Weile sah er in der Ferne einen kleinen Punkt, der näher kam.

Himmel, dachte Fedja, was sitzt denn da für eine komische Figur auf dem Pferd? Das kann doch nicht Grischa sein? Der sieht eher aus, als könne er nicht reiten, sondern versucht nur krampfhaft, sich festzuhalten.

Beim Näherkommen erkannte er Mariness. Sie hatte sich einige Minuten ausgeruht und war dann mühsam wieder in den Sattel geklettert. Der Braune spielte unruhig mit den Ohren, ungeübte Reiter mochte er gar nicht.

„Sei still, ich will dir ja nicht wehtun, aber du musst einsehen, dass ich wieder auf deinen Rücken muss."

Endlich hatte sie es geschafft und überließ dem Pferd aufatmend die Richtung Jagdhütte.

Mariness hatte inzwischen den einsamen Reiter ebenfalls gesehen und kämpfte mit aufsteigender Angst. Sie war ganz allein; wer kam ihr hier entgegen? Erst als sie Fedja erkannte, beruhigte sie sich.

Fedja klatschte mit dem Zügel: „Lauf, Hisse, da kommt Mariness."

Hisse wieherte kurz und setzte zum Galopp an. Ein paar Minuten später standen sie sich gegenüber.

„Wo wolltest du denn hin?", fragte Fedja.

„In die Jagdhütte."

„Ich auch. Aber du gehörst ins Bett. Was reitest du denn hier herum? Und, Fedja musste lachen, nimm es mir nicht übel, aber sehr elegant sitzt du nicht gerade auf dem Pferd."

Mariness grinste ein bisschen gequetscht: „Jetzt schon gar nicht mehr; mir tun alle Knochen einzeln weh."

„Kein Wunder. Du bist sowieso noch schlapp und dann machst du solche Eskapaden."

Fedja wendete sein Pferd so, dass er neben Mariness zu stehen kam und legte ihr den Arm um die Taille.

„Halte dich fest und zieh die Füße aus den Steigbügeln", befahl er. Kurze Zeit später saß Mariness vor ihm auf dem Pferd. Er nahm ihres am Zügel und es trabte nebenher. Als die Hütte in Sicht kam, legte Mariness die Arme um seinen Hals. In Erinnerung an den Bären begann sie zu zittern.

„Mach dir keine Sorgen. Boris und die anderen werden ihn bestimmt aufstöbern. Sie sind alle in der Nähe", sagte Fedja und setzte Mariness vor der Hütte ab. Den Boden um die Hütte untersuchte er sorgfältig nach Spuren, aber es waren keine zu sehen. Fedja nahm die immer noch zitternde Mariness an die Hand und gemeinsam betraten sie den Raum. Er sah aus, wie Grischa ihn verlassen hatte. Das Feuer war abgedeckt und inzwischen erloschen, Anzünder und trockenes Holz, um es schnell wieder warm und gemütlich zu machen, waren vorhanden. Fedja ging noch einmal nach draußen, holte etwas Schnee und begann, wie im Winter hier üblich, Tee zu kochen. Der letzte, den Grischa zubereitet hatte, stand noch da, aber natürlich nicht mehr genießbar.

Jetzt wo es ein bisschen warm um sie wurde, merkte Mariness, dass sie noch nicht die Stärkste war.

„Leg dich ein wenig hin", riet Fedja. „Wenn du Tee getrunken hast, wird es dir gleich besser gehen." Zärtlich sah er auf die schmale Gestalt auf dem Strohsack und musste lachen, als Mariness verstohlen anfing, sich zu kratzen. „Das bist du wohl nicht gewöhnt?", meinte er. „Stroh piekst nun einmal."

Mariness verzog das Gesicht: „Ganz gewaltig sogar! Das habe ich beim ersten mal gar nicht bemerkt ..."

Fedja ging zur anderen Seite des Raumes und beschäftigte sich intensiv mit dem Tee. Nach einigen Minuten des Schweigens rief Mariness ihn leise. „Fedja, warum bist du zur Hütte gekommen?"

„Ich wollte nachdenken."

*

Boris hatte die beiden Reiter auf dem Weg zur Hütte aus der Ferne auch gesehen. Er wusste, das waren Fedja und Mariness. Er hielt sein Pferd an und überlegte, ob es im Moment wohl besser sei, zurückzubleiben. Fedja konnte nicht wissen, dass Mariness unterwegs war und Mariness wusste ebenso wenig, dass Fedja sich von der Truppe abgesetzt hatte. Er vermutete sie im Bett. Es war also Zufall, dass die beiden sich hier trafen. „Vielleicht entscheidet eben dieser Zufall darüber, wie sie künftig zueinander stehen werden", dachte Boris, ließ die Zügel schleifen und nahm, in Gedanken versunken, langsam im Schritt reitend den Weg zur Hütte auf.

*

„So, nachdenken wolltest du also? Und worüber?"
Fragend sah Mariness ihn an.
„Über uns."
„Fedja, ich habe die ganze Nacht Zeit zum Nachdenken gehabt; viel ist dabei nicht herausgekommen. Ich habe hin und her überlegt. Ich weiß nur, dass ich ..."
Verwirrt und verlegen brach sie mitten im Satz ab. Sie war schon recht großzügig erzogen, aber was ihr gerade rausrutschen wollte, hätte in ihren Augen die Grenzen dessen, was man einem Jungen sagen kann, doch erheblich überschritten. Trotz aller *coolness* war sie nicht so frei, sagen zu können ... dass ich dich liebe und gleichzeitig ihre Vorbehalte und Ängste auszusprechen. Fedja war genauso verlegen, gab sich aber einen Ruck und stotterte: „Ich doch auch!"
Sie sahen sich an und wussten, dass alles jetzt noch viel komplizierter sein würde.
Sie hielten sich noch an den Händen als draußen das Scharren von Pferdehufen zu hören war. Fedja sah Mariness fragend an, doch sie zuckte die Achseln:
„Keine Ahnung, auf dem Weg hierher waren wir doch allein."
Es klopfte und Fedja ging, um zu öffnen.
„Boris", rief er erstaunt, „wieso bist du hier?"
Boris lachte ein bisschen verlegen und meinte: „Ich muss doch wenigstens mal nach euch sehen."
„Nach uns? Wieso? Woher wusstest du, dass wir hier sind?"

„Ich wusste gar nichts. Aber immerhin müsst Ihr mir schon zugestehen, dass ich zwei und zwei zusammenzählen kann. Aber sage mal, wollt Ihr mich nicht reinlassen?"

„Entschuldige Vater, ich bin einigermaßen perplex." Fedja war so überrascht, dass ihm gar nicht auffiel, dass er – zum ersten Mal seit langer Zeit – Vater gesagt hatte.

„Kann ich mir denken."

Boris schnupperte durch die Gegend und stellte sachkundig fest: „Hier soll es Tee geben und ich denke, irgendwo ist wohl auch noch ein Aquavit für mich?!"

Fedja lachte: „Du änderst dich wohl nie, was? Wenn Mutter nicht aufpasst, ist keine Flasche vor dir sicher!"

Beleidigt antwortete Boris: „Das darfst du nun wirklich nicht sagen. Ich trinke niemals zuviel, oder?"

„Nein." Das musste Fedja zugeben.

Trotzdem passte Mutter immer sehr auf. Fedja war der Ansicht, dass sie manchmal ein bisschen zu hart mit ihm umsprang. Die Männer hier oben tranken Schnaps wie andere Leute Tee, doch davon wollte Magda nichts hören. Fedjas Gedanken standen gut lesbar auf seiner Stirn und Boris gab zur Antwort: „Das kannst du auch nicht verstehen, dazu müsstest du ihre Geschichte kennen. Und wegen dieser Geschichte bin ich unter anderem auch hier. Irgendwann musst du ja mal die Wahrheit erfahren, Fedja."

„Wie soll ich das verstehen?"

Mariness richtete sich auf ihrem Strohsack halb auf: „Soll ich rausgehen?"

„Im Gegenteil. Du sollst das auch hören. Ich glaube, ihr beide werdet uns dann besser verstehen."

„Besser verstehen", dachte Mariness, „was heißt besser verstehen, wenn der Blitz eingeschlagen hat und es darf nicht donnern." Sie verzog das Gesicht und überlegte, ob sie sich wieder hinlegen sollte. Dann entschied sie, dass es wohl höflicher wäre, den Ausführungen ihres Onkels sitzend zuzuhören. Mit einem Seufzer stand sie auf. In Gedanken verwünschte sie Boris. Sie war hergekommen, weil sie gehofft hatte, mit sich ins Reine zu kommen und mit Fedja zu sprechen. Auf Familienprobleme war sie nicht eingerichtet.

„Nun Fedja, zunächst frage ich dich einmal, ob du dich als mein Sohn wohlfühlst und gern bei uns zu Hause bist?", holperte Boris seinen Satz heraus.

„Vater, das ist doch wohl nur eine rhetorische Frage. Ich habe mich immer wohlgefühlt und wüsste nicht, aus welchem Grund ich nicht mehr gern zu Hause sein wollte. Du müsstest nur ab und zu versuchen, auch mich einmal zu verstehen!" Fedja wurde rot und brach ab: „Findest du das wirklich richtig, dass Mariness sich das mit anhören muss?"

„Ja!"

„Nun gut", knurrte Fedja erbost, „beginnen wir mit den genauen Aussagen! Ich habe Mariness vom ersten Moment an gemocht, sehr sogar. Das war bereits, als wir noch im Zug saßen. Du mochtest sie auch und plötzlich, wir waren gerade zu Hause, schlug Mutter ihre berühmte Tonart an und alles wurde anders. Ihr, du und Mutter, könnt nicht erwarten, dass ich dieser Entwicklung tatenlos zusehe. Das ist mein Leben!"

Die letzten Worte kamen wütend und unbeherrscht.

„Ja, Fedja, es ist dein Leben. Ich will dir nur sagen, dass es mich ganz besonders treffen würde, wenn du dich jetzt, nachdem ich dir sage, was in unserer Familie so Besonderes ist, gegen mich stellst. Fedja – holte Boris tief Luft – du bist nicht mein Sohn."

Im Raum breitete sich Schweigen aus. Fedja saß wie erstarrt und Mariness wagte kaum, ihre Augen zu heben.

„Was heißt das, Vater?", kam es rau.

„Das heißt, dass dein richtiger Vater deine Geburt schon nicht mehr erlebte."

„Aber wieso ...?"

„Langsam, Fedja. Hör zu. Du auch Mariness. Und dann könnt ihr beide in Ruhe nachdenken. Ich werde euch wieder allein lassen. *Deine Mutter, also Magda, stammt hier aus dem Dorf, dessen Bewohner in moralischer Hinsicht irgendwann im tiefsten Mittelalter – bis heute – stehen geblieben sind. Einen sogenannten Fehltritt verzieh und verzeiht man niemals. Mariness, du weißt, dass deine Mutter aus eben diesem Grund hat wegziehen müssen? "*

Das war eine rein rhetorische Bemerkung; Boris erwartete keine Antwort, sondern sprach weiter. Seine Stimme klang gleichmütig. Nur keine Gefühle verraten.

„Also, Magda erfuhr vom Arzt, dass sie schwanger war und teilte dies deinem Vater, er hieß übrigens Arne, mit. Er sagte ihr, dass sie sofort heiraten würden und fuhr noch am gleichen Tag in die Stadt, um alles in die Wege zu leiten. Auf dem Rückweg trafen wir beide uns zufällig und er erzählte mir, unter dem Siegel der Verschwiegenheit, was passiert war. Er freute sich riesig. Ich hatte ihm niemals gesagt, dass er mir Magda weggenommen hatte. Auch dann nicht. Während er weiterfuhr rief er mir noch zu, dass er darauf jetzt einen Schnaps trinken wolle. Nun, offensichtlich war es nicht nur einer. Am Abend kam dein Vater nicht nach Hause und Magda sorgte sich. Er hatte ihr versprochen, noch einmal vorbei zu kommen und ihr mitzuteilen, wann sie heiraten könnten. Als es dunkel geworden war, ging Magda zu Grischa. Er war damals schon im Dienst der Familie.
„Grischa, du musst mir helfen. Arne ist immer noch nicht zurück! "
Sie vertraute ihm an, warum sie so wartete und beschwor Grischa, sie nicht bei den Eltern zu verraten. Der Skandal sei ohnehin groß genug. Tochter aus gutem Hause und so weiter!
Grischa wartete, bis die Dämmerung alle Konturen verwischte und machte sich auf den Weg. Er ritt in Richtung Stadt, doch seine Suche war erfolglos. Seine Überlegung, dass Arne vielleicht einen Umweg über die Hütte, die damals gerade neu gebaut war, gemacht haben könnte, gab den Ausschlag, dass er trotz der hereinbrechenden Dunkelheit dorthin ritt. Schon beim Näherkommen sah er zwei Schatten, die sich bewegten. In rasantem Tempo, soweit das überhaupt möglich war, flog er auf die Hütte zu. Arne, bis auf sein übliches Messer ohne Waffe, war von einem Bären angefallen worden. Wütendes Gebrumm wechsel-

te mit Schreien, die nichts Menschliches mehr hatten. Grischa riss sein Gewehr aus der Halterung, wartete einen günstigen Moment ab und schoss. Der Bär richtete sich hoch auf, schlug mit der Pranke zu und fiel zur Seite. Mit ein paar großen Sätzen war Grischa an Arnes Seite. Er lebte noch und stöhnte.

„Bleib liegen, Arne, ich hole eine Decke und bringe dich in die Hütte. Dann reite ich heim und sehe zu, dass der Arzt kommt!" „Nicht! Grischa lass!", stöhnte Arne, „es hat keinen Sinn. Ich brauche keinen Arzt mehr. Versprich mir nur, dass du auf Magda aufpassen wirst. Sie wird es jetzt sehr schwer haben. Du kennst die Menschen hier."

Bevor Grischa ihm dieses Versprechen geben konnte, fiel sein Kopf zur Seite. Es war vorbei. Grischa hatte sich oft mit ihm gezankt; er hielt ihn für einen Leichtfuß, doch ein solches Schicksal hätte er ihm nicht gewünscht. Grischa ging in die Hütte und holte eine Decke. Er bettete den toten Arne vorsichtig darauf, legte ihn aufs Pferd und ging den ganzen Weg zu Fuß zurück.

Magda stand hinter dem Fenster als Grischa kam. Sie ging ihm mit langsamen Schritten entgegen und wollte die Decke zur Seite schlagen.

„Nein", verhinderte Grischa diese Absicht, „tu es nicht. Behalte ihn in Erinnerung, wie du ihn zuletzt gesehen hast."

Magda ging mit versteinertem Gesicht ins Haus zurück; wie es weitergehen sollte, könnte ihr niemand sagen.

Grischa ging hinein und suchte die Eltern. Er gab einen kurzen Abriss dessen, was er gesehen hatte. Fassungslos standen sie vor dem zerschundenen Körper.

„Mein Gott, Arne!", sagte Magdas Mutter, „Wie sollen wir es Magda sagen?"

„Lassen Sie sie jetzt", bat Grischa. Sie weiß es schon. Lassen Sie sie einfach allein."

Alles andere verschwieg Grischa. Eine Lösung für dieses Problem zu finden, war in den nächsten Tagen Zeit genug. Es änderte nichts mehr.

Arnes sterbliche Hülle wurde im Nachbardorf beigesetzt, wo auch seine Eltern wohnten. Sie waren völlig zerstört. Er war ihr einziges Kind.

Magda zeigte keine Regung. Sie fühlte sich innerlich wie abgestorben. Erst nach Tagen ging sie wieder zu Grischa: „Was mach ich denn nur? Ich weiß nicht mehr weiter!"

Grischa riet ihr, zunächst gar nichts zu tun. Er fuhr am Nachmittag in die Stadt, um Besorgungen für die Familie zu erledigen. Dort traf er mich. Da Grischa sich für Magda verantwortlich fühlte und mit ihr litt, vertraute er mir Magdas Unglück an. Und ich – ich fuhr hinaus und sprach mit Magda.

Ihr könnt Euch denken, welchen Vorschlag ich ihr machte; Ihr seid ja nicht dumm: ich wollte sie heiraten. Damals gehorchte sie wohl der Not, als sie ja sagte. Dass wir uns wirklich gut verstehen würden, konnten wir nicht wissen. Aber das, was man zu dieser Zeit Schande nannte, war erst einmal abgewendet und als du dann geboren wurdest, warst du für alle mein Sohn. Das Theater, was Magda noch mit ihren Eltern hatte, kann ich mir in diesem Zusammenhang sicher sparen. Doch auch ihnen blieb letztendlich nichts anderes übrig, als dem Plan zuzustimmen.

Im Raum breitete sich eine fast greifbare Stille aus.

„Und warum erzählst du mir das gerade jetzt?", fragte Fedja.

„Weil ich fair sein will und auf deine, sowie auf Mariness' Vernunft baue. Ich sehe durchaus die Möglichkeit einer guten Freundschaft zwischen euch und will nicht, dass ihr beide durch Mutters Verhalten lediglich aus Trotz in eine Sache hineinschlittert, die sich normal entwickeln würde, wenn man Euch in Ruhe ließe."

In Mariness brodelte es genauso wie in Fedja. Einerseits weigerte sie sich, Vernunftgründen zugänglich zu sein; doch Boris' ruhige Schilderung hatte ihre Wirkung nicht verfehlt. Mariness sah Boris an: „Ich würde jetzt viel lieber trotzig sagen: Was wollt Ihr eigentlich. Ich liebe Fedja und das ist *mein* Leben. Notfalls kämpfe ich gegen den Rest der Welt. Aber leider, Boris, muss ich zugeben, dass du irgendwie recht hast. In den vergangenen Stunden habe ich mich selber gefragt, ob nicht eine Freundschaft wertvoller wäre als eine Verbindung, die vielleicht mit einer Enttäuschung endet. Mir ist schon klar, wir leben in zwei verschiedenen Welten. Es gefällt mir hier, ich mag Fedja, die Umgebung, die Menschen, alles ..., ob ich aber wirklich auf Dauer hier leben könnte? Inzwischen bin ich nicht mehr so sicher."

„Gestern hast du etwas anderes gesagt", fuhr Fedja auf.

„Gestern stand ich unter Magdas Einfluss und war wütend", entgegnete Mariness.

Fedja erwiderte nichts, man sah ihm aber an, diese Antwort entsprach nicht dem, was er sich erhoffte.

„Schlaft beide mal darüber" meinte Boris, „morgen sieht die Welt wieder anders aus."

Und zu Mariness gewandt: „Von dir hätte ich mehr Widerstand erwartet. Ich muss zugeben, dass du mich überrascht hast."

Mariness lächelte ein bisschen wehmütig: „Weißt du Boris, ich mag Fedja wirklich. Es ist auch mehr als nur mögen, aber ich bin ein Stadtkind und in einer ganz anderen Umgebung aufgewachsen. Ich gebe sogar zu, dass ich Angst vor den Problemen habe, die auf uns zukämen. Auf uns, auf Euch und einige andere Leute. Zum Beispiel auch auf meinen Vater. Ich hoffe nur, dass Fedja mitmacht. Dass er mich ganz einfach versteht. Oder wenigstens versucht, mich zu verstehen. Vielleicht schaffen wir es, uns eine lebenslange Freundschaft zu erhalten. Dann könnten wir uns immer wieder sehen und besuchen und jeder wüsste, was er von dem Anderen zu halten hat. Ein guter Freund kann oft unersetzlich sein."

Mariness hatte Tränen in den Augen und kämpfte sichtlich um Haltung, stand aber dann auf und meinte: „Wir sollten jetzt wohl besser nach Hause fahren. Ach nein – reiten."

Bei dem Wort verzog sie das Gesicht und dachte mit Schrecken an diese Tortur. Fedja hatte sich noch nicht gefangen, erklärte sich aber bereit, Mariness auf seinem Pferd mitzunehmen. Das war zumindest eine Garantie, heil nach Hause zu kommen. Vor allem für Mariness.

Fedjas Gesicht war undurchdringlich und er meinte zu Boris: „Wir müssen noch miteinander sprechen. Aber danke, dass du es mir überhaupt gesagt hast. Es ändert sich nichts zwischen uns, soviel kann ich dir jetzt schon sagen."

Boris sah ihn an und nickte nur. Ihm schlug die ganze Geschichte weit mehr auf den Magen, als er sich eingestehen wollte.

*

In den nächsten Tagen verhielten sich alle Familienmitglieder sehr zurückhaltend. Sie gingen höflich miteinander um und die Stimmung wurde auf lustig getrimmt.

Mariness erholte sich zusehends und ihr stabilisierter Gesundheitszustand trug dazu bei, dass man, wie zum Trotz, noch ausgiebiger die Gegend erkundete. Magda stellte auch bereitwillig Grischa zur Betreuung ab; von einem Überfall des Bären hatte man genug. Den Jägern entwischte das Tier immer wieder und man fürchtete weiteres Unheil.

Wie sich herausstellen sollte, nicht zu Unrecht.

Eines Nachts rumorte es auf dem Hof und die Pferde wieherten angstvoll. Grischa sprang aus dem Bett und rannte zum Gut hinüber.

„Schnell, der Bär ist hier!"

„Wo?" Boris stand bereits mit beiden Beinen vor dem Bett.

„Irgendwo bei den Ställen, genau weiß ich es nicht!"

Boris lief zum Telefon, rief den Jäger an, schnappte sich das Gewehr und lief hinter Grischa her. Die Pferde rumorten noch immer, aber zu sehen war nichts.

„Vielleicht sollten wir warten, bis der Jäger hier ist", meinte Grischa.

„Es ist riskant für uns alle."

Zwischenzeitlich ging hinter den anderen Fenstern das Licht an. Mariness stand im Flur und wartete auf die beiden.

„Fedja, was ist los?"

„Der Bär", sagte er kurz angebunden, „bleib in deinem Zimmer!"

Sie verkroch sich wieder; die Erinnerung an ihr Abenteuer vor der Hütte jagte ihr noch immer einen Schauer über den Rücken. Fedja ging zu Magda hinüber und sagte auch ihr, dass auch sie besser im Zimmer bliebe. Boris und Grischa seien schon unten und der Jäger bereits unterwegs.

Fedja lief aus dem Haus, vorsichtig nach allen Seiten blickend. Das Tier war nicht zu sehen, musste sich aber in der Nähe aufhalten. Er stieß zu Boris und Grischa und sie beschlossen, zusammenzubleiben bis der Jäger vor Ort wäre und ihnen genaue Anweisungen geben konnte.

Jäger Floeck wohnte in der Nähe des Gutes und traf kurze Zeit später ein. Er war bewaffnet und hatte einen Gehilfen bei sich.

„Wo ist er?", fragte er kurz.

„Wir vermuten in der Nähe der Ställe, da die Pferde sehr unruhig sind."

Leise flogen ein paar Kommandos durch die Luft und plötzlich zerriss ein lauter Knall die Stille. Boris hatte den Bären gesehen und geschossen. Wütendes Gebrumm zeigte ihnen, dass er getroffen sein musste. Jetzt wurde es erst recht gefährlich. Sollte er nur angeschossen sein, würde er sämtliche Kräfte mobilisieren, um seinen Angreifer zu töten.

Boris rief nach dem Jagdgehilfen und Jäger Floeck, der währenddessen hinter dem Bären Position bezogen hatte. Er brachte diesen mit einem weiteren, gezielten Schuss zur Strecke und erkennbares Aufatmen ging durch die Männer.

Fedja rannte ins Haus: „Wir haben ihn! Es ist alles in Ordnung."

Die beiden Frauen eilten aus der Halle und wollten nun die Ursache der nächtlichen Ruhestörung genauer sehen.

Mariness schüttelte sich: „Ich glaube, eine gewisse Angst vor Bären werde ich mein Leben lang nicht mehr los, dabei sehen sie so harmlos aus!"

„Das ist das Gefährliche, man kann an ihrem Gesichtsausdruck nicht erkennen, ob sie friedlich sind oder im nächsten Augenblick angreifen. Bären haben keine Mimik", fügte der Jäger erklärend hinzu. „Deshalb passiert es immer wieder, dass Kinder im Zoo die Hände durch das Gitter strecken und einen Bären streicheln wollen. Weil er eben so harmlos aussieht. Und kleine Bären erst – die sind doch sooo putzig; damit trotzdem nicht ungefährlicher ..."

Fedja dachte, dass er das aus eigener Erfahrung besonders gut beurteilen könne. Sein Blick flog immer wieder zu Mariness, die still dastand und sich an die vorsichtige Annäherung jenes Abends nicht mehr zu erinnern schien. Seufzend wandte Fedja sich ab. Irgendetwas schmerzte, er konnte nicht einmal genau sagen, was es war.

*

Langsam neigte sich die Zeit, die Mariness in Vadsø verbringen sollte, dem Ende zu. In wenigen Tagen hieß es: Koffer packen. Ein bisschen Wehmut schlich sich ein; andererseits freute sie sich auf zu Hause. Was sie anfangs nicht wahrhaben wollte: sie hatte Heimweh nach der vertrauten Umgebung. In den letzten Wochen war ihr klar geworden, dass sie Fedja sehr, sehr gern mochte, aber mehr würde es wohl nicht werden. Für immer hätte es nicht gereicht. Sie kämpfte mit sich, ob sie noch einmal mit ihm sprechen sollte oder ihm von daheim schreiben. Letzteres verwarf sie als unfair. Fedja erwartete bestimmt ein Gespräch, obwohl er in den vergangenen Wochen keinen erneuten Versuch machte, ihr beiderseitiges Verhältnis zu ändern. Sie waren als gute Freunde gemeinsam durch die Gegend gefahren, hatten Feste besucht und Mariness stellte fest, dass sie wie ein Fremdkörper in einer in sich ruhenden Welt wirkte. Sie brachte einen Hauch Großstadt mit. Bei dem Gedanken, Bückeburg als Großstadt zu betrachten, musste sie innerlich lachen. Die Mädchen aus dem Dorf begegneten ihr mit auffallender Zurückhaltung; um nicht zu sagen, mit greifbarer Feindseligkeit und Mariness beschlich eine leise Ahnung, dass sich das auch mit den Jahren vermutlich nicht ändern würde. Dazu kam, dass sie Fedja einfach nicht gut genug kannte und momentan keine Gelegenheit bestand, ihn besser kennen zulernen. Abgesehen davon, dass sich alle Mühe, die Sprachbarriere niederzureißen als erfolglos erwies. Die Mädchen aus dem Dorf taten immer noch so, als würden sie Mariness nicht verstehen, dabei war ihr norwegisch inzwischen recht gut geworden. Daran maß sie, dass man sie nach wie vor ablehnte. Außerdem gab es mehr als nur ein Mädchen, das sich für

Fedja interessierte und sie war diesen Mädchen im Weg. Mariness reckte sich und ging in die Küche. Magda stand am Herd und bereitete das Mittagessen.

„Nun, was treibt dich denn in diese heiligen Hallen?", fragte sie betont munter.

„Ich wollte eigentlich noch einmal mit dir reden."

Magdas Gesicht verfinsterte sich schlagartig, aber sie schwieg.

Mariness musste insgeheim lächeln. Anscheinend traut sie weder mir noch Fedja, dachte sie.

Laut sagte sie: „Keine Angst, ich wollte dir einfach nur sagen, dass ich in den vergangenen Tagen Zeit genug hatte, über alles nachzudenken. Der Stil, den du angewandt hast, war gemein, doch ich muss leider zugeben, dass du in einigen Dingen recht hattest. Was mich sehr faszinierte, war das fremde Land. Natürlich auch Fedja. Er in erster Linie sogar. Ob der Reiz genauso groß gewesen wäre, wenn ich ihn zu Hause getroffen hätte, möchte ich heute selber anzweifeln."

„Hast du es Fedja gesagt?"

„Nein, aber das werde ich gleich nachholen."

„Tu' ihm nicht weh!"

„Es wird wohl immer ein bisschen wehtun. Meinst du nicht, dass es auch mir wehgetan hat?"

Fedja stand unschlüssig im Flur herum. Er hatte aus der Küche Mariness' Stimme gehört, konnte allerdings nicht verstehen, was gesprochen wurde. Er vermutete, dass er das Thema war. Seufzend machte er sich mit dem Gedanken vertraut, dass es ans Abschiednehmen ging.

Mariness kam heraus und sah ihn an: „Ich glaube Fedja … wir sollten noch einmal miteinander reden."

Trotzig schüttelte er den Kopf: „Da gibt es nichts mehr zu sagen; ich habe inzwischen verstanden", entgegnete er bitter.

„Fedja, mach es uns doch nicht noch schwerer als es ohnehin schon ist."

In ihren Augen standen Tränen, als sie auf ihr Zimmer ging. Zum letzten Mal betrachtete sie die gemütlichen Räume, die für einige Monate ihr Zuhause geworden waren und begann, ihre Koffer zu packen. Ob sie wohl wieder einmal herkommen würde? Zweifel regten sich, ob der gefasste Entschluss richtig war. Im Laufe der nächsten Stunden dachte sie jedoch unentwegt an Bückeburg und bemerkte zu ihrem Erstaunen, sie freute sich auf daheim. *Vater*, dachte sie zum x-ten Mal, *ich bin bald wieder da. Dann wirst du mir helfen, über alles hinwegzukommen. Es ist nicht so einfach, eigene Entscheidungen treffen zu müssen.*

Langsam dreht sie sich zum Fenster um und rief nach Grischa.
„Kannst du mir bitte ein Bad einlassen?"
Grischa machte sich mürrisch an die Arbeit.
„Was hast du?", fragte sie.
„Jetzt fährst du doch wieder weg und lässt Fedja allein."
„Grischa, bitte, jetzt fang du auch noch an, mir Vorwürfe zu machen", rief Mariness weinerlich aus und schmiegte sich in die Arme des alten Mannes. „Verstehst du denn nicht, dass es einfach nicht geht? Ich muss zurück. Ich will mit ruhigem Gewissen wiederkommen dürfen. Als Fedjas Freundin, die ich auch dann noch sein kann, wenn er einmal ein Mädchen geheiratet hat, das zu ihm passt und zu seinem Leben gehört. Ich ... ich bin nur so etwas, wie ein exotischer Vogel. Versuche doch bitte, mich zu verstehen!"
Grischas Miene hellte sich nur wenig auf: „Vielleicht hast du recht. Am Anfang wollte ich dich gar nicht hier haben, aber mittlerweile bist du schon fast so etwas wie meine Tochter. Es ist in der kurzen Zeit soviel passiert."
Ein kleines wissendes Lächeln stahl sich in Mariness' Augen: „Komm Grischa, ich möchte ein letztes Mal in dieser herrlichen Wanne baden."

*

Die Kutsche wartete bereits auf dem Hof, das Gepäck war aufgeladen. Jetzt heulte Mariness doch wie ein Schlosshund und alle Vernunft und guter Wille waren wie weggeblasen.
„Ich will nicht nach Hause – ich möchte bei euch bleiben!"

Die Pferde stampften ungeduldig und der Zug würde nicht warten. Damit machte Boris dem tränenreichen Abschied ein Ende. „Komm Kleines. Auf dem Bahnhof, wenn du das Haus nicht mehr siehst, wird es dir besser gehen!"
Schluchzend wickelte sie sich in die Decken und versteckte den Kopf an Boris Schulter. Erst nach einer Weile wurde sie ruhiger.
„Hast recht, Boris", murmelte sie und Boris lächelte in sich hinein. Er wusste, wie sehr es schmerzte, Mariness hergeben zu müssen. Er hatte sie liebgewonnen, wusste aber auch, dass die allgemeinen Lebensumstände und nicht zuletzt die Mentalität seiner Dörfler, zu dieser Verbindung *nein* gesagt hätten. Mariness wäre nie heimisch, sondern höchstens unglücklich geworden und Fedja mit ihr. Es war besser so.

*

Am Bahnhof wurde sie vorsichtig aus den Decken geschält, kletterte aus der Kutsche und blieb wie angewurzelt stehen.
„Vater!!! Wo kommst du denn her?"
„Ich musste doch mal nach meiner Tochter sehen; irgendwie hatte ich das Gefühl, es sei nötig", nahm er Mariness in den Arm.
Über Mariness Kopf hinweg tauschten die beiden Männer einen Blick:
„Sie wird es schon schaffen!"
Inzwischen flossen die Tränen reichlich.
„Vater, weißt du ..."
„Ja", sagte er mit leisem Lächeln. „Komm mein Kind, sag jetzt nichts. Wir fahren nach Hause. Unterwegs kannst du mir alles erzählen. Siehst du, mein ach so großes Fräulein Tochter, wirklich erwachsen zu sein ist gar nicht so einfach, nicht wahr?"
Fedja war nicht mitgekommen. Er hatte in einer Anwandlung von Trotz und Sturheit erzwingen wollen, dass Mariness blieb.
Gegen besseres Wissen.
Mariness drehte sich zu Boris und Grischa um: „Ich möchte euch danken. Für alles. In ein paar Wochen kann ich sicher freudig an wunder-

schöne Monate bei euch zurückdenken. Und ... bitte! Sagt auch Fedja, er soll versuchen, mich zu verstehen."

Als der Zug anruckte, stand Mariness mit tränenblinden Augen am Fenster.
Fedja, dachte sie, leb wohl! Wir werden uns ganz bestimmt wiedersehen. Ich weiß es.

***

Der Traum vom Ruhm

Wieder zu Hause setzte Mariness sich in den Kopf, Schauspielerin zu werden und glaubte, dass alle nur auf sie warteten. Durch einen Zufall gerät sie in ihren Theatertraum und erhält von vielen Seiten Unterstützung. Doch sie muss feststellen, dass sie sich eine Berufung aussuchte, die sie bis an die Grenzen ihrer Belastbarkeit fordert.
Ob Mariness es schafft?

Einige Monate nach der Rückkehr aus Norwegen steht für Mariness die endgültige Berufswahl zur Debatte. Sie kommt mit einer ausgefallenen Idee zu ihrem Vater, der diesem Ansinnen zunächst kopfschüttelnd gegenübersteht: „Hast du dir das auch wirklich gut überlegt? Schauspielerin möchtest du also werden? Und was hat das mit deiner Idee, etwas mit Musik zu machen, zu tun? "

Mariness' Vater sah seine Tochter ein bisschen zweifelnd an. Er hatte den Eindruck, dass sie sich absolut nicht klar darüber war, was dieser Beruf bedeutete. „Neben dem Beruf eines Arztes, den man auch nicht als Beruf, sondern als Berufung ausüben sollte, ist der des Schauspielers meines Erachtens der schwerste, den man sich aussuchen kann. Dazu brauchst du nicht nur ein umfangreiches Wissen, ein gutes Gedächtnis und eiserne Disziplin; vor allen Dingen brauchst du eine äußerst stabile Gesundheit."

„Vater, das weiß ich alles. Ich habe es mir wirklich gründlich überlegt. Was die Musik angeht, nun, es ist wohl so, dass ich einfach nicht weiß, in welche Richtung ich gehen soll. Klassische Musik liegt mir nicht so sehr. Klavier ist nicht meines, Geige schon, aber damit müsste man wohl als Kind anfangen. Also einfach zu spät. Na ja – singen kann ich vergessen. Ich singe die beste Katze kaputt. Ich hoffe nur, du stellst dich nicht quer, von wegen: lerne erst einmal einen *anständigen* Beruf – oder so etwas in der Richtung ..."

„Hab' ich das jemals getan?"

„Nein."

Mariness begann zu schwärmen. Sie stellte es sich herrlich vor, auf einer Bühne zu stehen und in der Rolle, die sie zu verkörpern hatte, zu *leben*. Ihre Phantasie spiegelte ihr den großen Ruhm vor, den sie erringen wollte. Die paar Probleme, pah, die würde sie mit einer Hand beiseite fegen.

Seufzend stellte ihr Vater fest: „Also gut, dann sieh zu, dass du eine gescheite Schauspielschule findest. Ohne fundierte Ausbildung kannst du diesen Wunsch sowieso nicht verwirklichen. Und du siehst", grinste er seine Tochter hinterhältig an, „ich habe es dir immer schon gesagt: ohne Abitur geht gar nichts!"

Mariness seufzte: „Mach ich Vater. Ich habe schon an verschiedene Institute geschrieben und warte auf Antwort. Irgendwann in den nächsten Tagen wird hoffentlich etwas kommen."

„Und du kommst jetzt auch – aber erst einmal in die Küche, ich habe keine Lust, wegen deines Schauspielwunsches zu verhungern."

Mariness lachte und machte sich daran, das Abendessen vorzubereiten.

*

Der nächste Tag versprach strahlend schön zu werden und Mariness plante, ihn nicht zu Hause zu verbummeln. Sie machte einen Spaziergang durch die Stadt. Ihre verschiedenen Briefe an diverse Schauspielschulen blieben bislang unbeantwortet. Für heute war die Post auch schon wieder durch. Langsam sank ihr Optimismus. Sie war überzeugt gewesen, sofort einen Studienplatz zu bekommen, dass dieses Schweigen sie doppelt traf. Sie musste es unbedingt schaffen; so siegessicher wie sie vor ihrem Vater gestanden hatte. Was sollte er von ihr denken, wenn sie die Flinte bereits ins Korn warf, bevor es richtig anfing.

Mariness hob den Kopf und sagte laut: „Ich will das einfach und wenn ich es will, dann muss es auch klappen."

Die Leute sahen ihr kopfschüttelnd nach, doch das kümmerte sie nicht. Hinter sich hörte sie Schritte: „Hallo Mariness, wohin gehst du denn?"

Sie drehte sich zu dem Sprecher um: „Oh, Ramon, dich habe ich ja ewig nicht mehr gesehen."

„Kunststück, wenn du dich die meiste Zeit hinter irgendwelchen Büchern versteckst. Wie oft habe ich schon versucht, dich aus deiner Kemenate zu locken, aber du schwebst anscheinend in höheren Regionen."

„Was heißt in höheren Regionen? Ich hatte absolut keine Lust, zu deinen verschiedenen Partys zu rennen. Ewig das gleiche Blabla und richtig reden kann man mit niemandem."

Mariness redete sich in Eifer und Ramon sah erstaunt auf. So kannte er sie nicht. In der gemeinsamen Schulzeit kam sie eher unauffällig daher, fast ein bisschen schüchtern. Doch Ramon fiel ein, dass Mariness, nach dem bestandenen Abitur, von ihrem Vater eine Reise nach Norwegen geschenkt bekam. Sie war damals eine ganze Weile von Bückeburg weg und kam danach sehr verändert zurück. Diese Entwicklung gefiel ihm gar nicht. Er warf schon als Schuljunge ein Auge auf dieses Mädchen und setzte sich in den Kopf, sie zu seiner Freundin zu machen. Eventuell würde er sie später heiraten. Mariness wusste zwar nichts von ihrem Glück ... doch Ramon war so von sich überzeugt, dass er sich nicht vorstellen konnte, dass sie ihn nicht mit Freuden nehmen würde, zumal er aus begütertem Hause kam. Völlig verdutzt vernahm er, dass sie ihn fast hochmütig anfuhr: „Du hast völlig richtig gehört, blödes Blabla auf jeder Party und darauf habe ich keine Lust. Klar?"

Mariness machte eine Kehrtwendung und ließ ihn einfach stehen. Jetzt hatte sie sich Luft gemacht, an ihrer Lage hatte sich jedoch nichts geändert. Plötzlich blieb sie mitten auf der Straße stehen und schalt sich selbst eine dumme Gans. Himmel *wie konnte ich bloß so doof sein. Auf die Idee hätte ich schon früher kommen können!* Kehrtwendung auf dem Absatz und … Abmarsch in Richtung Theater.

Natürlich war das Gebäude zu dieser Zeit geschlossen; doch Mariness wusste, es gab in diesem Bauwerk einen Zulieferereingang. Von dort aus wurde das dem Theater angeschlossene Restaurant beliefert; vermutlich konnte man auf diesem Weg in die Garderoben gelangen. Sie lief zweimal um den gesamten Komplex. Weniger um eine Tür zu finden, als um sich Mut zu machen. Ein bisschen Angst vor der eigenen Courage stellte sich ein. Endlich! Gerade kam jemand heraus und sie huschte mit einem gemurmelten Danke fürs Türaufhalten hinein. Jetzt galt es nur noch, eine kompetente Person zu finden. Am besten sofort den Intendanten; dann würde sie weitersehen.

Sie rüttelte an verschiedenen Türen. Zugesperrt. Alles schien sich gegen sie verschworen zu haben. Mit einem leisen, dafür recht undamenhaften

Fluch, versuchte sie die nächste Tür und die gab endlich nach. Inmitten von Kostümen und diverser anderer Utensilien sah sich Mariness unverhofft einem Schauspieler gegenüber, der augenscheinlich seine Rolle probte.

Der fuhr sie gleich an: „Zum Kuckuck, wo bleibt denn meine Milch? Ich hatte schon vor mindestens zehn Minuten danach gefragt."

Mariness war so perplex, dass sie vor lauter Schreck stotterte: „kommt sofort" und durch die Vordertür verschwand. Draußen lehnte sie sich an die Wand und überlegte krampfhaft, woher sie Milch bekäme. Sie hatte keine Ahnung, in welchem Trakt des Theaters sie sich befand; noch, wohin sie sich wenden musste, um vielleicht eine Küche oder zumindest einen Automaten zu finden. Um sich schauend lief sie auf die nächste Tür zu und stand wiederum in einer Garderobe. Die war, erkennbar, auch bewohnt, doch glücklicherweise leer. Auf dem Schminktisch stand, neben jeder Menge Kosmetika, ein Glas Milch. Mariness ging davon aus, dass die Person, die die Milch in die andere Garderobe hätte bringen sollen, sich vermutlich in der Tür geirrt hatte. Sie klaute das Glas ohne Gewissensbisse. Da sie sich nicht auskannte, ging sie vorsichtshalber den gleichen Weg zurück, stellte die Milch auf dem zierlichen Garderobentisch ab und wollte gerade fragen, wie sie am besten zum Theaterleiter kam als die Tür aufgerissen wurde und eine Frau erschien. Die Arme vollgepackt mit Kleidern erblickte sie Mariness und legte gleich los: „Kannst du mir mal sagen, wo du jetzt herkommst. Wir warten bereits eine Ewigkeit auf dich. Hier, zieh das an und beeile dich. Wir müssen gleich auf die Bühne."

Völlig entgeistert starrte Mariness auf einen schmutziggrauen Kittel aus Sackleinen und meinte: „Was! Das soll ich anziehen? Ich glaube, Sie verwechseln mich."

„Los, mach schon. Wir haben keine Zeit mehr für großartige Erklärungen. Wir haben die Bühne heute nur für etwas mehr als eine Stunde und müssen uns sputen."

Die Frau hatte gar nicht zugehört. Mariness sah ein, dass Widerstand im Moment zwecklos war und dachte, wenn sie auf der Bühne stünde, würden schon alle merken, dass sie die Falsche erwischt hatten. Bei dem Gedanken grinste sie ein wenig hinterhältig: Was jetzt wohl auf sie zukäme?

Sie schlüpfte aus ihrem Overall in den Kittel, der wirklich wie ein Sack an ihr hing. Der Schauspieler, der sie losgeschickt hatte, die Milch zu holen stand auf und ging zur Tür. Mariness nichts wie hinterher. Im guten Glauben, auf dem Weg zur Bühne zu sein, achtete sie nicht darauf, wohin sie ging. Plötzlich blieb sie abrupt und leicht verlegen stehen. Dort konnte sie schlecht hinterher laufen. Auf der Tür stand in großen Lettern: *Herren!*

Verstohlen drückte sie sich in eine Ecke und wartete darauf, dass der *Milchmann* wiederkam. Gott sei Dank. Der drehte sich mit einem mal zu ihr um und sagte: „Du bist wohl neu hier?"
„Ja, und ich weiß noch nicht einmal, wo die Bühne ist."
„Komm mit."
Erleichtert trabte Mariness hinterdrein und befand sich plötzlich auf der, mit einem Vorhang zum Zuschauerraum hin verschlossenen Bühne. Neugierig sah sie sich um und hatte solches Herzklopfen, dass sie dachte, alle anderen müssten es hören. Im Augenblick kümmerte sich jedoch niemand um sie. Die Beleuchter richteten ihre Lampen ein und der Rest der Schauspielertruppe stand mit Rollenbüchern irgendwo herum und murmelte halblaut vor sich hin. Mariness ging auf einen Mann zu, den sie für den Regisseur hielt und wollte ihm sagen, dass man sich geirrt hätte und sie gar nicht hierher gehörte. Aber Schauspieler waren wohl ein eigenes Völkchen. Er ließ sie nicht zu Wort kommen, sondern legte gleich los : „Du brauchst vorläufig noch nichts zu tun. Nur zusehen. Ich sage dir dann schon, wenn dein Einsatz kommt. Und denk' dran, du bist ein total verschüchtertes Mädchen. So etwas wie Aschenputtel."
Mariness wunderte sich über das selbstverständliche *Du*, seufzte und gab es auf. Irgendwann würde man den Irrtum ja wohl bemerken.

*

Die Dialoge begannen; es wurde noch aus dem Rollenbuch gelesen. Fasziniert hörte sie zu, wie die einzelnen Darsteller versuchten, aus den ihnen noch nicht so geläufigen Texten bereits eine Mimik zu formen. Jetzt bekam sie einen Wink: „Los Mädchen. Du brauchst dich nur völlig ängstlich umzusehen und dann tu so, als wolltest du weglaufen."
Mariness versuchte das und jemand sagte: „Verflixt, du bist kein Stadtkind mehr. Du lebst in einer Mühle und dir wird laufend die Hölle heißgemacht. Du musst schon vor Angst sterben, wenn dich nur jemand anschaut."
Nach einigen Versuchen war Mariness' Darstellung so, wie man es ihr aufgetragen hatte und sie setzte sich aufatmend auf die nächstbeste Kiste, die in einer Ecke stand. Sie dachte immer noch darüber nach, wie und vor allem wann sie den Leuten sagen konnte, dass sie gar nicht die war, für die man sie hielt. Aber keiner der Anwesenden war ansprechbar. Sie wusste noch nicht einmal, in welche Rolle man sie hinein purzeln ließ. Das einzige was sie bemerkte, war, dass sie nicht zu sprechen hatte und scheußlich aussah. Das deckte sich nun gar nicht mit ihrer Vorstellung von Schauspielerei. Sie hatte von großen Roben und schicken Sachen geträumt, nicht von einem Kittel aus Sackleinen. Mariness musste sich eingestehen, dass das, was man von ihr erwartete, eigentlich nicht schwer gewesen sei, doch es fiel ihr schwer und sie war überrascht, wie lange es dauern konnte, bis nur eine Geste richtig saß. Ein kleiner Vorgeschmack, dachte sie ein wenig sarkastisch.

Inzwischen wurde Mariness' Aufmerksamkeit wieder auf die Bühne gelenkt. Die erste Grundprobe war durch und man machte sich wieder auf den Weg zu den Garderoben. Neben ihrem Milchmann lief ein anderer junger Mann, der gerade erzählte: „Also vorhin, da ist mir ja vielleicht etwas Komisches passiert. Ich hatte mir gerade die Grundierung für die Maske heute Abend angerührt, da wurde ich zum Telefon gerufen. Als ich wiederkam war das Glas weg. Unauffindbar!"
Der *Milchmann* blieb wie vom Donner gerührt stehen und brach in schallendes Gelächter aus. Sein Kollege guckte ein bisschen pikiert.

„Was ist daran so lächerlich?" Mariness suchte inzwischen verzweifelt ein Mauseloch. So etwas ist allerdings nie in der Nähe, wenn man es braucht. Prompt drehte sich der Milchmann um: „Du bist mir ja Eine! Ich habe mich ohnehin gewundert, wieso das Zeug nur nach Wasser mit was drin schmeckte!"

„Es war auch anscheinend nur Wasser mit etwas drin." Mittlerweile konnte Mariness sich nicht mehr beherrschen und beschrieb, nach einer entsprechenden Lachsalve, wie es überhaupt dazu gekommen war. Bei der Gelegenheit stellte sie sich gleich vor und brachte ihr Anliegen an den Mann.

„Nun, Fräulein Dreschmann, dann will ich Sie mal an die richtige Stelle bringen. Ich drücke ganz fest die Daumen. Eines muss ich Ihnen lassen, was Sie da für den Anfang gemacht haben, war gar nicht schlecht. Das Stück, in das Sie so kurios hineingeraten sind, heißt übrigens: *Johnny Belinda.*"

*

Vater Dreschmann kam aus dem Büro und fand die Wohnung leer. Mariness hinterließ sonst immer einen Zettel, wo sie zu finden war. Diesmal hatte sie es wohl vergessen.

Man merkt, dass sie mit ihren Gedanken laufend woanders ist, dachte er. In diesem Moment ging die Türglocke. Er drückte auf den Öffner und sah sich einem jungen Mann gegenüber, der Mariness sprechen wollte.

„Tut mir leid, aber sie ist nicht zu Hause."

„Schade. Würden Sie ihr bitte sagen, dass Ramon hier war. Ich wollte sie ins Kino einladen. Heute Mittag habe ich sie getroffen, da war sie allerdings äußerst unfreundlich zu mir."

Bei Vater Dreschmann schrillten die Alarmglocken: „Bitte, kommen Sie herein Ramon. Erzählen Sie mir, woher Sie Mariness kennen und wieso sie unfreundlich war. Das ist doch sonst nicht ihre Art."

Ramon gab einen kurzen Bericht und Mariness' Vater dachte, dass man diesen jungen Mann von seinem hohen Ross herunter holen müsse. Laut sagte er: „Es tut mir leid, das müssen Sie mit meiner Tochter tatsächlich selbst ausmachen. Sie hat in der letzten Zeit ganz andere Interessen, sie muss sich um ihre Berufsausbildung kümmern. Was sind Sie eigentlich von Beruf?"

„Oh, ich studiere. „Archäologie."

„Du lieber Himmel, das ist doch eine völlig brotlose Kunst."

„Das könnte ich nicht sagen. Schließlich kann nicht jeder Zahnarzt werden", gab Ramon beleidigt zurück.

„Nun seien Sie mal nicht gleich auf den Schlips getreten. Ich finde immer, in der heutigen Zeit muss man mehr denn je darauf achten einen Beruf zu haben, der seinen Mann ernährt. Außerdem dürfte es wohl wenig Frauen geben, die dieses damit verbundene Herumreisen begeistert mitmachen."

„Naja", meinte Ramon unvorsichtigerweise, „ich könnte mir vorstellen, dass Mariness nichts gegen das Reisen einzuwenden hätte."

„Wie bitte? Was hat denn Mariness damit zu tun?"

Vater Dreschmann sah den jungen Mann völlig perplex an und dieser errötete bis unter die Haarwurzeln. Au Backe, da hatte er sich ja schön verplappert. Wenn Mariness bereits jetzt von seinen Ideen hörte, würde sie ihn glatt dahin wünschen, wo der Pfeffer wächst. Ramon war sich klar, dass die Absichten auf eine gemeinsame Zukunft einseitig waren.

„Ooch, ich habe das nur so dahin gesagt", meinte er, „nichts von Bedeutung."

Ramon stand auf und hatte es plötzlich eilig, wieder wegzukommen. „Tun Sie mir bitte den Gefallen, Herr Dreschmann, sagen Sie Mariness besser doch nichts von meinem Besuch. Ich werde sie bei nächster Gelegenheit einladen und zu meinen Absichten selbst befragen."

Kopfschüttelnd schloss Vater Dreschmann die Tür hinter dem unverhofften Gast. Er war beunruhigt. Hatte dieser windige Kerl etwa Absichten auf seine Tochter? Das würde er zu verhindern wissen. So ein unechter Bengel. Erbost dachte er: Das fehlt noch. Mariness hat wo-

möglich einen einträglichen Beruf und der legt sich auf die faule Haut. Nur über meine Leiche!
Nachdenklich ging er in die Küche und machte sich ein Abendbrot zurecht. Er konnte nicht verstehen, wo Mariness blieb. Wenigstens anrufen könnte sie, dachte er.

*

Der *Milchmann* machte sich mit Mariness in Richtung der Büros auf und sagte: „Ich bin übrigens Norman Meller."
„Und ich der Kaiser von China", rutschte es ihr heraus.
Mariness hatte den Namen nicht richtig verstanden und Meller lachte: „Nein, nicht Mailer, Sie haben wohl etwas falsch verstanden – Meller. Ich habe mit Norman Mailer, den Sie vermutlich meinen, nichts zu tun. Trösten Sie sich, das passiert öfter. Trotzdem, wenn es auch schade ist: keine berühmte Verwandtschaft."
Mariness entschuldigte sich: „Sie müssen verstehen, ich habe heute soviel Ungereimtheiten erlebt, dass ich inzwischen ein bisschen misstrauisch geworden bin."
„Macht nichts. Wir sind übrigens da. Ich glaube, ich gehe besser mit. Außerdem möchte ich selber gern wissen, wo unsere ursprünglich vorgesehene Darstellerin abgeblieben ist."
Das Büro war nur mit einer Tischlampe beleuchtet und die beiden blieben nach dem Herein im Rahmen stehen.
„Nun, Meller, was gibt's?"
Norman erzählte, in einzelnen Passagen durch Mariness unterstützt, was sich ereignet hatte und die *Spitzmaus* hinter dem Schreibtisch begann zu lachen.
„Darauf können Sie sich was einbilden! Der lacht sonst nie", zischelte Norman leise und laut sagt er: „Dann lasse ich Sie jetzt allein. Herr Griffel braucht mich im Augenblick nicht und Ihnen, Fräulein Dreschmann, drücke ich die Daumen. Vielleicht sehen wir uns später wieder."
Schön wäre es, dachte Mariness und sah die *Spitzmaus* an.

Abwartend stand sie vor dem Schreibtisch und je länger das Schweigen und die Musterung des Intendanten dauerte, umso nervöser wurde Mariness. Sie fühlte sich denkbar unwohl in ihrer Haut und wäre am liebsten davongelaufen.

„So, Fräulein Dreschmann, wieso sie in die Probe geraten sind, weiß ich ja nun. Erzählen Sie mir jetzt doch bitte, wie Sie sich Ihren Beruf im Einzelnen vorgestellt haben. Ich muss sagen, dass ich geneigt bin, mit Ihnen einen Versuch zu wagen. Norman Meller hat Sie als gut beurteilt und auf sein Urteil gebe ich etwas. Also berichten Sie."

Mariness schilderte ihre Beweggründe und was sie sich vorstellte. Sie unterließ auch nicht, zu erwähnen, dass sie wegen einer fundierten Ausbildung bereits an alle möglichen Schauspielschulen geschrieben habe. Das Ergebnis sei bislang Null gewesen.

Griffel, so hieß der Intendant, wiegte bedächtig seinen Kopf hin und her, nachdem Mariness mit ihrer Schilderung fertig war.

„Hm, hört sich gut an. Ich mache Ihnen einen Vorschlag. Sie scheinen ernste Absichten zu haben und wie Sie sagen, legt Ihr Vater Ihnen keinen Stein in den Weg. Eine fundierte Ausbildung brauchen Sie natürlich. Ich werde Sie bei der Xillon-Schule anmelden. Das ist ein ganz ausgezeichnetes Institut und bildet vor allem Theaterschauspieler aus. Sie müssten mir aber einen Vertrag unterschreiben, dass Sie nach Beendigung dieser Zeit nicht mit fliegenden Fahnen zum Film übergehen. Ich weiß, dieses Metier lockt. Vor allen Dingen die Gagen. Lassen Sie sich von mir gesagt sein, es ist zwar ein leichteres Brot, aber die wirkliche Erfüllung, die Sie sich von Ihrem Beruf versprechen, finden Sie dort nicht." Nachdenklich sah er Mariness ins Gesicht: „Sie schon gar nicht!"

Erstaunt betrachtete Mariness den ernsten Mann vor sich. Sie hatte den Eindruck, dass er sehr viel tiefer sah, als er es die Leute, die ihm gegenüberstanden, merken ließ. Sein Ausspruch hatte etwas Beruhigendes für Mariness.

„Herr Griffel, ich unterschreibe Ihnen mit Freuden einen solchen Vertrag. Ich habe niemals daran gedacht, zum Film zu gehen. Mein Wunsch war immer das Theater. Aber Sie sagten vorhin, dass Sie mir vielleicht die Rolle der Belinda geben wollten. Ich kenne noch nicht einmal das Buch. Kann ich das überhaupt?"

Überrascht über die von Mariness geäußerten Zweifel sah Griffel sie an: „Oh, ich denke schon. Sicher, wir werden an Ihnen herumfeilen müssen und das wird Sie manche Träne kosten; Sie werden das schon schaffen. Sie haben ja Meller neben sich. Der passt auf Sie auf. Nachdem Sie ihm so eine Art Gipswasser als Milch verpasst haben, hat er Sie ganz besonders ins Herz geschlossen."

Mariness wurde bei dieser Erinnerung rot, musste aber lachen.

„Was hätten Sie an meiner Stelle getan?"

„Ich weiß es nicht", schmunzelte Griffel.

„So, und nun gehen Sie. Unterrichten Sie Ihren Vater und, obwohl Sie volljährig sind, würde ich mich freuen, wenn ich einmal auch mit ihm sprechen könnte. Sie scheinen ein sehr vertrauensvolles Verhältnis zueinander zu haben."

„Das stimmt. Nachdem Mutter damals starb, brauchten wir uns einfach gegenseitig und das hat uns wohl auch den üblichen Generationskonflikt weitestgehend erspart. Vater war immer ein Vertrauter und Freund. Trotzdem ließ er mir nicht alles durchgehen."

Griffel grinste: „Das merkt man. So, und nun ab nach Hause. Morgen um Zehn ist die nächste Probe. Das Rollenbuch besorge ich bis dahin ebenfalls. Lesen musst du das komplett; auch wenn du zunächst selber nicht sprichst."

Griffel merkte gar nicht, dass er Mariness plötzlich duzte und Mariness strahlte ihn an. "Danke – und auf Wiedersehen bis morgen um zehn."

Draußen war sie.

*

Langsam wurde Vater Dreschmann nervös. Es war schon fast einundzwanzig Uhr und seine Tochter war noch immer nicht zu Hause. Er rannte aufgeregt in der Wohnung herum und sah alle Augenblicke aus dem Fenster. Dieser Ramon ging ihm nicht aus dem Kopf. Was hatte der Bengel da gefaselt? Es konnte doch nicht sein, dass Mariness einen festen Freund hatte, den er noch nicht einmal kannte. Irgendwas war ihm an der Sache nicht geheuer. Außerdem war ihm der Junge unsympathisch. Er war ehrlich genug, sich einzugestehen, dass ihm vermutlich jeder junge Mann, der Absichten auf Mariness hatte, erst einmal unsympathisch wäre. Der allerdings ganz besonders. Diese falsche Selbstsicherheit gab ihm zu denken. Nun, er würde Mariness fragen. Angelogen hatte sie ihn noch nie; auch nicht, wenn ihr seine Fragen unangenehm waren.

Während dieser Gedanken hörte er draußen eine Autotür zuschlagen. Mariness kam.
„Vater, stell dir vor ...!"
Mitten im Satz brach sie ab und sah ihren Vater fragend an: „Was ist los? Entschuldige, ich bin ein bisschen spät und habe auch ganz vergessen, dir einen Zettel hinzulegen. Als ich aus dem Haus ging, wusste ich noch nicht, was heute alles passieren würde ..."
„Hat Ramon dich gefunden und dir gesagt, was er vorhat?" unterbrach Dreschmann seine Tochter.
„Ramon? Wie kommst du denn auf den und woher kennst du ihn überhaupt?", fragte Mariness erstaunt.
„Nun, er war heute, nachdem ich gerade aus dem Büro kam, hier, fragte nach dir und unterrichtete mich so ganz nebenbei davon, dass er in fernerer Zukunft die Absicht habe, dich zu heiraten!"
Mariness sah ihren Vater entgeistert an: „Der! Der spinnt wohl! Der will mich heiraten? Oh, Himmel! Vater! Das ist ein ehemaliger Schulkamerad von mir und nicht einmal ein guter. Er war immer stinkfaul und ist nur auf Kosten anderer durch alle Prüfungen gekommen. Mit dem habe ich weiß Gott nichts am Hut. Außerdem studiert er und hat

inzwischen das dritte Studium angefangen. Der schafft doch nie etwas. Wie der auf eine solche Idee kommt, ist mir ein Rätsel. Ich habe ihn bestimmt nie zu einem solchen Gedanken ermutigt. Und jetzt, seit heute, habe ich sowieso etwas anderes im Kopf!"
Endlich fand Mariness Gelegenheit, alles zu erzählen.

Der Vater war beruhigt und hörte Mariness' Bericht mit einem gewissen Amüsement zu. Als sie ihm sagte, dass Griffel ihn gern sprechen wollte, freute er sich, brauchte dennoch eine ganze Weile, um aus seiner Tochter zusammenhängend und für ihn verständlich herauszufinden, wer von diesen Theaterleuten nun wer war. Trotzdem sah er sie mit verstecktem Stolz von der Seite an, als sie ihren Bericht mit den Worten schloss: „Und dann habe ich mir ein Taxi geleistet, damit ich dir alles schnellstens erzählen konnte."
„Armes Mädchen, und dann hattest du hier einen so griesgrämigen Empfang!"
„Lass nur, Vater", lachte sie, „ich weiß nicht, ob ich ihm an deiner Stelle nicht sogar einen k.o.-Haken verpasst hätte. ... vor lauter Erzählen haben wir noch nicht einmal gegessen, dabei hängt mir der Magen in der Zwischenzeit auf den Füßen. Ich habe schließlich kein „Wasser mit was drin" getrunken."
Beide lachten; die Story war aber auch zu schön.
Der Vollmond schien in Mariness Fenster; sie schlief noch nicht. Es war zuviel auf sie eingestürmt, dass sie verarbeiten musste. Die angebotene Rolle geisterte ihr noch durch den Kopf. Sie freute sich riesig und hatte auf einmal unwahrscheinliche Angst. Ob sie es schaffte? Immer wieder malte sie sich aus, dass die anderen sie auslachen könnten, weil man sie praktisch von der Straße holte. Dazu kam, dass sie noch nicht wusste, was diese Rolle beinhaltete und was auf sie zukam. Leise stand sie auf und ging ins Wohnzimmer an den Bücherschrank. Bühnenstücke haben häufig Vorlagen in Romanform. Vielleicht befand sich ja unter Vaters Büchern dieses *Johnny Belinda*.

Tatsächlich. Mariness nahm das Buch aus dem Regal, kauerte sich in den großen, ledernen Ohrensessel und begann zu lesen. Mit jeder Seite, die sie las, wurde sie von der Handlung mehr gefesselt. Gleichzeitig wurde ihr klar, dass das eine äußerst anspruchsvolle Rolle war. Die galt es zu leben, wirklich alle Möglichkeiten auszuschöpfen, die einem zur Verfügung standen. *Spielen* reichte nicht aus. Mariness stellte fest, dass gerade die Tatsache der tauben und stummen Figur der Belinda, die Rolle so faszinierend und groß machte. Griffel hatte ihr zwar gesagt, dass man mit Rücksicht darauf, dass man ein Bühnenstück zu inszenieren hatte, die Taub- und Stummheit der Belinda gegen Ende des Stückes aufheben werde; das änderte nichts daran, dass Mariness plötzlich Panik vor ihrem eigenen Mut bekam. Es war fast Zeit zum Aufstehen, als sie das Buch endlich aus der Hand legte. Resigniert stellte sie fest, bereits jetzt machte sich so etwas wie Lampenfieber bemerkbar. Diese Belinda stellte eine ausgeprägte Persönlichkeit dar und sie? Eine *Schauspielerin* von der Straße. Bisher hatte sie sich immer einen Stiefel auf ihre Lebenserfahrung eingebildet, nun nagten erste Zweifel an ihr.

*

Gähnend stand Mariness in der Küche und bereitete für den Vater das Frühstück. Die Brote sorgfältig eingewickelt, hörte sie, wie Vaters Wecker klingelte. Ihre weitere Überlegung, auch für sich etwas zuzubereiten verwarf sie. Heute werde ich bestimmt eine Kantine finden, oder jemand bringt mich hin, dachte sie.
Mariness war müde und nervös als sie, viel zu früh, den Weg zum Theater einschlug. Ihr schwirrte der Kopf vom nächtlichen Lesen und sie vergegenwärtigte sich immer wieder die Szene, in der Belinda allein in der Mühle Locky's Gewalt ausgeliefert war. Erfolglos versuchte sie sich vorzustellen, wie man eine solche Szene auf der Bühne umsetzen könne. Außerdem interessierte sie natürlich brennend, wer wohl ihr Partner sein würde. Gestern hatte sie vor lauter Aufregung ihre Umgebung nicht richtig wahrgenommen. Doch nun wurde es Ernst. Mariness erkannte,

dass ihr der Zufall eine Riesenchance in den Schoß geworfen hatte, die sie vielleicht nur deshalb bekam, *weil* sie völlig unbedarft war. Der Regisseur konnte für die Besetzung dieser Rolle keinen Star gebrauchen. Im Gegenteil.

Je mehr Mariness darüber nachdachte, umso größer wurde ihre Angst. Die Aufgabe stand wie ein riesiger Berg vor ihr. Als sie mit weichen Knien endlich vor dem Theater stand, musste sie plötzlich wieder an ihren treuen Freund Fedja in Norwegen denken ... Das musste sie ihm unbedingt schreiben. Die ganze Geschichte am Telefon zu erzählen ging irgendwie nicht. Fedja war immer noch ein wenig eingeschnappt darüber, dass sie seinerzeit wieder nach Deutschland zurück wollte. Obwohl er inzwischen eine norwegische Freundin hatte und mit Mariness in kameradschaftlicher Briefverbindung stand.

*

Ramon saß in der Uni und versuchte, sich auf den Stoff des heutigen Tages zu konzentrieren. Er fand Archäologie zum Sterben langweilig. Doch sein Vater hatte ihm die Pistole auf die Brust gesetzt. „Entweder, du bringst jetzt endlich ein Studium zu Ende, oder du siehst keinen müden Euro mehr von mir!" Und Geld war das, was Ramon am meisten brauchte. Niemand wusste, dass er ein Doppelleben führte. Zu Hause war er „Vaters Sohn" und für seine Kumpels eine Art Lebenskünstler. Wie diese Lebenskunst aussah, wusste nur er.

Anstatt sich auf den Vortrag seines Professors zu konzentrieren überlegte er krampfhaft, wie er an Mariness herankäme. Er hatte sich dieses Mädchen deshalb in den Kopf gesetzt, weil sie ihm, ohne es zu wissen, ein Alibi liefern würde. Eine Verbindung mit ihr würde seinem Leben einen seriösen Anstrich geben. Nur war Mariness so entsetzlich spröde. Das hätte er sich nicht vorgestellt. Von einem modernen Mädchen spürte man da nichts. Seufzend wandte er seine Aufmerksamkeit wieder der Archäologie zu. Er würde eine Lösung finden.

Finden müssen!

*

Mariness suchte zunächst einmal nach Griffel. Um diese Zeit war der Intendant noch nicht im Haus. Meller sammelte sie auf einem der Flure ein und nahm sie wieder einmal unter seine Fittiche. Für Mariness noch etwas fremd, war es im Theater üblich, dass sich alle duzten und Meller sagte: „Komm, ich besorge dir das Rollenbuch, dann kannst du dich mal ein bisschen einlesen, mit dem Text und deinem ersten Einsatz vertraut machen. Ich zeige dir, auf was du achten musst, keine Angst!"

Dankbar ging Mariness neben ihm her und erzählte, dass sie die Nacht damit verbracht habe, den Roman, der daheim im Bücherschrank stand, zu lesen. Die Rolle war ihr demzufolge ein wenig bekannt. Sie erklärte Meller auch ihre Befürchtungen und sprach von der Angst, zu versagen. Er hörte ihr geduldig zu und meinte: „Mach dich nicht verrückt. Griffel hätte dich nicht aus dem Stegreif genommen, wenn er nicht der Ansicht gewesen sei, dass du dich für diese Rolle eignest.

Mariness erinnerte sich an Griffels Äußerung bezüglich des Urteils ihres Schauspielerkollegen Meller und folgte ihm etwas beruhigter in die Kantine. In Erinnerung an die vermeintliche Milch vom Vortag griente sie in sich hinein.

Norman zeigte ihr, wie man an Kaffee oder etwas Essbares kam und Punkt zehn Uhr standen sie alle zusammen auf der Bühne.

Der Regisseur stritt sich gerade mit einem jungen Mann, der sich lautstark weigerte, mit einer unausgegorenen Nudel zu spielen.

Oh je, dachte Mariness, damit meint der mich!

Ihr Mut sank ins Bodenlose.

Norman Meller schaltete sich ein und fuhr den Jungen an: „Du scheinst ganz zu vergessen, dass du auch nicht gerade ein alter Hase bist. Es ist noch nicht lange her, dass du mit schlotternden Knien vor der Belusowna gestanden hast. Die hätte dich doch mit links an die Wand gespielt. Aber die Dame hatte Niveau und ließ dich gar nicht merken, dass du ein blutiger Anfänger warst. Dir scheint dieses Niveau dagegen völlig abzugehen!"

Die heftige Tirade verfehlte nicht ihre Wirkung; der junge Mann drehte sich um und sah Mariness gerade ins Gesicht. Die steckte gerade nicht in dem entsetzlichen Kittel und bot in ihrem weißen Kleid mit schwingendem Rock und hochhackigen Schuhen ein reizendes Bild. Die Mimik des jungen Mannes veränderte sich augenblicklich und seinen ganzen Charme versprühend stellte er sich vor: „Mein Name ist Harald von Bendom und ich bin in diesem Stück Ihr Partner."

„Das habe ich bereits gehört."

Mariness Antwort fiel äußerst knapp aus.

„Zankt Euch nicht, Kinder", mischte Meller sich ein. „Denkt lieber daran, dass Ihr eine ganze Weile zusammenarbeiten werdet. Und nichts ist schlimmer, wenn sich in solchen Fällen das Team nicht verträgt." Zu Harald gewandt: „Nimm dich zusammen. Wenn du willst, kannst du ein prima Kumpel sein. Deinen Adel kannst du übrigens zu Hause lassen."

Er drehte sich um: „So, Mariness, komm. Du wirst jetzt erfahren, was du heute zu tun hast. Es war schon toll und vor allen Dingen hilfreich, dass du in der vergangenen Nacht, mangels Rollenbuch, den ganzen Roman durchgelesen hast. Bisher kann keiner von uns seine Rolle auswendig; dafür war die Zeit zu kurz. Wir werden die Szene nehmen, in der du allein in der Mühle bist und Locky dich zwingen will, ihm zu Willen zu sein. Pass auf!"

Der Regisseur und Norman erklärten ihr, was sie zu tun hätte. Es hörte sich alles ganz leicht an. Harald stand daneben und mischte sich ein: „Denk bloß daran, dass du in einem bestimmten Winkel stehen musst, sonst kann ich dich nicht richtig fassen und die Zuschauer sehen, dass der K.o.-Griff eigentlich ins Leere geht."

Mariness versprach, genauso zu stehen, wie man es von ihr verlangte. Die rechte Schulter zeigte auf eine schräg hinter ihr stehende Kiste (auf der sie tags zuvor gesessen hatte) und die Augen auf eine bestimmte Ecke des geschlossenen Vorhangs gerichtet. Das bildete ihren Anhaltspunkt.

Die Probe begann mit dem Einstudieren der einzelnen Gesichtsausdrücke. Sie musste ausschließlich ihren Körper zum Ausdruck benutzen, da ihr die Sprache fehlte. Nach einigen Versuchen, die sie an den Rand des von Griffel prophezeiten Tränenausbruchs brachten, gelang es endlich. Erleichtert ging sie danach in die Pause. Nach ihr war Harald an der Reihe. Er sollte mittels seiner Sprache einen gewissen Trunkenheitsgrad ausdrücken. Mariness hatte innerlich ein diebisches Vergnügen, als sie merkte, dass auch ihm nicht alles auf Anhieb gelang. Das Ziel der Probe, die komplette Szene in der Mühle einzustudieren, wurde an diesem Tag nicht mehr erreicht. Nach fast sechs Stunden guckten sie alle reichlich geschafft aus der Wäsche. Am Abend wollte man weiterproben. Glücklich und erschöpft ging Mariness nach Hause.

*

Missgelaunt stiefelte Ramon heim. Die letzte Stunde der Vorlesungen schwänzte er und versuchte, seinen Freund Roy zu erreichen. Nachdem er sich eine halbe Stunde auf dem Handy die Fingerkuppen wundgetippt hatte, gab er es auf. Roy, sein Freund, half ihm immer mal mit ein paar Euro aus und war auch nicht kleinlich, wenn es um das Zurückzahlen ging. Dafür tat er auch Roy schon mal einen Gefallen. Gelegentlich lieh Ramon sich zu diesem Zweck den Wagen seines Vaters und fuhr damit nach Holland. Das war jetzt, seit dem die Grenzübergänge offen, nur noch selten und zu Stichproben besetzt waren, überhaupt kein Problem. Dort traf er einen anderen Freund von Roy, der ihm ein Päckchen mitgab, das er, sicher im Auto versteckt, später an Roy weitergab. Den Inhalt kannte er nicht, konnte es sich allerdings denken. Ramon entschied für sich, dass ihn das nicht zu interessieren hätte, wichtig war nur, dass diese Botenfahrten gut bezahlt wurden. Jetzt saß er mal wieder auf dem Trocknen und wollte sich anbieten, eine solche Fahrt zu machen. Er benötigte dringend Geld, weil er plante, ein Schmuckstück zu kaufen. Für Mariness. Er hoffte, sie damit zu ködern. Ramon schwankte noch zwischen Ring oder Armband; da er Mariness' Ringgröße nicht kannte, dachte er, mit einem Armband sei er wohl besser bedient. Jetzt galt es nur, seinen Geldgeber zu finden.

Bonny, eine hübsche Blondine aus seinem bevorzugten Nachtclub lief ihm über den Weg. „Mensch, mach nicht so ein Gesicht!" rief sie ihm zu.

„Ich hab' kein anderes. Außerdem suche ich Roy und der ist nirgendwo aufzutreiben."

„Sag bloß, du weißt noch nichts!?" Bonnys Ausruf war erstaunt und ein bisschen mitleidig.

„Was soll ich wissen?"

„Roy ist gestern bei einer Stichprobe am Zoll aufgefallen. Der sitzt!" Ramon wurde es schlagartig übel. Das hätte genauso gut ihm passieren können. Mit Schrecken dachte er daran, dass er eines dieser verräterischen Päckchen, von der letzten Tour illegal abgezweigt, noch zu Hause im Schrank versteckt hielt.

„Tschüß Bonny – ich muss heim!" Damit rannte er los.

*

Verstohlen gähnend öffnete Mariness die Haustür und leerte den Postkasten. Ein Brief von Fedja. Obwohl sie gerade heute tagsüber zwischendurch an ihn denken musste, stellten sich Gewissensbisse ein. Ganz ernsthaft überlegte Mariness: Ich habe ihm noch immer nicht auf die beiden letzten Briefe geantwortet, und dass ich mich für die Schauspielerei entschieden habe, weiß er noch gar nicht. Von meiner zufälligen Rolle in *Johnny Belinda* erst recht nicht. Selbst wenn ich vor Müdigkeit umfalle; ich schreibe noch heute. Ganz bestimmt.

Sie gestand sich ein, dass der Freund im fernen Norwegen zwischendurch in ihren Gedanken nicht mehr die Hauptrolle spielte und entschuldigte das vor sich mit wirklich sehr viel Arbeit im Theater.

Gleichzeitig wusste sie, das war nicht ganz fair. Fedja und sie hatten sich sehr gern gehabt und in den Monaten, die sie nach dem Abitur bei ihrem Onkel in Vadsø verbrachte, spielte sie allen Ernstes mit der Möglichkeit, dort zu bleiben. Sie erinnerte sich nur zu gut daran, dass sie

Fedja, bevor sie heimfuhr, bat: „Warte ein bisschen; die Zeit wird zeigen, ob wir wirklich zueinander passen."

Fedja hingegen hatte anfangs den Gedanken, Mariness zu sich nach Norwegen zurück zu holen, keineswegs aufgegeben. Inzwischen kamen dieser jedoch Zweifel. Nachdem sie Theater spielte, entrückte Fedja noch weiter als das durch die geographische Entfernung ohnehin schon der Fall war. Sie würde ihm schreiben, dass sie gern wieder einmal nach Norwegen käme. Für einen Urlaub. Sie dachte daran, wie sehr Magdas Verhalten sie damals verletzte, als die dagegen intrigierte, dass Mariness und Fedja sich so eng aneinander anschlossen. Jetzt war *sie* diejenige, die versuchte, eine Bindung nur mit Briefen aufrecht zu erhalten. Fedjas neue, norwegische Freundin kam ihr sehr recht. Mariness überlegte, dass sie die richtigen Worte beim Schreiben sicher finden würde und vertagte das Nachdenken auf später.

Ein Blick auf die Uhr zeigte, dass der Abend noch weit entfernt war. Ihrer Müdigkeit nach zu urteilen, hatte sie den gegenteiligen Eindruck. Nie wäre Mariness auf die Idee gekommen, dass es so anstrengend und mühselig sein würde, Anweisungen in Mimik umzusetzen. Außerdem schmerzten die Füße vom langen Stehen.
Sie verzog sich auf die Couch und schloss die Augen. Nur einen Moment ausruhen. Das Rollenbuch wartete. Sie musste es komplett lernen, damit sie ihre Einsätze nicht verpasste. Das wurde ihr heute nochmal eingetrichtert.
„Du musst sämtliche Rollen verfolgen können. Nicht jede einzelne im absoluten Wortlaut, aber du musst merken, ob jeder an der richtigen Stelle sagt und tut, was er soll."

Meller hatte sich rührend um sie bemüht und sie bemerkte, dass sie ihn mochte. Von ihm ging eine Ruhe aus, die sich auf das ganze Team und besonders auf sie übertrug. Nun ja, dachte Mariness, er ist das, was man wohl einen Vollblutschauspieler nennt. Mit diesem Gedanken fiel sie in einen unruhigen Schlaf.

*

Hastig und unbemerkt rannte Ramon in sein Zimmer. Er riss die Schranktür auf und wühlte unter seinen Sachen. Gott sei Dank! Das Päckchen war noch da. Was sollte er damit nur machen? Wegwerfen? Damit wäre er alle Sorgen los. Auf der anderen Seite brachte das Zeug offensichtlich viel Geld in den Kreisen, die man in der Stadt die Szene nannte. Er spielte mit dem Gedanken, es auf eigene Faust abzusetzen? Das könnte gefährlich werden; man kannte ihn schließlich als Roys Freund. Möglicherweise bekäme ihm das schlecht. Zögerlich steckte er es zunächst einmal in seine Hosentasche und dachte: Es wird mich ja wohl niemand auf der Straße anhalten und fragen, ob ich Rauschgift bei mir habe.

Unschlüssig stand er in seinem Zimmer und überlegte, was er mit dem angebrochenen Spätnachmittag anfangen sollte. Am besten versuchte er noch einmal, Mariness zu erreichen. Er wollte sie überreden, mit ihm auszugehen. Er musste es einfach schaffen, den Kontakt zu ihr zu vertiefen. Außerdem kam ihm sehr entgegen, dass sie ein beachtliches mütterliches Erbteil zu erwarten hätte. Das hatte ihm Hella, eine ehemalige Freundin von Mariness, irgendwann erzählt. Ramon ging los.

*

„Na so was! Mariness, du schläfst!? Und das mitten am Tag!"
Mariness Vater sah verdutzt auf seine Tochter, die sich verschlafen die Augen rieb.
„Oh, du bist schon da?"
„Ich bin wie immer nach Hause gekommen. Kurz nach fünf."
„Sorry Vater, aber ich war völlig kaputt und musste mich mal einen Moment lang machen."

Sie erzählte von der Probe und wie sehr sie das doch alles anstrengte. „Das schlimme ist", schloss sie, „die Proben gehen heute am Abend weiter. In drei Monaten muss das Stück sitzen."

„Armes Mädchen", lachte der Vater, „da hast du dir aber was eingehandelt!"

„Das kannst du laut sagen."

Mariness zog sich für die abendliche Probe noch einmal um. Vor allem bevorzugte sie vorsichtshalber flache Schuhe; bei dieser Herumsteherei verkrampften sich sämtliche Muskeln und je nach dem, was sie für eine Geste oder einen Schritt ausführen sollte, sah es aus, als habe sie einen Stock verschluckt.

Gähnend machte sie sich auf den Weg.

Ein paar Straßen weiter hupte es neben ihr. Harald, ihr Bühnenpartner kam zufällig vorbei und nahm sie mit zum Theater.

„Du brauchst ein Auto", stellte er sachkundig fest.

„Ja, wenn ich mal die Klasse von Norman erreicht habe. Dann lässt sich darüber reden. Ich wüsste nicht, wie ich das finanzieren sollte."

„Auch wieder wahr – es kann schließlich nicht jeder reiche Eltern haben."

Nach den anfänglichen Streitereien kamen die beiden recht gut miteinander aus.

Im Theater schlüpfte Mariness wieder in den grauen Kittel. Mittlerweile war er ihr schon vertraut. Damit befolgte sie Normans Tipp, dass es ratsam sei, im Kostüm zu proben. Sie bekäme ein ausgeprägteres Empfinden für ihre Rolle. Mariness konnte das nachvollziehen und wartete nun darauf, dass die am Vormittag geprobte Mimik in einer Gesamtszene umgesetzt wurde.

„So, auf geht's." Norman stellte die Kulisse zurecht, die im Augenblick noch aus Kisten und Pappdeckeln bestand und beorderte sowohl Mariness als auch Harald an ihre Standplätze. Harald musste sich in seinem angetrunkenen Zustand auf die völlig verängstigte Mariness stürzen und sie auf den Mühlenboden zwingen.

Nachdem beide ihre Positionen eingenommen hatten, setzte Harald zu dem Überfall an. Er packte Mariness an den Handgelenken und da sie sich kräftig wehrte, holte er mit der Faust zu einem Schlag aus, der sie zwingen sollte, auf die Bretter zu sinken. Diese Szene, die alle Beteiligten für die schwerste hielten, klappte auf Anhieb. Sogar Harald applaudierte seiner Kollegin. Alle guckten interessiert, doch Mariness bedankte sich noch nicht einmal für den Applaus. Harald hatte sie, ohne es in seinem Schwung zu merken, wirklich erwischt. Sie landete ohne eigenes Zutun, nach diesem eleganten k.o.-Schlag auf den Brettern.

Nach einigen Minuten und unter Zuhilfenahme eines nassen Waschlappens, war Mariness wieder da. Sie schüttelte sich ein bisschen benommen und krächzte: „Zum Teufel, ist das so im Drehbuch vorgesehen?"

Mariness nahm diese Panne offensichtlich mit Humor und der Schreck ihrer Kollegen löste sich in Gelächter auf.

„Du bist für heute fertig", sagte der Regisseur.

„Im wahrsten Sinne des Wortes", rieb Mariness sich das heftig schmerzende Kinn.

„Sag mal, machst du das immer so? Mit unausgegorenen Nudeln meine ich", verpasste sie Harald einen kleinen Seitenhieb. Der wurde knallrot: „Entschuldige, ich weiß nicht, wie das passieren konnte. Du hast völlig richtig gestanden und es ist absolut meine Schuld!"

„Lass es gut sein. Es ist nichts weiter passiert, außer dass ich vermutlich zur Abwechslung mal ein Veilchen am Kinn haben werde." Sie konnte natürlich nicht ahnen, was sie am Ende des Tages erwartete...

Mariness rappelte sich hoch und sah direkt in Normans Augen. Der bemühte sich krampfhaft, ernst zu bleiben. Als Mariness anfing zu grinsen, prustete er los: „Du hast es faustdick hinter den Ohren. Hoffentlich landest du bei der Aufführung auch so elegant. Es war herrlich!"

„Ich werde mein möglichstes tun. Wenn es geht, dann bitte ohne k.o. Mein Kinn ist nicht aus Eisen."

Einträchtig gingen alle zusammen in die Kantine und Griffel, der, ohne dass man ihn bemerkte, der Probe zugesehen hatte, stellte fest, dass Ma-

riness für sein Team eine wirkliche Bereicherung war. Hoffentlich blieb sie so unkompliziert. Ohne es zu wissen, verwies sie die anderen Schauspieler manchmal auf ihre Plätze. Sie lehrte alle, kameradschaftlich zu sein. Sogar diesen Harald von Bendom, der immer ein bisschen auf seine Kollegen heruntersah, hatte sie ganz kurz in den Griff bekommen. Der hatte noch nie vorher freiwillig einen Fehler zugegeben.
Er beglückwünschte sich zu seiner Nase und ging in sein Büro.

*

Hinter Mariness' Fenster brannte Licht, also musste sie zu Hause sein. Ramon entschloss sich, nicht zu klingeln, sondern begann, blödsinniger weise, Steinchen an die Fensterscheibe zu werfen. Obwohl er immer traf, rührte sich nichts. Er sah auf die Uhr. Es war zwar bereits nach neun; schlafen würde sie doch wohl noch nicht. Er versuchte es weiter. Ohne Erfolg.
Missmutig drehte er sich um und machte sich auf den Weg zum Club. Vielleicht war wenigstens Bonny da. Für die Art von Abwechslung, die er liebte, war sie immer gut. Ramon bog gerade um die Ecke, als er sah, wie Mariness auf der gegenüberliegenden Seite aus einem weißen Jaguar stieg. Sie drehte sich zum Abschied zu dem Fahrer um und winkte. Dann schlug sie den Weg nach Hause ein.
„Sieh mal an", murmelte Ramon halblaut, „so ist das also. Nun, dann werde ich mich mal etwas beeilen." Er rannte um die andere Ecke und wollte Mariness *rein zufällig* von vorne begegnen.

Als Mariness sah, dass Ramon ihr entgegen kam, musterte sie ihn nicht gerade freundlich und maulte: „Du kannst mich wohl nicht in Ruhe lassen?"
„Was hast du? Ich komme hier zufällig vorbei, treffe dich und möchte dich ins Kino einladen. Da läuft gerade so ein Superknüller. So richtig was zum Amüsieren."
„Deine Art von Amüsement liegt mir nicht. Lass mich in Ruhe!"

„So", kniff Ramon seine Augen gefährlich zusammen. „In Ruhe soll ich dich lassen? Warum denn? Damit du mehr Zeit für den Kerl mit dem weißen Jaguar hast, wie?"

Mariness drehte sich um und wollte Ramon einfach stehen lassen. Der begriff, dass er einen Fehler gemacht hatte und versuchte es noch einmal auf die sanfte Tour. Als Mariness dafür nur ein Achselzucken übrig hatte, umfing er sie von hinten mit eisernem Griff.

„Was nun, mein Herzchen", fragte er boshaft. „Was willst du jetzt machen, wenn ich dich einfach mitschleife."

„Wenn es sein muss, schrei' ich eben."

„Ach, und du glaubst, darauf hört heutzutage noch jemand?"

„Lass mich los, zum Donnerwetter!"

Mariness wehrte sich und schaffte es auch, sich umzudrehen. Durch diese Drehung machte sie eine unglückliche Bekanntschaft mit Ramons Ellenbogen und zum zweiten Mal an diesem Tag landete sie unsanft auf der Erde.

Ramon sah entsetzt auf die leblose Gestalt vor sich und hatte nur einen Gedanken. „Weg! Bloß schnell weg, bevor jemand kommt." Er hatte noch immer das kleine, weiße Päckchen in der Tasche.

*

Um die auf dem Pflaster liegende Mariness bildete sich inzwischen eine Menschentraube. Endlich kam jemand auf die Idee, einen Arzt zu benachrichtigen. Bevor derjenige sein Handy startklar hatte, kam ein Polizeiwagen um die Ecke, der lediglich die übliche Streife fuhr.

Mariness hatte inzwischen die Augen geöffnet und sah völlig verständnislos in die um sie herum stehende Menge.

„Na, Mädchen, da sind Sie ja wieder", meinte jemand.

Die Polizei bahnte sich einen Weg und fragte, was passiert sei. Niemand der Umstehenden wusste es, weil keiner den Vorgang gesehen hatte. Mariness versuchte, Ihre Gedanken zu ordnen und gab einen kurzen Bericht.

Ein junger Bursche, der ganz in der Nähe stand und mit seinen ungepflegten Haaren nicht gerade den besten Eindruck machte, grinste höhnisch: „So, der liebe Ramon Hellersen soll dir das verpasst haben? Ausgerechnet der? Mit einer Landpomeranze wie du es bist, gibt der sich doch gar nicht erst ab. Da musst du dir schon ein anderes Märchen ausdenken."

„Stehen Sie erst einmal auf", meinte einer der Polizisten.

Sie rappelte sich hoch und der Polizist bückte sich. „Was ist denn das?" Mariness schaute auf ein kleines weißes Plastiktütchen und meinte: „Keine Ahnung. Von mir ist es jedenfalls nicht."

„So, von dir ist das also nicht?"

Der Ton des Polizisten wurde unversehens scharf und er ließ auch das höfliche Sie beiseite. „Hast du wohl auch noch nie gesehen, wie? Los, mitkommen, wir bringen dich zum Präsidium."

Vergeblich versuchte Mariness, dem Polizisten zu erklären, dass sie wirklich nicht wusste, was das für ein Päckchen sei. Er reagierte auf keines ihrer Worte.

Im Präsidium nahm man ihr den Ausweis ab, brachte sie in ein Zimmer und hieß sie, sich hinzusetzen und zu warten.

*

Vater Dreschmann hatte lustlos allein zu Abend gegessen und zu sich gesagt: Ich muss mich wohl daran gewöhnen, dass meine Tochter die meiste Zeit nicht mehr daheim sein wird. Als das Telefon läutete, schreckte er hoch. Das wird sie sein. Sicher wird es spät.

„Dreschmann", meldete er sich.

„Hier spricht Norman Meller. Ich wollte Mariness nur ausrichten, dass die Probe morgen später beginnt. Erst um elf."

„Entschuldigen Sie, Herr Meller, aber das können Sie meiner Tochter doch selbst sagen. Sie ist noch im Theater."

„Aber nein, die Probe war kurz vor neun zu Ende und ich habe gesehen, dass Mariness nach Hause ging. Das heißt, ihr Partner, der Harald, hat sie ein Stück mit dem Auto mitgenommen, weil er fast den gleichen Weg hat."

„Was? Aber sie ist noch nicht zu Hause und sie gibt sonst immer Bescheid ..."

„Oh! Ich komme zu Ihnen. Bis gleich!"

Norman warf den Hörer auf die Gabel und rannte zu seinem Wagen. Mit polizeiwidriger Geschwindigkeit fuhr er durch die Stadt zu Mariness' Wohnung.

*

„Los zieh den Ärmel hoch."

Der Polizeiarzt stieß die Hohlnadel in Mariness' Vene und entnahm ihr mehrmals hintereinander Blut.

Fast willenlos ließ sie alles mit sich geschehen. Zwischendurch sagte sie nur einmal: „Bitte, ich möchte meinen Vater anrufen. Er sorgt sich ganz sicher um mich. Ich komme sonst nie so spät nach Hause, ohne ihn zu benachrichtigen."

„Das kannst du später", meinte eine Polizistin, die man dazu geholt hatte. „Besser ist es, wenn wir das für dich erledigen. Vielleicht steckt Ihr ja unter einer Decke."

Empört fuhr Mariness hoch: „Wie können Sie es wagen, so mit mir zu sprechen!"

„Halten Sie den Mund, Mädchen, hier haben wir das Sagen." Ohne es zu bemerken, wechselte die Beamtin zwischen den Anredeformen du und sie und sprach: „Du kommst jetzt in eine Untersuchungszelle und morgen früh sehen wir weiter."

Nun konnte Mariness die Tränen nicht mehr zurückhalten. Der schmale Körper wurde vom Weinen geschüttelt, als die Polizistin sie am Arm packte und in eine Gefängniszelle sperrte.

Die Blutproben lagen inzwischen im Labor, aber der Polizeiarzt meinte: „Lass Dir Zeit bis morgen. Heute Nacht bleibt sie sowieso hier."

Und, in Gedanken versunken resümierte er halblaut: „Die sieht überhaupt nicht danach aus. Ich werde das Gefühl nicht los, sie sagt in allem die Wahrheit. Dann haben wir einen herrlichen Schlamassel am Hals."
„Wieso?"
„Sie hat den Sohn vom alten Hellersen beschuldigt. Er sei es gewesen, der sie niedergeschlagen hätte. Dann liegt es nahe, dass er es auch war, der dabei das Päckchen verloren hat. Was ist es übrigens? Hasch?"
„Nein, Kokain."
„Oh, Mist – ich habe ein äußerst ungutes Gefühl. Nun, bis morgen dann. Gute Nacht."

*

Meller läutete an der Haustür und Mariness' Vater riss die Tür auf. Herr Dreschmann kannte Norman Meller zwar nicht, doch er war der einzige, der in rasender Geschwindigkeit die Straße herunter geschossen kam und auf die Tür zu rannte.
„Gott sei Dank, dass Sie da sind." Vater Dreschmann verspürte eine Erleichterung, die allein auf Normans Erscheinen beruhte.
„Vielen Dank. Nur kann ich Ihnen in dem Sinne noch nicht einmal helfen, weil ich selber keinen Anhaltspunkt habe. Ich schlage vor, wir rufen von hier aus die Polizei an. Irgendwas müssen wir tun. Herum sitzen und auf ein Wunder warten, bringt uns nicht weiter."
Vater Dreschmann ging zum Telefon und wählte die Nummer der örtlichen Dienststelle. Der Beamte meinte, es sei noch zu früh, etwas zu unternehmen, versprach aber trotzdem, sich um die Sache zu kümmern. Allerdings wisse er von keinem Unfall oder ähnlichem.
„Sache", schnaubte Dreschmann, „für die ist meine Tochter nur eine Sache! Wir sollen warten, Herr Meller. Der Polizist weiß nichts, aber er versprach wieder anzurufen. Ich glaube, wir könnten beide jetzt einen Cognac vertragen."
Meller nickte und dachte seufzend: „Ich hätte sie besser selbst nach Hause gefahren. Außerdem wäre diesem Esel von Harald kein Zacken

aus der Krone gebrochen, wenn er Mariness bis vor die Haustür gebracht hätte. Wer weiß, was da passiert ist und wo das Mädchen steckt."

Irgendwie war beiden klar, dass Mariness nicht freiwillig noch nicht daheim war. Zum Vater gewandt meinte Norman Meller: „Ich muss unseren Intendanten, Herrn Griffel anrufen. Er wollte Mariness sowieso sprechen. Die Anmeldung bei der Xillon-Schule geht okay. Das wollte er ihr selber sagen."

Kurze Zeit später läutete das Telefon. Meller winkte Mariness' Vater, sitzen zu bleiben. „Lassen Sie nur, ich gehe ran. Das ist bestimmt der Wachmann."

Er hatte richtig getippt.

„Es tut mir furchtbar leid, aber die Mitteilung, die ich für Herrn Dreschmann habe, ist ausgesprochen unangenehm."

„Was denn?"

„Ich weiß nicht, ob ich Ihnen das sagen darf." Norman schaltete den Lautsprecher am Gerät ein und Vater Dreschmann rief von hinten: „Selbstverständlich – ich höre ja mit ..."

„Nun", machte er eine verlegene Pause, „seine Tochter befindet sich in Untersuchungshaft. Wegen des Besitzes von Rauschgift."

Norman verfärbte sich. Kalkweiß im Gesicht wiederholte er die Nachricht.

Vater Dreschmann erhob sich halb aus dem Sessel: „Das kann nicht sein. Völlig unmöglich!"

Norman versuchte, seine Stimme in Gewalt zu behalten und fragte den Beamten: „Wo ist sie jetzt?"

„Im Untersuchungsgefängnis des Polizeipräsidiums."

„Wir fahren hin. Und danke, dass Sie zurückgerufen haben. Das wird sich aufklären. Fräulein Dreschmann hat noch nie in ihrem Leben etwas mit Rauschgift zu tun gehabt. Und ganz gewiss pflegt sie auch keinen Umgang mit Leuten, die damit zu tun haben!"

Ohne eine weitere Antwort abzuwarten, warf er den Hörer hin, obwohl der arme Wachmann nun wirklich nicht dafür konnte. Norman stand innerlich kurz vorm Durchdrehen und musste sich abreagieren.

„Kommen Sie, Herr Dreschmann, wir fahren zum Präsidium. Je schneller sich die Sache aufklärt, umso besser. Ich bin sicher, dass es sich um eine Verwechslung handelt."

Sie fuhren gemeinsam los. Diesmal unter Beachtung der Verkehrsregeln, wenn sie auch beide nicht einmal mehr darüber nachdachten, dass sie einen Cognac getrunken hatten. In diesem Fall wäre vielleicht (!) sogar die Polizei nachsichtig gewesen. Es war ja wirklich nur einer.

Mariness' Vater versuchte, sich zu beruhigen und besah sich auf der Fahrt die Innenstadt. Plötzlich entfuhr ihm ein Ausruf der Erkenntnis:

„Der da, da vorne, der ist es gewesen!"

Vor Schreck trat Norman hart auf die Bremse. „Wer ist das? Und wo ist der?"

„Na, der Bursche auf der anderen Straßenseite. Der gerade aus dem Happy-Day-Club kommt. Da gehört er auch hin!"

„Und wer ist das?", fragte Norman Meller noch einmal.

Hastig erzählte Mariness' Vater die Geschichte. Norman sah dem Burschen, der in Begleitung einer auffallenden Blondine war, nach.

„Hm, ein seltsamer Typ. Irgendwie unangenehm. Mariness kennt ihn von der Schule?"

„Er ist wohl ein paarmal kleben geblieben, scheint jedoch eine Menge Geld zu haben. Sonst könnte er sich Besuche in diesem zweifelhaften Club wohl kaum leisten."

„Das ist richtig. Aber wer ist das Kerlchen? Sie wissen auch nur seinen Vornamen?"

„Ja, leider."

„Trotzdem, das werden wir rauskriegen. Was wir zunächst viel dringender brauchen, ist eine Sprecherlaubnis, damit wir überhaupt an Ihre Tochter herankommen."

„Ich fürchte", sagte Vater Dreschmann, „dass wir die heute nicht mehr bekommen. Es ist inzwischen fast Mitternacht."

Mit einem Ruck hielt der Wagen vor dem Präsidium und die beiden Männer stiegen aus. Hinter der Drehtür schimmerte Licht; ein verschlafener Pförtner saß an seinem Schreibtisch und las.

„Na, dann wollen wir mal!", murmelte Norman und schob sich durch die Tür.

„Guten Abend, wir hätten gern den Dienst habenden Polizisten gesprochen. Es geht um die junge Dame, die heute Abend hierher gebracht wurde."

Gelangweilt sah der Pförtner hoch: „Kommen Sie morgen früh wieder. Heute läuft hier nichts mehr."

Vergeblich versuchten die beiden dem Pförtner klarzumachen, dass es wirklich dringend sei, und dass man die junge Dame zu Unrecht festhalten würde.

„Das sagen sie alle", meinte der Pförtner ein bisschen spöttisch und verriegelte das Sprechfensterchen. Mutlos wandten sie sich zur Drehtür, als aus dem Aufzug ein älterer Herr kam. Erstaunt sah er auf die beiden Fremden: „Wer sind denn Sie und was machen Sie um diese Zeit hier?" fragte er.

Norman und Herr Dreschmann stellten sich vor und erklärten ihr Anliegen.

„Oh, das trifft sich hervorragend! Kommen Sie doch bitte mit. Übrigens, stellte sich der Herr vor, ich bin der Polizeiarzt. Ich habe Ihrer Tochter Blut abgenommen. Zwar hatte ich dem Laboranten gesagt, dass er sich mit der Analyse bis morgen Zeit lassen könne, aber er ist noch im Haus. Vielleicht hat er doch schon etwas daran getan. Warten Sie bitte einen Augenblick."

Der Polizeiarzt verschwand und es dauerte fast eine halbe Stunde, bis er wieder auftauchte.

„Das habe ich mir doch gedacht. Alles restlos negativ."

„Was heißt das", fragten die beiden wie aus einem Mund.

„Das heißt, dass Ihre Tochter niemals mit Rauschgift in Berührung gekommen sein kann. Sie hat die Wahrheit gesagt. Das arme Mädchen. Jetzt bekomme ich sie aus der Zelle nicht raus. Da müssen wir tatsächlich den kommenden Morgen abwarten. Dann sehe ich allerdings kein Problem, dass Ihre Tochter umgehend freigelassen wird. Ihr gehörte das Päckchen wirklich nicht. Das muss der am Ort verloren haben, der sie niedergeschlagen hat."

„Der sie waaas hat?"

„Sagen Sie bloß, Sie wissen überhaupt nicht, was passiert ist?", wunderte sich der Polizeiarzt. „Hat man Sie denn nicht angerufen?"

„Nein. Dass wir überhaupt von der Geschichte erfuhren, war reiner Zufall. Wer schlägt denn ein wehrloses junges Mädchen auf offener Straße nieder?"

Der Polizeiarzt seufzte. „Das ist eine ganz dumme Sache. Es war anscheinend kein beabsichtigter k.o-Schlag. So wie Ihre Tochter den Fall schilderte, wurde sie von jemandem festgehalten, der sie mit Gewalt dazu bringen wollte, sich einer Einladung zu fügen, die Ihre Tochter nicht annehmen wollte. Dabei kam es zu einem Handgemenge und Ihre Tochter machte eine etwas heftige Bekanntschaft mit dem Ellbogen dieses Burschen."

Trotz des Schreckens musste Norman lauthals lachen. Ihm stand die Szene vom Vormittag auf der Bühne noch lebhaft vor Augen. Befremdet sah Mariness' Vater ihn an: „Also ... ich weiß nicht?"

Norman schilderte kurz den Vorfall und selbst der Polizeiarzt konnte sich der Situationskomik nicht verschließen. „Das arme Kind. Das ist nun wirklich ein bisschen viel auf einmal!"

Während der ganzen Unterhaltung war der Name, den Mariness vor ihrer unfreiwilligen Einquartierung im Präsidium bereits genannt hatte, nicht gefallen.

Jetzt meinte Vater Dreschmann etwas unsicher: „Herr Polizeiarzt, ich weiß, dass es ein großes Risiko ist, jemanden zu verdächtigen, wenn man nichts in der Hand hat. Aber ich vermute, dass mir der Schuldige bekannt ist."

Erwartungsvoll sah der Polizeiarzt auf Herrn Dreschmann: „Nun", ermunterte er ihn, „schießen Sie los. Wir sind unter uns. Wenn es sein muss, habe ich anschließend nichts gehört."

Mariness' Vater schilderte die Szene, die er kürzlich mit Ramon erlebte und die Reaktion seiner Tochter.

Der Polizeiarzt lief erregt im Zimmer auf und ab.

„Sie hat also auch in diesem Fall die Wahrheit gesagt. Verflixt, hab' ich es doch geahnt. Wo haben die Beamten bloß ihre Augen gehabt, als sie ihre Tochter mitgenommen haben!"

„Also – hören Sie zu!" Der Polizeiarzt gab einen kurzen Bericht und staunend hörten die beiden Männer, wer dieser unangenehme Ramon war.

„Der Sohn vom Hellersen? Von dem steinreichen Fabrikanten?"

Sie konnten es nicht fassen. Ungläubig sahen sich die Herren nach der Schilderung des Polizeiarztes an. „Mein lieber Mann, da kann ich mir vorstellen, dass alle entsprechenden Bammel haben, an den ranzugehen", meinten beide unisono. „Jetzt können wir nichts weiter tun, nur noch nach Hause fahren. Morgen früh werden wir weitersehen. Eines wissen wir jetzt; Mariness hat mit der ganzen Sache nichts zu tun und wir werden sie morgen in aller Frühe hier in Empfang nehmen", sagte Norman und dankte dem Polizeiarzt für seine Hilfe.

*

Mariness hatte sich in ihrer Zelle in den Schlaf geweint. Sie dachte immer daran, was die neuen Kollegen, vor allem aber Norman Meller und Griffel zu dieser Geschichte sagen würden. Sie saß im Gefängnis! Als die Polizisten hörten, dass sie Schauspielschülerin sei, sahen sie sich alle an und lächelten maliziös.

„Naja", meinte einer, „kein Wunder!"

Was er damit sagen wollte, war offensichtlich. Aber Mariness war zu erschöpft, um noch zu reagieren. Inzwischen war ihr alles egal. In ihrer Zelle bat sie die Aufseherin: „Kann ich bitte einen oder zwei Bogen Papier und einen Kugelschreiber haben. Ich müsste dringend einen Brief schreiben und schlafen kann ich sowieso nicht."

Die Aufseherin hatte Mariness genau angesehen und bei sich festgestellt: „Wenn die was auf dem Kerbholz hat, heiße ich Otto. Weiß der Kuckuck wo die Burschen von der Streife ihre Augen gehabt haben." Laut sagte sie: „Es tut mir leid, mein Kind, aber so etwas haben wir hier nicht."

„Schade. Vielen Dank."

Hinter Mariness schloss sich die Tür und sie blieb mit ihrem Kummer und den verrücktesten Gedanken allein. Wenn sie wenigstens ihren Vater anrufen könnte. Er würde sicher auf sie warten und nicht wissen, wen er fragen könnte. Auf die Idee, vielleicht im Theater anzurufen, käme er bestimmt nicht. Er kannte nur ein paar Namen und hätte nicht einmal gewusst, wer ihm eine Auskunft geben könnte.

Langsam fiel sie in einen unruhigen Schlaf, der immer wieder von wüsten Träumen durchzogen war.

Die Wärterin sah von Zeit zu Zeit in die Zelle und fand, dass das Mädchen gar nicht gut aussah. Ihr gerötetes Gesicht sah aus, als würde sie fiebern. Die Tränenspuren, auf dem zarten Antlitz inzwischen eingetrocknet, verliehen ihr einen Ausdruck von Hilflosigkeit.

*

Mariness' Vater ließ sich für den heutigen Tag im Büro beurlauben und wartete auf Meller. Sie wollten Mariness zusammen abholen.

Norman kam kurz vor halb acht und sie fuhren los.

„Ich bin gespannt, ob die schon was wegen Hellersens Jungen unternommen haben", meinte Norman.

„Das werden wir sicher gleich hören. Wissen Sie, Herr Meller, mir war der Bursche von Anfang an unsympathisch. Nur wusste ich nicht einmal warum. Einfach so."

„Nennen Sie es von mir aus Instinkt. Ich hatte diese Nacht den gleichen Eindruck, obwohl ich ihn nur im Vorbeifahren gesehen habe."

Im Präsidium erwartete man sie bereits. Eine Polizistin stand mit Mariness in dem gleichen Raum, in dem auch die beiden Männer in der

Nacht die Unterhaltung mit dem Polizeiarzt hatten. Mariness konnte sich offensichtlich kaum auf den Beinen halten und als sie ihren Vater und Norman sah, flossen die Tränen aufs neue.

„Kommen Sie, Kind", meinte die Polizistin. „Es ist doch jetzt alles überstanden. Uns tut es auch leid, dass Ihnen das geschehen ist. Versuchen Sie bitte, uns zu verstehen. Heute passiert so viel mit Drogen und da müssen wir jedem, auch noch so geringen Verdacht, rückhaltlos nachgehen."

Mariness nickte: „Warum gerade ich?!"

„Ja, Kind, warum gerade Sie. Das weiß ich auch nicht."

Norman trat vor, nahm Mariness bei der Hand und zuckte zurück als habe er sich verbrannt.

„Mädchen, du glühst ja! Du musst sofort ins Bett!"

„Das geht nicht. Ich habe heute Morgen Probe."

"Das lass meine Sorge sein. Ich rede mit Griffel und denke, dass der vollstes Verständnis hat."

Norman sah Mariness von der Seite an: „Komisch, das ist auch den Anderen schon aufgefallen: für dich hat er eine Schwäche. Warum eigentlich?"

Mariness lächelte etwas mühsam: „Woher soll ich das wissen?"

Dann erklärte sie sich jedoch bereit, einen Tag zu Hause und im Bett zu bleiben. Auszuschlafen und ein bisschen zur Ruhe zu kommen. Gleichzeitig kam ihr der Gedanke, diese Zeit zu nutzen und endlich, den immer wieder verschobenen Brief an Fedja zu schreiben. Was in der letzten Zeit alles passiert war, das musste er doch wissen …

*

Ramon war mit Bonny aus dem Club verschwunden, weil er noch mit zu ihr nach Hause gehen wollte. Er war mies gelaunt und unterwegs meinte Bonny: „Weißt du was, Mann, hau ab. Du bist heute unausstehlich!"

Sie drehte sich um und ließ den, ohnehin schon wütenden Ramon einfach stehen.

Er fasste in seine Hosentasche, um eine Zigarette aus der Packung zu holen und wurde blass. Das weiße Päckchen war weg! Er musste es verloren haben als er mit Mariness in Streit geriet. Oh Mann ...

Ramon dachte nicht eine Sekunde daran, dass Mariness dadurch vielleicht Probleme bekommen könnte. Er trauerte lediglich einigen hundert Euro hinterher, die ihm der Inhalt dieses Plastiktütchens eventuell eingebracht hätte. Missmutig machte er sich auf den Weg. Vorsichtshalber ging er die Strecke noch einmal ab. Das Tütchen blieb verschwunden.

Der Morgen dämmerte schon herauf, als Ramon endlich in sein Bett kam. Fest eingeschlafen hörte er nicht, dass jemand ununterbrochen klingelte. Das Hausmädchen fuhr in einen Morgenrock und riss die Tür auf: „Können Sie mir sagen, was das soll? In aller Herrgottsfrühe!"

„Polizei! – dürfen wir eintreten?"

Mit offenem Mund ließ das Mädchen die beiden Herren an sich vorbei in den Flur.

„Da ... da ... muss ich aber erst meine Herrschaft wecken", stotterte sie.

„Tun Sie das und sagen sie ihrer Herrschaft auch bitte dazu, sie möge sich beeilen", bemerkte einer der Polizisten ironisch.

Total aufgelöst rannte das Mädchen die Treppe hinauf.

Wenige Minuten später kam der Hausherr in den Flur. Wütend fuhr er die Polizei an: „Wissen Sie eigentlich, wie spät es ist? Wie kommen Sie dazu, um diese Zeit das ganze Haus aufzuwecken. Schließlich habe ich bis gestern Abend spät gearbeitet."

„Das haben wir die ganze Nacht", entgegnete einer der Polizisten ungerührt. „Wir kommen wegen Ihres Sohnes Ramon. Holen Sie ihn bitte."

„Ich weiß nicht, ob der im Hause ist."

„Dann gibt es zwei Möglichkeiten: entweder Sie sehen nach oder wir tun es. Das können Sie sich aussuchen."

„Ich verbitte mir diesen Ton. Das kommt Sie teuer zu stehen."

Grinsend gingen die beiden Polizisten an dem verblüfften Hellersen vorbei auf die Treppe zu.

„Bemühen Sie sich nicht", sagte der jüngere der beiden Beamten. „Wir werden in jedes Zimmer sehen und irgendwo finden wir sicher auch Ihren Sohn."

In Hellersens Kopf arbeiteten die Gedanken in Windeseile. Dass sein Sohn nicht ganz sauber war, vermutete er schon länger. Er hielt ihn immer kurz, doch der Bengel drückte sich in Nachtlokalen herum. Das wurde ihm schon öfter zugetragen und er fragte sich jedesmal, woher der Junge das Geld dafür hatte. Auf seine Fragen erhielt er nur ausweichende Antworten. Sein Sohn war Großmeister im Lügen. Was war nun wieder passiert? Die Polizei hielt sich äußerst bedeckt. Seufzend ging er in sein Schlafzimmer und zog sich an.

Ramon lag noch immer im tiefsten Schlaf als er unsanft von einer Hand an der Schulter gerüttelt wurde.

„Was soll das, lass mich schlafen", knurrte er erbost und versuchte, sich umzudrehen. Da ihm das nicht gelang, riss er verdutzt die Augen auf. Als er die Uniformen an seinem Bett erkannte war er schlagartig wach und machte einen großen Fehler: „Was soll denn das?", schrie er. „Sie sind bei mir falsch. Gehen Sie zu Mariness Dreschmann, die dealt. Die ist süchtig!"

„Na, das ist doch eine fabelhafte Auskunft, was Herr Kollege", wandte sich der Polizist um. Der Angesprochene grinste: „Und ob! Aufstehen, du Früchtchen!", herrschte er Ramon an.

„Was fällt Ihnen denn ein. Das wird Sie teuer zu stehen kommen!"

„Haben wir das heute Morgen nicht schon mal gehört?"

„Hm", brummte der andere, „fragte sich, wer hier welche Rechnung zu bezahlen hat." Und zu Ramon gewandt: „Los Mann, ziehen Sie sich endlich an!"

Die Polizisten nahmen Ramon in die Mitte und gingen die Treppe hinunter. Unten wartete Ramons Vater und herrschte seinen Sohn an: „Kannst du mir mal sagen, was das zu bedeuten hat?"

„Nein, Vater. Das Ganze ist ein Irrtum. Ich habe den Herren schon gesagt, dass sie bei mir falsch sind."

Die Polizisten grinsten.

Wütend drehte Hellersen sich um: „Lassen Sie meinen Sohn gefälligst in Ruhe. Wenn er ihnen sagt, dass er mit der Sache, die Sie verfolgen, nichts zu tun hat, dann stimmt das."

„So?", meinte einer der Polizisten, „finden Sie es dann nicht auch äußerst merkwürdig, dass Ihr Sohn sich, gleich nachdem wir ihn aufweckten, in einer Sache verteidigte, auf die er von uns noch gar nicht angesprochen wurde?"

Hellersen wurde blass.

„Was war das?"

„Das kann Ihr Sohn Ihnen selber sagen."

„Ach", meinte Ramon, „so eine blöde Geschichte mit einer früheren Schulkollegin von mir. Sie ist süchtig und gestern Abend auf der Straße zusammengeklappt. Als man sie fand, hatte sie ein Päckchen Koks bei sich. Um sich aus der Affäre zu ziehen, hat sie mich beschuldigt. Sie ist sauer, weil ich sie nicht heiraten wollte!"

Der alte Hellersen sah völlig fassungslos auf seinen Sohn; die Polizei ebenfalls. Nur aus anderen Gründen. Den Beamten war der Tatbestand bekannt und sie konnten nicht verstehen, wie jemand so brutal lügen konnte. Nur um seinen Kopf aus der Schlinge zu ziehen. Wobei es nichts mehr zu ziehen gab.

„Heiraten?", echote der alte Hellersen, „ich werd' verrückt!"

*

Mariness wurde von ihrem Vater und Norman ins Bett gesteckt. Die vergangene Nacht, in der sie kaum und dazu noch sehr unruhig geschlafen hatte, machte sich bemerkbar.

Die beiden Männer gingen ins Wohnzimmer.

„Herr Dreschmann, ich lasse Sie jetzt allein. Mariness ist in ihrem Bett gut aufgehoben. Ich muss zur Probe und außerdem Griffel noch von dieser ganzen Chose unterrichten. Der wird aus allen Wolken fallen.

Mariness ist wirklich sein Liebling. Und ausgerechnet ihr muss so etwas passieren."

„Das Schlimme ist", seufzte Mariness' Vater, „dass doch immer etwas hängen bleibt."

„Ach was! Machen Sie sich bloß keine Sorgen."

Norman zog die Tür hinter sich zu und fuhr zum Theater.

Als erstes ging er in Griffels Büro. Der war um diese Zeit natürlich noch nicht im Theater, aber von dort konnte Norman ihn ungestört daheim anrufen. In allen Einzelheiten berichtete er, was vorgefallen war. Griffel reagierte sofort: „Lassen Sie ihr ausrichten, dass ...! Ach Unsinn! Ich rufe selber an. Geben Sie mir mal die Telefonnummer. Das arme Mädchen."

Doch auch Griffel musste lachen, weil ihm die k.o.-Szene mit Harald noch in Erinnerung war. Norman wusste nicht, dass der Intendant diesen Vorfall gesehen hatte und reagierte genauso befremdet, wie es zuvor Mariness' Vater getan hatte.

Nachdem Griffel dazu eine Erklärung gegeben hatte, konnte Norman sich nicht verkneifen zu fragen: „Warum liegt Ihnen eigentlich soviel an Mariness?"

„Das werde ich Ihnen mal in einer stillen Stunde erzählen."

Damit war das Telefongespräch zunächst beendet.

*

Mit finsterem Gesicht stieg Ramon in das Polizeiauto. Ihm war inzwischen klar, dass er eine Riesendummheit begangen hatte. Anscheinend war er doch nicht so hart gesotten, wie er von sich selbst annahm. Weniger, dass sein Gewissen sich rührte – nein, er hatte ganz einfach Angst.

Im Präsidium kam auch er zunächst vor den Polizeiarzt. Einige Kubikzentimeter Blut wanderten in verschiedene Röhrchen und Ramon wurde blass. Er konnte kein Blut sehen und am allerwenigsten sein eigenes.

Dann ging es zur Protokollaufnahme. Die Geschichte, die er den Polizisten aufgetischt hatte, wiederholte er nicht mehr. Ramon hoffte, dass die anwesenden Streifenbeamten von sich aus nicht darauf zurückkämen. Das war natürlich ein Irrtum. Der Protokollbeamte fragte nach dem Abschluss der Protokollaufnahme, was es mit dieser Version auf sich habe. „Ach", meinte Ramon, „das hab' ich doch nur vor meinem Vater gesagt. Er regt sich über Kleinigkeiten immer so auf."

„So! Sie nennen es also eine Kleinigkeit, dass Sie, wenn auch nicht mit Absicht, ein Mädchen niedergeschlagen haben. Und, was noch schlimmer ist, Sie haben sie ohne Hilfe einfach liegen lassen. Junger Mann, allein dafür bekommen Sie eine Klage an den Hals. Alles andere müssen wir sowieso noch prüfen."

Um seine eigene Haut zu retten, beschuldigte er auch seinen Freund Roy, ohne jegliche Beweise, schwer.

Hellersen senior versuchte in der Zwischenzeit seinen Sohn auf Kaution frei zu bekommen. Doch der Staatsanwalt sagte glattweg nein. Auch die Tatsache, dass er *der* Hellersen war, half da nicht weiter.

„Tut mir leid", meinte der Staatsanwalt, „wegen Flucht- und Verdunklungsgefahr kann ich einer Kaution nicht zustimmen. Außerdem hat ihr Sohn auch einen anderen jungen Mann, der bereits seit einigen Tagen einsitzt, schwer beschuldigt. Da die beiden Fälle ganz offensichtlich zusammenhängen, werde ich also auch Ihren Sohn hier behalten."

Hellersen musste einsehen: man kann doch nicht alles mit Geld kaufen und ging zu seinem Wagen. Ganz gleich was passiert war, er musste ins Werk. Die einzige Hoffnung, die er hatte war, dass die Zeitungen noch nichts von dem Fall brachten. Es blieb ihm außerdem die unerfreuliche Aufgabe, seine Frau davon zu unterrichten. Diese hatte von der ganzen Geschichte nichts mitbekommen. Sie besuchte, ohne ihren Mann, eine Party bei Freunden und Hellersen vermutete, dass sie wieder einmal nicht ganz nüchtern heimgekommen war. Möglicherweise schluckte sie dann auch noch ein Schlafmittel. Jedenfalls bekam er sie am nächsten Morgen nicht wach. Er dachte, dass sie sich sowieso zu wenig um den

Sohn und zuviel um ihre Vergnügungen kümmerte. Wenn sie dem Jungen eine bessere Mutter gewesen wäre...

Hellersen senior gestand sich ehrlicherweise ein, auch er trug ein gewisses Maß Schuld daran. Für ihn hatte immer nur die Firma gezählt und das Geld, das ihnen den gegenwärtigen Lebensstil ermöglichte. Vielleicht hätte er sich doch besser nicht selbständig gemacht? Eine Antwort darauf gab es nicht, aber er begann, nachzudenken.

Ein bisschen spät, stellte er fest, vielleicht ließ sich noch etwas retten.

*

Mariness wurde gegen Mittag wach und hatte das Gefühl, dass sich ein Schnupfen ankündigte.

„Der hat mir gerade noch gefehlt!", sagte sie zu ihrem Spiegelbild.

Ursächlich dürfte gewesen sein, dass sie doch eine ganze Weile auf dem Straßenpflaster lag. Und in den alten Gemäuern des Präsidiums war es ebenfalls ungemütlich kühl. Niesend stand sie auf. Auf dem Tisch lag ein Zettel. Der Vater war einkaufen. Als das Telefon läutete nahm sie den Hörer hoch und anstelle der üblichen Worte begrüßte sie ihren Gesprächspartner mit einem kräftigen "Hatschi!"

„Gesundheit!"

Es war Griffel. Mariness hörte seine Stimme und musste sich krampfhaft bemühen, vernünftig zu antworten. Die Erinnerung war noch so lebendig, dass ihr wieder die Tränen über das Gesicht liefen.

Griffel bemerkte das und meinte: „So, liebes Kind. Schluss mit der Heulerei. Rappeln Sie sich auf; ich komme zu Ihnen. Neben meinem Mitgefühl habe ich noch etwas anderes für Sie. Und wenn Sie dann anfangen zu heulen, will ich wenigstens dabei sein!" Damit legte er den Hörer auf.

Mariness blieb völlig verdutzt neben dem Telefon stehen. Sie wusste nicht so recht, was sie mit dem Gehörten anfangen sollte und sie beschlich die Befürchtung, dass man sie am Theater nun nicht mehr nehmen wollte.

„Oh, dieser Kerl! Dieser Ramon! Man sollte ihn mit den Ohren an die Wand nageln!"

Trotzig ging sie in ihr Zimmer und blieb unschlüssig vor dem Kleiderschrank stehen. Was zieh ich bloß an?

Da sie sich nicht sehr wohl fühlte, entschied sie sich für eine lange Hose und Pullover. Kurz danach klingelte es und Griffel stand vor der Tür. Sein Gesicht war von einem großen Blumenstrauß verdeckt.

„Kommen Sie, Herr Griffel, treten Sie ein."

Mariness beorderte Griffel ins Wohnzimmer. Ein Blick auf sein Gesicht zeigte ihr , dass er den Schalk in den Augen hatte und dass das, was auf sie zukam, nicht unangenehm sein konnte.

Nachdem sie sich für die Blumen bedankt und diese in eine Vase mit Wasser stellte, ließ sie sich in einem Sessel, Griffel gegenüber, nieder und sah ihn fragend an.

„Nun", lächelte Griffel, „ich bin gekommen um dir zu sagen, dass die Anmeldung für die Xillon-Schule in Ordnung geht und du am Montag, also in fünf Tagen, bei Professor Bechsteiner vorsprechen sollst."

Griffel war unversehens wieder in das *du* zurückgefallen und Mariness fiel dem inzwischen aufgestandenen Intendanten um den Hals. Sie heulte nun wirklich wieder, diesmal vor Freude.

„Warum tun Sie das alles für mich?", schluchzte sie.

„Ja, Kind", sagte er leise, "wenn Katharina, das ist meine Frau, und Maira noch bei mir wären ... Maira ist jetzt so alt wie du. Doch meine Frau trennte sich vor einigen Jahren von mir und nahm unsere Tochter mit. Katharina warf mir vor, dass ich nie Zeit für sie und Maira gehabt hätte. Das Theater ist ein Moloch und hatte mich gefressen. Das stimmt ja auch. Es tat trotzdem sehr weh."

Mariness sah den Mann mit erschrockenen Augen an und murmelte leise: „Verzeihung."

In Mariness ging etwas vor; was sie selber nicht genau definieren konnte. Sie löste sich von Griffel und sagte: „Wenn Sie darüber sprechen möchten, dann erzählen Sie mir Ihre Geschichte."

Griffel legte den Arm um seinen Schützling und begann mit leiser Stimme zu erzählen.

Mariness hörte zu, ohne ihn ein einziges Mal zu unterbrechen. Sie stand auf und legte ihre Wange an seine Schulter.

"Danke für Ihr Vertrauen."

*

Am nächsten Morgen fand Mariness sich wieder im Theater ein. Sie suchte Normans Garderobe auf und ließ sich dort nieder, weil sie als Küken des Ensembles noch nicht über eine eigene Garderobe verfügte. Auf dem Schminktisch stand ein leeres Glas. Mariness grinste. Die Versuchung war zu groß, ihm noch einmal irgendwas zusammen zu rühren und als Milch hinzustellen. Bevor sie ihren Gedanken in die Tat umsetzen konnte, hörte sie Norman kommen.

„Hallo – da bist du ja wieder! Geht es dir auch wirklich gut?", fragte er besorgt.

„Ganz bestimmt, ich bin ausgeschlafen und habe auch sonst nichts abgekriegt. Außer vielleicht einen Schnupfen. Das ist doch nicht so arg."

„Das sagst du. Es wäre besser, du würdest noch ein bisschen zu Hause bleiben. Stell dir vor was passiert, wenn du das ganze Team ansteckst."

„Aber Norman, doch nicht mit so einem bisschen Schnupfen!"

„Doch auch mit so einem bisschen Schnupfen... na ja gut, komm!"

Norman hatte Mariness bewusst eine Weile aufgehalten. Die Kollegen hatten Blumen besorgt und bereiteten einen regelrechten Empfang vor. Als Mariness mit Norman auf die Bühne kam, waren alle Mitspieler versammelt.

Harald, ihr Partner, trat auf sie zu: „Liebe Mariness, ich fühle mich mit schuldig an dieser Geschichte. Wenn ich dich bis vor die Tür gefahren hätte, wäre das nicht passiert. Es tut mir entsetzlich leid."

„Mach dir keine Gedanken, Harald. Dieser Mensch ist so grundschlecht, dass mir diese Sache sicher irgendwann sowieso passiert wäre."

In groben Zügen schilderte sie den Kollegen den Vorfall, ohne allerdings auf Einzelheiten einzugehen. Gleichzeitig bedankte sie sich bei allen, dass sie ihr mit diesem Empfang nach so kurzer Zeit das Gefühl der Dazugehörigkeit vermittelten.

Die Proben begannen. Zuvor hatte Griffel noch darauf aufmerksam gemacht, dass die Szene in der Mühle für die nächsten Tage ausgesetzt werden sollte. Mariness musste noch geschont werden. Lächelnd stellte Griffel zur allgemeinen Belustigung fest: „Sie kann zwar eisenhart sein, aber ihr Kinn ist es offensichtlich nicht!"

Mariness gehörte heute also zu den Zuschauern und versuchte, auf ihrer Kiste sitzend, alle Bewegungen und Texte in Gedanken nachzuvollziehen. Auch wenn sie selbst nicht spielte war sie voll bei der Sache. Das Stück nahm mehr und mehr Form an; in Mariness wuchs der Stolz, dazuzugehören.

*

Ramon wurde ins Untersuchungsgefängnis überführt. Wutentbrannt machte er seinen Freund Roy für alles verantwortlich. Er stellte die Schmuggeltouren dar, als habe man ihn dazu gezwungen.

Die Kriminalbeamten waren sich einig, dass Haftbeantragung angemessen sei und Ramon wurde von den anderen Insassen abgesondert. Obwohl er nicht einen Moment lang Reue zeigte, hielt man ihn nicht unbedingt für gefährlich, doch man mied ihn. Er hatte einen Kumpanen verpfiffen und damit den Ehrenkodex unter den Ganoven übel verletzt.

„Ich glaube, der ist bloß noch niemandem ernsthaft an den Kragen gegangen, weil ihm die Gelegenheit dazu gefehlt hat", überlegte einer der Beamten.

Der Staatsanwalt teilte die Ansicht, dass beiden Burschen möglichst schnell ein Prozess gemacht werden sollte. Er hatte das Gefühl, dass ihnen allen noch eine Überraschung bevorstand.

Das Mädchen sollte auch vorgeladen werden; sie kannte den jungen Hellersen aus der Schulzeit und würde eine Menge über ihn sagen können. Immerhin hatte der sie aufs Pflaster geschickt. Da andere Zeugenaussagen bis jetzt nicht vorlagen, erwies sie sich als besonders wichtig. Roy wurde ebenfalls erneut vernommen und hörte mit zusammen ge-kniffenen Lippen die Anschuldigungen, die er Ramon zu verdanken hatte. Als man ihn erwischte, hatte er aus *Ehrgefühl* nichts über Ramon erzählt. Nun fühlte er sich hintergangen und war natürlich besonders wütend. Demzufolge sah er nicht ein, warum er weiter schweigen sollte. Was die Polizei nun zu hören bekam veranlasste die Beamten, bei dem bevorstehenden Prozess darauf zu plädieren, Zuhörer teilweise auszu-schließen.

*

Der Happy-Day-Club war ein Umschlagplatz für Rauschgifte aller Art. Erschüttert hörten die Anwälte und Protokollführer was sich dort Nacht für Nacht abspielte. Zwar versuchte Roy alle Personen, die nicht unmit-telbar mit dem Geschehen zu tun hatten, herauszuhalten, aber den Fra-gestellungen der Beamten war er nicht gewachsen. Es dauerte nicht lan-ge und die wussten genau, was los war. Seufzend meinte jemand: „Kin-der, das wird 'ne lange Nacht; da werden wir wohl eine Razzia durch-führen müssen. Hoffentlich schnappen wir alle, die er erwähnt hat. Wir können uns nur die Daumen drücken."

*

Mariness' Schnupfen entwickelte sich schlimmer, als erwartet und Grif-fel entschied, dass sie daheim bleiben müsse. Sie bekam vom Regisseur ihre Anweisungen zu den Proben und versuchte nun allein, zu Hause vor dem Spiegel, ihre Parts durchzuspielen. Zwischendurch schluckte sie alles, von dem man sagte, es sei gegen Schnupfen, Husten, Heiser-keit und nach einer knappen Woche war sie wieder soweit, dass sie ih-ren Vorsprechtermin in der Xillon-Schule bei Professor Bechsteiner ein-halten konnte.

Mariness hatte Herzklopfen als sie das Büro betrat. Die Dame am Empfang trank gerade Kaffee und sah sie an wie ein lästiges Insekt. „Sind Sie angemeldet? Der Herr Professor empfängt heute nicht!"

„Ich bin telefonisch angemeldet ... durch den Intendanten des hiesigen Stadttheaters, Herrn Hieronymus Griffel."

Die Miene hinter dem Tresen wurde noch etwas eisiger. „Ach so ..." Mariness gab sich alle Mühe, den Ton zu überhören und folgte der Frau in ein angrenzendes Zimmer. „Warten Sie."

Aufgeblasene Pute murrte Mariness in sich hinein.

Nach einer knappen Viertelstunde gesellte sich ein älterer Herr mit schlohweißen Haaren zu ihr. Er grüßte freundlich und ließ sich auf einem weiteren Stuhl nieder. Anscheinend wartete er, ebenso wie Mariness, auf den Professor. Diese überlegte, ob er wohl auch ein Schauspiel*schüler* des Professors sei ... Nach einer Weile begann der Herr ein belangloses Gespräch, an dem sie sich, nach anfänglichem Zögern, beteiligte. Sie antwortete nach einiger Zeit recht locker auf alle möglichen Fragen und der ältere Herr lachte öfter als einmal amüsiert auf. Irgendwann entschuldigte er sich dann und meinte: „Ich muss gehen. Es sieht fast so aus, als gäbe das heute nichts mehr."

Mariness seufzte: „Und wenn ich in diesem Raum Wurzeln schlage, ich warte. Schließlich kann mich der Vorzimmerdrachen nicht über Nacht einschließen."

Wenn sie geahnt hätte, was sich in der Zwischenzeit tat.

Sie hatte Professor Bechsteiner gegenüber gesessen und mit ihm gesprochen. Dieser unterzog sie einer eingehenden Persönlichkeitsprüfung, die Mariness nicht bemerkte.

Inzwischen telefonierte der Professor mit Griffel. „Mann, da haben Sie ja mal wieder Nase bewiesen. Das Mädchen ist ein Juwel. Daraus bastle ich Ihnen einen Superstar!"

„Bechsteiner", kam es wütend aus dem Hörer, „hören Sie auf! Ich will keinen Superstar – ich will eine Schauspielerin!"

Bechsteiner lachte. Er kannte seinen Kollegen schon Jahrzehnte und wusste, wie man ihn am besten auf die Palme bringen konnte.

Beruhigend lenkte er ein: „Keine Sorge, Griffel, ich weiß, was Sie meinen. Das Mädchen lohnt sich wirklich. Ich werde gleich ins Besucherzimmer zurückgehen. Wie ich ihre junge Dame einschätze, wird sie einen entsprechenden Kommentar zu dieser Maskerade parat haben."

„Das glaube ich auch", meinte Griffel und grinste in den Hörer.

Mariness glaubte wirklich, nicht richtig gehört zu haben, als der ältere Herr wieder auftauchte und ihr sagte, dass sie ab dem folgenden Vormittag zu den Schülern der Xillon-Schule gehören würde. Etwas skeptisch hörte sie seinen Worten zu und wandte während der ganzen Zeit keinen Blick von ihrem Gesprächspartner. Plötzlich glomm der Funke des Verstehens in ihren Augen auf: „Also ich muss schon sagen, Herr Professor! Ganz fair war das nicht, doch vielleicht gibt Ihnen Ihre Methode letztendlich Recht." Mariness lachte und der Professor auch.

„Das muss ich nun gleich Griffel erzählen!"

„Nicht nötig. Den habe ich inzwischen schon angerufen. Sie müssen jetzt nur noch Ihren Probenplan mit unserem Stundenplan abstimmen. Wie ich Griffel kenne, legt der Ihnen sicher keinen Stein in den Weg."

„Ganz bestimmt nicht", meinte Mariness im Brustton der Überzeugung.

Inzwischen war es Spätnachmittag geworden und sie machte, dass sie nach Hause kam.

Mariness öffnete beschwingt und gut gelaunt die Haustür und ging an den Briefkasten. Ihre gute Laune schlug schlagartig um, als sie die Vorladung des Gerichts in den Händen hielt.

Etwas blass um die Nase setzte Mariness sich in der Küche auf einen Stuhl und überlegte laut: *Das kommt überhaupt nicht in Frage. Hinterher steht womöglich alles in der Zeitung. Das fehlt mir noch.*

Kurz entschlossen schnappte sie sich das Telefonbuch und suchte nach der Telefonnummer und Adresse von Griffel. Er musste helfen. Sie ließ einige Male durchläuten; es meldete sich niemand.

Mariness überlegte, ob er wohl im Theater sein könnte. Aber genau dort wollte sie ihn nicht sprechen. Was nun?

Nach reiflicher Überlegung zog Mariness sich um und machte sich auf den Weg zu Griffels Wohnung. Sie würde ganz einfach vor seiner Tür warten. Irgendwann würde er ja heimkommen und dann wollte sie ihn fragen, was er dazu meinte. Mit einem ganz klein wenig schlechtem Gewissen dachte sie, dass sie früher ihren Vater um Rat gefragt hätte. In diesem Fall schien es ihr besser, Griffel um Hilfe zu bitten. Für den Vater schrieb sie einen Zettel und teilte ihm auch mit, dass es vielleicht ein bisschen später werden könne. Er solle sich keine Sorgen machen. Dann ging sie los.

Ihre Geduld wurde auf eine harte Probe gestellt. Sie wartete beinahe drei Stunden, bis Griffels Auto in die Einfahrt bog und der Intendant vor Schreck ruckartig auf die Bremse trat.

„Um Himmels Willen, Mädchen, ist was passiert?"

„Ja und nein", sagte Mariness und reichte ihm das amtliche Schreiben durch das herunter gekurbelte Seitenfenster.

„Oh, so ein Mist. Hast du überlegt, was du tun willst?"

„Ja. Ich möchte keinesfalls dahingehen. Diese Art zweifelhafter Publicity ist nicht mein Stil."

Griffel war mit einem Satz aus dem Auto: „Mädchen!, ich habe mich wirklich nicht in dir getäuscht! Jetzt komm' erst einmal rein, rufe deinen Vater an und beordere ihn irgendwie hier her. Wir werden zur Feier des Tages gemeinsam essen gehen!"

„Feier?" Überrascht sah Mariness den Intendanten an.

Griffel hielt Mariness noch immer in seinem Arm und bemerkte nicht, dass nebenan jemand neugierig durch die halbgeöffneten Gardinen lugte. Als er dann noch die Tür aufschloss und Mariness ihm folgte, stand für die neugierige Nachbarin fest, *was sich da tat*. Sie wartete begierig darauf, wann das junge Mädchen wieder das Haus verlassen würde und versäumte keine Gelegenheit, aus dem Fenster zu sehen. So bekam sie natürlich auch mit, dass ein zweiter älterer Herr bei Griffel vorfuhr und ebenfalls eingelassen wurde.

Schnell entledigte sie sich ihrer Lockenwickler und rannte zur nächsten Nachbarin. Dort wurde das Thema ausgiebig behandelt und die Tratsch tanten waren sich einig, dass die Theaterleute doch ein durch und durch unmoralisches Volk seien.

"So eine junge Göre und zwei ältere Männer! Gleich zwei! Stellen Sie sich das einmal vor. Man sollte es nicht glauben. Eigentlich müsste man der Polizei einen Tipp geben – die ist doch bestimmt noch nicht volljährig!"

„Ach", meinte die andere Nachbarin, „lassen Sie das besser. Selbst bei dem heutigen Gerede von Zivilcourage wäre ich vorsichtig. Außerdem haben die vom Theater doch sowieso den längeren Arm. Obendrein ist er auch noch der Intendant. Ein Auge sollten wir wohl darauf haben. Eigentlich hätte ich dem Griffel so etwas gar nicht zugetraut ..."

Kurze Zeit später fuhr ein weiteres Auto bei Griffel vor. Norman Meller stieg aus, klingelte und blieb völlig verdutzt im Rahmen stehen, als Mariness ihm öffnete.

„Oh, Norman, komm rein", sagte sie und bemerkte gar nicht, dass der ein ziemlich saures Gesicht machte. Seine Miene hellte sich erst auf, als er im Wohnzimmer neben Griffel auch auf Mariness' Vater traf.

Norman wurde aufgeklärt, was es mit dieser Versammlung auf sich hatte und meinte: „Ich kenne einen Rechtsanwalt. Der soll die Sache übernehmen. Mariness kann mit ihm an ihrer Seite die Aussage beim Staatsanwalt machen und vor Gericht wird Schooler sie dann vertreten."

„Norman, du bist ein Engel!", rief Mariness. Auf so eine Idee hätte ich auch selber kommen können, anstatt alle Welt verrückt zu machen!"

"Darauf hättest du kommen können, wenn du in solchen Dingen Übung hättest; Gott sei Dank hast du die aber nicht", lächelte Norman, „und außerdem, wofür hast du mich?"

Mariness Laune hatte sich sichtlich gebessert und sie schlug vor, dass man nicht in ein teures Restaurant gehen sollte, sondern sie, Mariness, würde in der Küche für alle etwas feines kochen.

Damit waren sämtliche Beteiligten einverstanden.

Griffel schmunzelte: „Das wird für längere Zeit bestimmt das letzte Mal sein, dass du Zeit und Ruhe für diese Art Tätigkeiten hast."

Fragend sah Mariness ihren väterlichen Freund an: „Wieso?"

„Vergiss die Schauspielschule nicht. Du wirst dich wundern. Denn weiter proben musst du auf alle Fälle. Du bist fest in unserem Ensemble und wir brauchen dich."

„Na", lachte sie stolz, „das werde ich wohl auch noch hinkriegen."

*

Ramon Hellersen wurde seinem Freund gegenübergestellt. Roy sah ihn nur verächtlich an und drehte sich um.

„Mit dem da habe ich nichts mehr zu schaffen", meinte er zu den Beamten. „Der ist noch mieser als ich dachte!"

Die Kriminalbeamten waren der gleichen Meinung, hielten sich aber sowohl von Amts wegen als auch in der Hoffnung zurück, dass der Zufall eine brauchbare Aussage durch den Streit der beiden Burschen entstehen ließe. Sie hatten sich nicht getäuscht. Es dauerte nicht lange und sie lagen sich handfest in den Haaren. Sodass die Beamten ohne Probleme folgerichtige Schlüsse ziehen konnten. Fest stand, dass beide in Haft genommen würden. Trotzdem hielten sich alle Umstehenden mit Vermutungen zurück. Sie wären sonst wohl dem Richterspruch zuvor gekommen und hätten sich außerdem mit einer so genannten Vorverurteilung einen ordentlichen Rüffel eingehandelt.

„Abführen", drehte sich der Protokoll führende Beamte um.

Die wutentbrannten jungen Männer wurden in ihre Untersuchungszellen zurückgebracht.

*

Inzwischen hatte Meller den Anwalt, mit dem er persönlich befreundet war, per Telefon erreicht und dieser versprach, aufgrund der langjährigen Freundschaft mit Norman, die Vertretung zu übernehmen. Zuvor bemühte er sich noch um einen schnellstmöglichen Termin beim Staatsanwalt.

Meller hatte ihm die näheren Umstände geschildert und der Anwalt sah keine Schwierigkeit, Mariness persönlich aus dieser Geschichte herauszuhalten. Sie würde zwar in Anwesenheit des Staatsanwaltes noch einmal alles haarklein erzählen müssen, doch konnte er sie am Telefon vorab beruhigen: „Machen Sie sich keine Sorgen, Fräulein Dreschmann, das ist kein Problem. Wir werden Sie von dem Verlauf der Geschichte unterrichten und mehr werden Sie damit nicht zu tun haben. Dafür sorge ich." Erleichtert atmete Mariness nach diesem Telefonat auf und meinte: „So – und ich gehe erst mal in die Küche."

Griffel grinste und flüsterte Mariness' Vater zu: „Ich bin mal gespannt, was sie da zusammenbasteln will. Viel Freude wird sie nicht haben und auch nichts Umwerfendes kreieren können. Meine Haushälterin hat heute ihren freien Tag und ich hatte ihr erklärt, dass sie nichts vorzubereiten braucht. Normalerweise wollte ich gar nicht zu Hause sein." Doch Mariness kam nicht zurück, um die mäßige Vorratshaltung zu bemängeln. Sie hatte sich nun einmal in den Kopf gesetzt, ihrem Gönner als Dankeschön ein Abendessen zu servieren und es wäre gegen ihren Stolz gegangen, aufgrund vermeintlich mangelnder Zutaten aufzugeben. Anfangs stand sie etwas ratlos herum; dann fielen ihr die Rezepte ein, nach denen Fedjas Mutter oft gekocht hatte. Für diese sehr einfachen, jedoch schmackhaften Gerichte fand sie alles, was sie benötigte. In diesem Moment war ihr treuer Freund Fedja wieder gegenwärtig und ihr Gewissen schlug mächtig Alarm. Sie hatte den versprochenen Brief immer noch nicht geschrieben...

Das wäre doch gelacht, dachte sie, wenn ich euch da draußen nicht etwas zaubern würde; und machte sich entschlossen daran, aus Kartoffeln, Gurken, Zwiebeln und Eiern einen Auflauf zu fabrizieren. Mariness hörte in Gedanken, wie Martha sagte: normalerweise klappt es am besten, wenn du die Kartoffeln zunächst einmal in der Schale kochst und dann pellst. Dafür war jetzt keine Zeit. Sie schälte Kartoffeln, würfelte sie und machte das gleiche mit den Gurken und den Zwiebeln. Nachdem sie alles in einen Römertopf geschichtet hatte, verquirlte sie die vorhandenen Eier, goss die Sauce darüber, schnitt ein paar Scheiben Käse in schmale Streifen und legte sie darauf.

Zwischendurch ging Mariness dann wieder mal ins Wohnzimmer und unterhielt sich ein wenig mit allen dreien. Nach einer dreiviertel Stunde verschwand sie in der Küche und gab dem Inhalt des Römertopfes den letzten Schliff. Sie öffnete den Deckel und ließ den geschmolzenen Käse die letzten zehn Minuten schön kross werden.

Kurze Zeit später saßen alle um den großen Esstisch und ließen es sich schmecken. Griffel rätselte herum, was das denn sei, doch Mariness zuckte nur die Achseln: „Oh, das ist ein altes Rezept aus Norwegen. Meine Tante hat öfter danach gekocht; da das relativ einfach ist, manchmal sogar Fedja."

Normans Gesicht verfinsterte sich gleich wieder: „Wer ist Fedja?", fragte er leise.

Mariness sah ihn unbefangen an: „Ein Freund, ein sehr guter Freund von mir."

Damit musste Norman sich begnügen. Er gestand sich ein, dass er eifersüchtig war und hätte zu gern gewusst, was Mariness mit diesem unbekannten Fedja verband.

Nach dem Essen stand Mariness auf und wusch das Geschirr ab. Da Griffel eine Haushälterin hatte und selber nicht abwaschen musste, befand sich in seinem Haushalt auch keine Spülmaschine. Die Männer kamen überein, ihre Autos stehen zu lassen und saßen nun noch auf einen Cognac zusammen. Mariness meinte mit einem schiefen Blick auf die Uhr: „Wenn ich daran denke, dass ich morgen früh Probe habe, zieht es mich irgendwie ins Bett."

Norman ging ans Telefon und bestellte ein Taxi. Lachend schlüpften alle in ihre Jacken und Griffel drückte Mariness' Arm: „Bis morgen, mein Kind!"

„Gute Nacht, Herr Griffel."

Die beiden, immer noch auf der Lauer liegenden Nachbarinnen sahen sich kopfschüttelnd an: „Ts, ts, ts! Dieses unmoralische Völkchen; ich hab's ja immer schon gewusst...! Es ist nicht zu fassen! Sehen Sie nur! Gleich drei Männer und einer davon ist auch noch ziemlich jung ...."

*

In den kommenden Wochen magerte Mariness regelrecht ab. Sie schlief wenig und aß noch viel weniger. Griffel schimpfte mit ihr: „Bist du denn von allen guten Geistern verlassen? Du kippst mir noch auf der Bühne um, wenn du so weitermachst. Was ist bloß los mit dir?"
Mariness gestand ihrem Freund und Gönner: „Ich habe wahnsinniges Lampenfieber. Außerdem ist der Unterricht beim Professor auch nicht von schlechten Eltern. Und bei den Proben habe ich Angst, zu patzen."
Griffel lächelte sie an: „Nun komm, Kind! Lampenfieber ist zwar normal, sogar gut und richtig. Aber es reicht, wenn du das vor der Premiere bekommst und nicht schon jetzt. Außerdem – guck dir den Harald an. Der patzt am laufenden Band und keiner sagt was. Um wie viel weniger würde man erst bei dir sagen. Meinst du nicht auch?"
„Ja, aber das lässt mein Ehrgefühl nicht zu."
„Ehrgeiz meinst du wohl, hm?"
„Vielleicht auch das", musste Mariness zugeben.

Außerdem hatte Mariness in den vergangenen Nächten etliche Stunden damit verbracht, endlich den versprochenen Brief an Fedja auf die Beine zu stellen. Das war weniger ein Brief als ein ausgewachsener Roman, an dem sie inzwischen die fünfte Nacht schrieb. Haarklein berichtete sie darüber, wie sie zum Theater gekommen war. Über ihren unfreiwilligen Konflikt mit der Polizei, ihre Nacht im Gefängnis und darüber, dass nun am ersten Adventssonntag die Premiere von Johnny Belinda sei. Auch den zweimaligen Kinnhaken vergaß sie nicht zu erwähnen. Am Schluss dieses Mammutbriefes hieß es dann: „Weißt du, Fedja, ich bin ehrlich. Zwischendurch hatte ich dich wirklich fast vergessen. Es ist vieles so neu. Zuviel ist auf mich eingestürmt. Jetzt, wo ich beinahe alles überstanden habe und *nur noch* die Premiere in meinem Kopf herumwirbelt wünschte ich, du könntest dabei sein. Leider geht das nicht. Es ist doch schade, dass wir so weit auseinander wohnen. Wenn ich das glücklich hinter mir habe, sowohl die erste Spielzeit, als auch meinen Schauspielunterricht, werde ich Urlaub machen. Dann komme ich nach Vadsø. Was meinst du dazu?"

Gähnend faltete Mariness den Brief zusammen und machte sich an die restlichen Aufgaben für den Professor. Er vertrat die Ansicht, dass Mariness nicht deutlich genug sprach. Seit Tagen hatte sie nichts anderes zu tun, als vor dem Spiegel das rollende "r" zu proben. Immer und immer wieder: Arrrrivederrrrci Rrroma!

„Inzwischen kann ich es wirklich rrrrrückwärts", meinte sie mit herausgestreckter Zunge zu ihrem Spiegelbild.

Dann fiel sie in einen kurzen unruhigen Schlaf.

*

Premiere! Kurz vor dem Beginn hing dieses Wort über allen Schauspielern wie ein Damoklesschwert. Jeder stand in irgendeiner Ecke und studierte oder murmelte ein letztes Mal vor sich hin. Mariness war ein wenig blass um die Nase als Harald zufällig vorbei kam und fürsorglich fragte: „Soll ich dir irgend etwas holen? Vielleicht eine Milch?"

Mariness verzog das Gesicht: „Alles, bloß das nicht!"

Im Flüsterton erzählte Mariness die Story und Harald, der diese Geschichte kurioserweise nicht kannte, begann zu lachen. Die Spannung der anderen Schauspieler ließ ebenfalls nach und sie beteiligten sich an der allgemeinen Heiterkeit.

Griffel meinte hinter der Bühne: „Na bitte – etwas besseres als ein Glas Milch konnte unserem Neuling gar nicht passieren."

Der Vorhang ging auf. Nach den ersten Gesten, in denen Mariness noch nicht das Mittel der Sprache zur Verfügung hatte, spielte sie sich frei. Im Stillen war sie Professor Bechsteiner dankbar, dass er auf scheinbare Kleinigkeiten soviel Wert legte.

Im Zuschauerraum war es Mucksmäuschen still. Alle sahen wie gebannt auf die Bühne und erlebten das Schicksal der taubstummen Belinda, die erst durch ihr Kind die Sprache wieder fand, in allen Einzelheiten mit. Der Beifall, oftmals inmitten einer Szene, zeigte allen Darstellern, dass sie ihre Sache wirklich gutmachten. Der Schlussapplaus, den die Zuschauer dem gesamten Team spendeten, wollte nicht enden.

*

Ramon und Roy standen an diesem Tag vor dem Richter. Es nützte nichts, dass sie gegenseitig versuchten, dem anderen die Hauptschuld zu geben. Der Richter verurteilte beide zu einer empfindlichen Gefängnisstrafe. Nicht nur wegen des Besitzes der Drogen sondern vor allen Dingen deshalb, weil sie das Rauschgift weiter verkauft hatten. Der Happy-Day-Club wurde geschlossen.

Vater Hellersen bezahlte einen Teil des Schadens, den sein Sohn verursachte. Sobald dieser aus dem Gefängnis käme, würde er ihn nach Australien schicken, damit er endlich etwas Vernünftiges lernen sollte. Und wenn er das nicht wollte, konnte der dort Koalas zählen!

Roy musste nach dem Absitzen der Strafe sein Leben allein regeln. Er hatte keine reichen Eltern.

Mariness sah und hörte von dem Prozess nichts. Der Anwalt und Norman hielten Wort. Sie konnte ihre Premiere voll genießen.

*

Was Griffel eigentlich nicht beabsichtigte, war eingetreten. Mariness war ein Star – der Star des Theaters. Sein Star.

Sie strahlte: „Ich hab' es geschafft!"

Unendlich müde, aber glücklich ging sie mit Norman in die Garderobe. Sie öffnete die Tür und fiel mit einem Aufschrei einem großen blonden, jungen Mann um den Hals: Fedja!

***

Ganz oben

Der Ehrgeiz lässt sie nicht zur Ruhe kommen, bis ihr Körper sie dazu zwingt. Mariness landet im Krankenhaus. Als ihr alter Freund Fedja, der inzwischen geheiratet hat, davon erfährt, reist er mit seiner Frau Kerstin nach Deutschland. Dort lernt diese Mariness' Partner aus deren erster Theaterrolle kennen. Sie sieht Harald und bringt durch einen nachfolgenden Theaterbesuch mit Mariness' Vater einen Stein ins Rollen, der die ganze Familie auf den Kopf stellt.

Norman Meller sah verdutzt auf die schlafende Gestalt in seiner Theatergarderobe. Ein Blick auf die Uhr zeigte ihm, dass Mariness in einer knappen viertel Stunde ihren Auftritt haben würde. Ihm fiel auf, dass sie müde und abgespannt aussah; nicht einmal im Schlaf wirkte ihr Gesicht entspannt.

Sie mutet sich einfach zuviel zu, dachte Norman und rüttelte sie sanft an der Schulter.

„Mariness, wach auf. In fünfzehn Minuten ist dein Auftritt."

Gähnend reckte sie sich: „Danke Norman. Wenn ich dich nicht hätte."

Seufzend begann Norman ein bisschen Ordnung zu schaffen und achtete darauf, dass Mariness wenigstens noch ein paar Bissen aß.

„Mädchen, du isst einfach zu wenig. Sieh dich an; bald müssen wir deine Hüften auspolstern, damit man dich auf der Bühne überhaupt noch sieht!"

Mariness lachte: „Lass nur, mir geht es ganz gut."

„Das glaubst du doch selber nicht!"

In diesem Moment riss jemand die Tür auf: „Gott sei Dank! Hier sind Sie. Wir haben Sie schon überall gesucht. Los, raus auf die Bühne!"

„Ich weiß Herbert – sofort."

Mariness strich ihr Kleid glatt, schlüpfte schnell in ihre Schuhe und folgte dem Theaterfaktotum nach draußen. In Gedanken ging sie noch einmal die Stichworte durch und betrat die Bühne. Als sich der Vorhang hob, wurde sie mit freundlichem Beifall empfangen. Lächelnd winkte Mariness ins Publikum, in *ihr* Publikum und dachte dabei an den Intendanten Hieronymus Griffel, ihren Gönner, der ihr den Weg zu ihrem Traumberuf ermöglichte.

*

In den vergangenen beiden Jahren war Mariness durch eine harte Schule gegangen. Sie hatte das Gefühl, dass Professor Bechsteiner sie wesentlich strenger als die anderen Schauspielschüler rannahm. Oft heulte Mariness sich sie Seele aus dem Leib, war nahe dran, alle Träume zu begraben und ihren sogenannten Traumberuf, der sich zwischendurch zu einem Albtraum entwickelte, hinzuschmeißen. Dann richteten sowohl Bechsteiner selbst als auch Griffel, vor allen Dingen aber Norman, sie wieder auf. Heute war sie dem alten Professor dankbar für seine Unerbittlichkeit. Er wusste, dass man Schauspielerei nur ausüben konnte, wenn man sie gleichzeitig liebte und hasste. Mariness war ein Star; sie wusste auch, was sie konnte, trotzdem war sie immer noch das junge Mädchen geblieben, das dem großen Norman Meller eine geschmacklose Schminkgrundierung als Milch andrehte.

Es gehörte schon zu ihrem geheimen Ritual, dass sie vor jedem Auftritt daran dachte. Damit konnte sie wenigstens ein bisschen dieses wahnsinnige Lampenfieber bekämpfen. Unter Lampenfieber litt Mariness ebenfalls mehr als ihre Kollegen. Griffel meinte einmal zu ihr: „Mädchen, du spielst ein gefährliches Spiel. Es ist nicht nur das Lampenfieber, du bist einfach zu ehrgeizig. Pass auf, dass dich der Ehrgeiz nicht eines Tages auffrisst. Du solltest immer dein bestes geben, das bist du dem Publikum schuldig. Doch weder das Publikum, noch deine Kollegen würden es verstehen, wenn du eines Tages Staralllüren entwickelst. Denke daran. Bis jetzt haben dich alle wirklich gern. Lasse dich nicht völlig vereinnahmen."

Betroffen und nachdenklich hatte Mariness ihren Freund und Gönner angesehen: „Siehst du mich von Ehrgeiz zerfressen?"

„Viel fehlt nicht mehr."

Nach diesem Gespräch begann sie dann doch, ein bisschen kürzer zu treten. Ihr wurde auch klar, dass sie mit ihrer Gesundheit spielte und nahm sich vor: wenn diese Spielzeit abgelaufen ist, mache ich wirklich Urlaub. Trotz ihres Versprechens, nach Norwegen zu kommen, hatte sie es gerade mal fünf Tage in den vergangenen Jahren geschafft. Sie besuchte ihren alten Freund Fedja, als dieser heiratete. Leise lächelnd sah sie Vadsø vor ihrem geistigen Auge und beschloss, noch heute mit Griffel zu sprechen. In der Theaterpause würde es diesmal kein neues Rollenstudium geben sondern endlich einmal richtige Ferien.

Das Publikum beruhigte sich nur langsam. Obwohl das Stück bereits begonnen hatte, hörte man noch immer vereinzelt Applaus. Jede Geste, jedes Wort und jeder Griff saß; der Eindruck von Leichtigkeit übertrug sich auf die Zuschauer und die Komödie kam glänzend an.

In der Pause trank Mariness schnell eine Tasse Kaffee und nahm eine Kopfschmerztablette. Norman sah es und nahm sich vor, hinterher mit ihr zu sprechen. So ging das auf keinen Fall weiter. Er hatte bereits länger den Verdacht, dass sie sich mit Medikamenten hochhielt.

So nicht, meine Liebe, dachte er und gab ihr ein Zeichen: „Los, wir müssen raus."

Auch den zweiten Akt stand Mariness mit Bravour durch, obwohl sie laufend das Gefühl hatte, dass der Boden unter ihren Füßen schwanke. Nach dem brausenden Beifall; ein letztes Verbeugen – der Vorhang fiel.

Mariness konnte nur noch sagen: „Gott sei Dank."

Dann kippte sie einfach um.

*

Fedja sah an den Horizont. Er liebte diese Landschaft. Die Weite, den blauen Himmel und die dunklen Hügelrücken im Süden. Der Gedanke, bald in der Stadt wohnen zu müssen, hatte für ihn wenig Verlockendes, obwohl er Kerstin recht geben musste. Öfter als einmal hatten sie darüber gestritten.

„Fedja, du hast einen guten Beruf gelernt. Als Wasserwirtschaftsingenieur hast du hier im Umkreis von hundert Kilometern keine Chance. Au-ßerdem – wie soll das gehen, wenn erst das Baby kommt und... !"

„Das Baby?"

„Ja, im Oktober wird es soweit sein."

„Kerstin, das ist ja wunderbar! Ich möchte ein Mädchen und es soll Mariness heißen."

„Das kommt schon mal überhaupt nicht in Frage!" Kerstin sah ihn mit zornfunkelnden Augen an. „Das wäre der letzte Name, den ich zulassen würde."

Fedja musste trotz dieses offensichtlichen Zorns lachen: „Du bist ja immer noch eifersüchtig!"

„Quatsch", fuhr sie ihn an, „ich finde diesen Namen nur einfach unmöglich. So etwas hat man hier noch nie gehört."

„Eben. Fedja schließlich auch nicht."

„Das ist etwas anderes – das ist ... so etwas wie Familientradition", verkündete Kerstin.

Seufzend meinte Fedja: „Es ist ja auch noch eine Weile hin, wir werden schon etwas finden. Es könnte ja auch ein Junge werden."

„Hoffentlich! Oh diese Mariness ...", zog Kerstin den Namen ungebührlich in die Länge und Fedja lachte.

„Komm, lass es gut sein. Du hast sie nur einmal auf unserer Hochzeit gesehen und da fandest du sie doch ganz nett. Oder sollte ich mich da geirrt haben? Außerdem – wenn sie nicht gewesen wäre, könntest du jetzt nicht davon träumen, demnächst eine Wohnung in Oslo zu beziehen. Vergiss das nicht!"

Genau das würde Kerstin liebend gerne vergessen; innerlich wütend machte sie sich daran eine Liste aufzustellen, was man alles brauchte, wenn das Baby da wäre. Ob Mädchen oder Junge war zunächst zweitrangig, die Grundausstattung war dieselbe. Langsam dämmerte ihr, dass das ein kleines Vermögen verschlingen würde. Im Stillen musste sie Fedja Abbitte leisten. Es würde wirklich alles sehr teuer werden und seine Befürchtung, dass sie finanziell in Schwierigkeiten geraten könnten, war fast eine Tatsache. Verbissen dachte sie: Trotzdem will ich keine Hilfe von ihr. Es war schlimm genug, dass Mariness eine Menge zu Fedjas Studium beigetragen hatte. Jetzt fühlte ihr Mann sich vermutlich dieser Frau verpflichtet und Kerstin hatte das Gefühl, gegen einen ständigen Schatten zu kämpfen. Sie holte tief Luft und meinte zu Fedja, der noch immer unbeweglich aus dem Fenster starrte: „Ich mach' wohl erst einmal was zu essen."

„Hm."

Fedja war, trotz der räumlichen Entfernung, gefühlsmäßig immer noch sehr mit Mariness verbunden und wurde plötzlich unruhig. Es war wie eine Ahnung, dass in Deutschland etwas nicht stimmte. Mariness – irgend etwas war mit Mariness. Er spürte es deutlich, wagte aber angesichts der soeben erfolgten Auseinandersetzung nicht, diese Vermutung Kerstin gegenüber zu erwähnen. Auf den Namen reagierte sie wie auf ein rotes Tuch.

„Ich geh' mal schnell rüber zu den Eltern", meinte er deshalb und wandte sich zur Tür.

*

Mariness phantasierte. Undeutlich murmelte sie Namen und Begebenheiten. Der Arzt und eine Schwester, die neben dem Bett standen, waren sich einig, dass jemand kommen musste, der die Patientin kannte. Diese halben Sätze und Bruchstücke von Begebenheiten könnten Aufschluss über den Zusammenbruch geben. Der Arzt konnte damit jedoch nichts anfangen. „Holen Sie mal den Schauspieler rein, der da draußen auf dem Flur wartet, Schwester Sigrid."

„Das ist Norman Meller!"

„Mir auch egal. Und wenn er der Kaiser von China wäre. Er soll reinkommen. Wir brauchen jemanden, der mit diesem unzusammenhängendem Gemurmel etwas anfangen kann. Nun los! Gehen Sie schon."

Beleidigt öffnete Schwester Sigrid die Tür: „Herr Meller, bitte kommen Sie. Doktor Wendler möchte Sie etwas fragen."

Leise betrat Norman das Zimmer.

„Wie sieht es aus?"

„Wenn wir das wüssten", zuckte der Arzt mit den Schultern. „Fest steht, das ist ein kompletter Zusammenbruch. Nur warum? Sie ist hoffnungslos überarbeitet, das sieht ein Blinder. Das hat üblicherweise nicht solche Auswirkungen. Hat Fräulein Dreschmann neben dem beruflichen Stress noch anderweitige Sorgen?"

„Davon weiß ich nichts. Vorsichtshalber habe ich ihren Vater und unseren Intendanten angerufen. Griffel, so heißt der Theaterleiter, ist ein guter Freund und weiß vielleicht mehr. Wir müssen warten, bis die beiden eingetroffen sind."

Nachdenklich meinte der Arzt: „Was mir auffiel ist, dass sie immer von Wadö, oder so ähnlich, spricht."

„Vadsø", antwortete Norman. „Das ist ein kleiner Ort im äußersten Norden Norwegens. Sie hat Verwandte dort. Soweit ich weiß, besteht dahin eine sehr enge Bindung. Die hat sie allerdings auch zu ihrem Vater und zu unserem Theaterintendanten."

„Wieso denn das?"

„Weiß ich nicht, irgendwie hat er einen Narren an ihr gefressen."

Der Arzt musste lachen: „Nanu! Das hört sich fast ein bisschen wie Eifersucht an, mein Freund."

Norman wurde rot und drehte sich erleichtert zur Tür. Mariness' Vater traf soeben, zusammen mit Griffel, ein.

Der Arzt begrüßte die beiden Männer, die sich kurz vorstellten.

„Kommen Sie, wir gehen hinaus. Im Augenblick können wir hier nichts weiter tun. Sie muss erst aufwachen. Schwester Sigrid wird bei ihr bleiben und gibt uns sofort Bescheid, wenn eine Veränderung eintritt."

Leise gingen sie auf den Gang hinaus. Der Arzt sah Griffel von der Seite an. Er war blass und sah müde aus.

„Herr Griffel, Sie sind, wie ich von Herrn Meller hörte, der Intendant und ein guter Freund unserer Patientin?"

„Ja. Ich mache mir schon seit geraumer Zeit Sorgen. Sie wurde in den letzten Wochen immer weniger und ich hatte das Gefühl, dass sie sich von Tabletten ernährt, statt vernünftig zu essen."

„Tabletten?", ertönte es von Doktor Wendler und Vater Dreschmann gemeinsam. „Was denn für Tabletten?"

Norman schaltete sich ein: „Wie ich heute Abend beobachten konnte, Kopfschmerztabletten."

„Glauben Sie an Suchtverhalten?"

Griffel schüttelte den Kopf. „Nein, ich habe eher den Eindruck, dass sie irgendwelche Schmerzen hat, aber nichts sagen will. Mariness ist ungeheuer ehrgeizig und ebenso pflichtbewusst. Auf gar keinen Fall würde sie wollen, dass ihretwegen vielleicht unser Spielplan umgeworfen werden müsste."

„Kopfschmerztabletten also", meinte Doktor Wendler nachdenklich. „Hoffentlich ..."

Er ließ den Satz unvollendet und ging in sein Büro.

*

Fedja klopfte an die Wohnzimmertür seiner Eltern, die, seit seiner Heirat mit Kerstin den Ostflügel des Anwesens bezogen hatten. Der ganze Komplex war so groß, dass man noch gut eine weitere Familie darin unterbringen könnte. Boris, Fedjas Vater, hoffte im Stillen immer noch, dass Mariness eines Tages zurück kommen würde, Obwohl er um das Unsinnige dieses Gedankens wusste. Mariness war inzwischen fast eine Berühmtheit, aber Boris hing an ihr, als sei sie noch das knapp achtzehnjährige Mädchen, das damals, nach dem bestandenen Abitur, die Ferien hier verbrachte. Er war anfangs nicht glücklich darüber, dass sein Sohn Kerstin als Ehefrau gewählt hatte. Boris warf Magda damals vor: „Die hat er nur geheiratet, weil du alles im Keim erstickt hast, was ihn mit Mariness verband. Du hättest dich nicht einmischen sollen. Aber jetzt – bei Fedja ist das reiner Trotz."

Magda wollte das nicht einsehen. Ihr war Mariness zu exotisch und diese Abneigung hatte sie auch ganz schnell ihrer Schwiegertochter Kerstin eingeimpft. Kerstin ihrerseits tat alles, um der Schwiegermutter zu gefallen. Deshalb hatte Magda leichtes Spiel. Sie redete ihr von Anfang an eine Antipathie allein gegen den Namen Mariness ein. Doch noch nicht einmal Magda wusste, dass es Mariness gewesen war, die Fedja das Studium ermöglichte. Boris hatte ihr von Fedjas Wunsch, Wasserwirtschaft zu studieren, geschrieben und Mariness sprang zur Finanzierung dieses Studiums unter der Bedingung ein, dass Fedja davon zunächst nichts erfahren sollte. Dass sie das überhaupt konnte, lag an der kleinen Erbschaft ihrer Mutter. Als Schauspiel-Anfängerin bekam sie damals nur sehr wenig Gage und Fedja glaubte an die Unterstützung seines Vaters. Boris sagte ihm erst kurz vor der Hochzeit, wer sich hinter der Geldquelle tatsächlich verbarg. Daraufhin hatten sowohl Fedja als auch Boris darauf bestanden, dass Mariness Trauzeugin sein sollte. Kerstin war wütend und steckte sich hinter Magda – doch diesmal stieß Magdas bösartige Kampagne gegen Mariness bei Boris und Fedja auf unerbittlichen Widerstand. Als Mariness dann zu Besuch nach Vadsø kam, konnte Kerstin sie sogar recht gut leiden und Magda musste sich anstrengen, die alte Abneigung weiter zu schüren. Inzwischen war Kerstin ehrlich genug zuzugeben, dass Magdas Verhalten nicht fair war. Mariness hatte ihr nichts getan. Außerdem, schließlich hatte Fedja sie, Kerstin, geheiratet, also musste er sie auch lieben. Dass sie sich sogar zu dieser exotischen Mariness hingezogen fühlte, durfte sie Magda auf keinen Fall wissen lassen.

„Nanu, Fedja? Ist was?"
Boris sah erstaunt seinen Sohn im Türrahmen stehen.
„Wo ist Mutter?"
„Bei Anderssons; sie wird wohl erst gegen zehn zurückkommen."
„Uff", meinte Fedja, „das trifft sich gut. Vater, ich habe ein komisches Gefühl. Kann ich mal bei Mariness anrufen?"
„Sicher. Funktioniert Euer Telefon mal wieder nicht?"
„Selbst wenn. Dann könnte ich jetzt ganz bestimmt nicht von dort aus bei ihr anrufen."
Boris sah Fedja an: „Damit hast du wahrscheinlich recht. Sag mal, was für ein Gefühl? Was meinst du damit?"
„Ich meine, dass irgendwas nicht in Ordnung ist. Vielleicht ist sie krank oder so."
Unter den zweifelnden Blicken seines Vaters ging Fedja zum Telefon und wählte Deutschland. Er wusste, dass Mariness immer noch an dem kleinen Theater in Bückeburg war. Provinztheater nannte Magda es verächtlich.
Fedja ließ wieder und wieder durchläuten. *Warum, zum Teufel, hat dieses Mädchen immer noch kein Handy!* Nichts. Mit einem nachdenkli-

chen Blick auf die alte Wanduhr meinte er: „Selbst wenn sie mit ihren Kollegen nach der Vorstellung noch essen gegangen ist, müsste sie jetzt daheim sein. Ich werde das Gefühl nicht los, dass da etwas ganz und gar nicht in Ordnung ist. Sie ist krank!"

„Fedja – jetzt spinnst du aber! Als sie zuletzt hier war, machte sie einen putzmunteren Eindruck."

„*Zuletzt hier war* ist gut! Das ist über zwei Jahre her. Da kann eine Menge passieren."

Das musste Boris zugeben.

„Geh wieder rüber, Fedja. Ich werde es alle halbe Stunde versuchen und sage dir Bescheid, wenn wirklich etwas sein sollte. Okay?"

„Danke Vater."

Fedja machte sich auf den Weg zu seiner Wohnung. Kerstin sah ihn vorsichtig von der Seite an: „Du warst lange bei deinen Eltern."

„Nur Vater war da. Es kann sein, dass er nachher noch einmal kurz herkommt."

Kerstin fragte vorsichtshalber nicht weiter. Sie ahnte, dass der Trip mit Mariness zusammenhing und nahm sich vor, einmal in aller Ruhe mit Fedja zu sprechen. In der vergangenen Stunde hatte sie eingesehen, dass sie mit ihrer Eifersucht schief lag. Sie musste inzwischen anerkennen, dass sie wirklich keinen Grund dazu hatte; das wollte sie Fedja sagen. Außerdem interessierte sie diese Mariness und sie hoffte sogar, dass Fedja einmal ein bisschen mehr von ihr erzählen würde.

*

Inzwischen hatte Doktor Wendler alle drei Herren heimgeschickt. Er ging zurück zu Mariness, die sich unruhig im Bett hin- und herwarf. Immer wieder die gleichen Wortfetzen. Der Arzt schüttelte den Kopf. Trotz einer Injektion wurde das Mädchen nicht ruhiger. In ihm machte sich ein bestimmter Verdacht breit und er ordnete an, dass man die Patientin zum Röntgen brachte. Aus den vom Vater angegebenen Personalien wusste er, dass Mariness Mutter bereits vor etlichen Jahren verstorben war. Er nannte sich einen Esel, dass er nicht daran dachte zu fragen, woran. Nach dem Röntgen würde man vielleicht mehr wissen.

Mariness schlug die Augen auf und blickte verständnislos auf den Mann im weißen Kittel, der neben ihrem Bett stand.
Doktor Wendler sah sie an: „Nun, mein Fräulein, da sind wir ja wieder. Sie wollten sich wohl einen vierwöchigen Dauerschlaf einhandeln, oder wie sehe ich das?"
„Ich habe wahnsinnige Kopfschmerzen", kam es von Mariness.
Doktor Wendler zog eine Spritze auf: „Das wird gleich besser, nur noch ein paar Minuten. Und dann erzählen Sie mir bitte, seit wann Sie diese Kopfschmerzen haben."
Mariness verzog das Gesicht, als der Arzt die Nadel ansetzte.
„Ich bin wohl nicht sehr tapfer", meinte sie.
„Ich habe eher das Gefühl, dass Sie schon viel zu lange tapfer waren. Nun erzählen Sie mir, wie und wann das mit Ihren Kopfschmerzen angefangen hat."
Mariness musste sich erst eine Weile besinnen; das Denken fiel ihr so schwer. Außerdem machte die Spritze sie schläfrig. Und müde war sie zurzeit immer. Unendlich müde.
Langsam sammelte sie sich.
„Herr Doktor, das ist lange her. Schon einige Jahre. Damals, ich hatte gerade mein Abitur gemacht, fuhr ich für einige Monate nach Vadsø in die Ferien. Ich habe dort Verwandte. Eines Tages machten mein Cousin Fedja und ich einen Ausflug mit dem Schlitten. Wir gerieten in einen der gefürchteten Schneestürme dieser Region. Mit Mühe erreichten wir eine Jagdhütte. Während Fedja die Pferde abschirrte und den Schlitten noch hinter die Hütte zog, weil er dort etwas geschützter stand, wollte ich vor der Tür etwas Schnee zum Auftauen holen, damit wir uns wenigstens einen Tee kochen konnten. Ich öffnete die Tür und vor mir stand ein riesiger Braunbär. Zumindest empfand ich ihn riesig und sehr bedrohlich. Fedja kam gerade um die Ecke und schaffte es, das Tier von der Hütte wegzulocken. Dafür musste er selbst ein Stück in den kleinen

Hain hineinlaufen. Als er, für mein Empfinden zu lange, nicht zurück-kam, machte ich mich auf die Suche. Ich habe ihn auch gefunden. Unter einem Baum, bewusstlos. Zuerst dachte ich, er sei vom Bären angefallen worden. Später berichtete er, dass er auf diesen Baum geklettert sei, um sich ein paar Minuten auszuruhen. Dann muss er wohl eingeschlafen und herunter gefallen sein. So konnte ich ihn nicht liegen lassen. Weit und breit keine Menschenseele. Bevor ich losging hatte ich mir, warum auch immer, eine Decke mitgenommen, die mir dann große Dienste erwies. Ich rollte Fedja auf diese Decke und zog mit äußerster Anstrengung eine ziemliche Strecke zurück, Richtung Hütte. Gott sei Dank wachte er unterwegs auf, so dass er, wenn auch mit einiger Mühe, den Rest des Weges selber gehen konnte. Irgendwann muss *ich* aber auf dem Stück dann zusammen gesackt sein; ich weiß es nicht. Einige Zeit danach begannen die Kopfschmerzen. Jedoch noch nicht so schlimm. Ab und zu ein bisschen; sie gingen immer wieder weg. Und das seit Jahren. In den letzten Wochen halte ich es kaum noch aus. Ich kann kaum mehr richtig schlafen. Ohne Kopfwehmittel bin ich auch nicht in der Lage, meine Rollen zu lernen."

Erschöpft hörte Mariness auf zu sprechen. „Und müde bin ich, hörte sie sich noch sagen, furchtbar müde. Schlafen – einmal richtig schlafen können."

Besorgt betrachtete Doktor Wendler die junge Frau, die in einen, der Bewusstlosigkeit ähnelnden, Schlaf gefallen war.

„Irgendwo stimmt etwas nicht", murmelte er. „Da fresse ich einen Besen. Schwester Sigrid – ist alles fertig?"

„Ja, die warten unten schon auf Sie."

Vorsichtig fuhren sie Mariness in den Röntgenraum. Kurze Zeit später hatten sie Gewissheit. Der Doktor hatte sich nicht geirrt.

Dr. Wendler saß im Büro vor dem Telefon. Vater Dreschmann sollte informiert werden. Der Arzt fand keinen Weg, wie er das diesem feinfühligen Mann beibringen sollte und hatte den Verdacht, dass der in Panik geriete, wenn er hörte, das Mariness operiert werden musste. Immerhin hatte er seine Frau schon sehr früh verloren.

Seufzend wollte er zum Hörer greifen, als genau in diesem Moment das Telefon läutete. Doktor Wendler erschrak: „Ja?"

„Meller hier. Ich wollte nur fragen, wie es Fräulein Dreschmann geht." Der Arzt erinnerte sich, dass es sich bei Meller um den Schauspieler handelte, der seine Patientin gemeinsam mit deren Vater und dem Theaterintendanten ins Krankenhaus begleitet hatte und meinte: „Hm, im Grunde darf ich Ihnen das nicht sagen, weil Sie kein direkter Verwandter sind. Ich drücke es mal ganz vorsichtig aus: wir wissen noch nichts Genaues."

„Hilft es denn, wenn ich mir von Herrn Dreschmann eine Vollmacht geben lasse, dass ich alle erforderlichen Auskünfte bekommen darf? Also, dass Sie mit einem solchen Papier quasi von Ihrer *Schweigepflicht* entbunden werden?", fragte Norman zurück.

„Nun, so ganz okay ist das zwar auch nicht, doch in dem Fall ... Sie sind ja sehr eng befreundet." Doktor Wendler brach ab und seufzte. Nach einer kleinen Pause meinte er: „Ich fürchte, es geht ihr nicht gut."

Doktor Wendler gab die notwendigen Erklärungen ab und hörte, wie Meller am anderen Ende Luft holte: „Weiß ihr Vater das schon?"

„Nein, ich war gerade im Begriff ihn anzurufen, als Sie mit Ihrem Anruf dazwischen kamen."

„Gott sei Dank. Überlassen Sie das mir. Mariness' Mutter ist an einem Nierenleiden gestorben, was heute in dieser Form sicherlich nicht mehr passieren würde, aber ..."

„Ich vermutete, dass das kein altersbedingter Tod war", entfuhr es dem Arzt, doch es war auch kein Leiden, das in irgendeiner Form vererbt wäre. Sie rufen mich bitte nach dem Gespräch mit Herrn Dreschmann sofort wieder an."

„Selbstverständlich." Norman legte auf.

*

135

Griffel rannte derweil zu Hause wie ein Tiger im Käfig hin und her. Was konnte dem Mädchen bloß fehlen. Der Arzt war nicht zu erreichen, die Sekretärin verweigerte die Auskunft und Mariness' Vater wusste nicht mehr als alle anderen. Außerdem war der Anschluss ständig besetzt. Es blieb ihm wohl nichts anderes übrig, als zu versuchen, weitere Informationen über Norman als Vermittler zu bekommen. Ihm traute er durchaus zu, dass der, trotz Schweigepflicht des Arztes, derweil mehr wusste. Griffel ging wieder zurück ins Arbeitszimmer als seine Haushälterin rief, dass das Essen aufgetragen sei.

Wütend fuhr er die arme Frau an: „Essen! Wie soll ich jetzt essen! Was anderes haben Sie wohl auch nicht im Kopf!"

Beleidigt verschwand Adelheid Kessel in der Küche. Der *denkt auch, er sei der Nabel der Welt,* moserte sie vor sich hin.

Griffel hob wieder einmal den Hörer ab. Irgendwann musste doch im Hause Dreschmann jemand zu erreichen sein. Immer noch besetzt. Er legte den Hörer wieder auf und zuckte zusammen, als das Telefon plötzlich neben ihm schrillte.

„Griffel?", kam es fragend.

„Meller!"

„Mensch, Mann! Wenigstens einer, der sich meldet. Wissen Sie was Näheres?"

„Griffel, setzen Sie sich."

Norman erzählte die Geschichte und schloss mit den Worten: „Wer sagt es ihrem Vater? Ich wollte das übernehmen, aber da ist laufend besetzt."

„Das habe ich auch schon bemerkt. Kommen Sie zu mir, Meller, wir fahren am besten gemeinsam zu ihm. Ich glaube, dass sollten wir nicht am Telefon erzählen. Außerdem wird er sofort ins Krankenhaus wollen. Stellen Sie sich einmal vor, der setzt sich dann hinters Steuer."

„Ich bin in einer knappen halben Stunde bei Ihnen. Versuchen Sie bitte keinen weiteren Anruf bei Dreschmann."

Vater Dreschmann verlor die Farbe und die beiden Männer hatten richtig geraten. Er wollte umgehend ins Krankenhaus. Nur mit Mühe konnten sie ihn davon abhalten, sich selbst hinters Lenkrad zu setzen. Während beide diesbezüglich auf ihn einredeten, erklärte Norman ihm auch, dass er, um Auskünfte über den Gesundheitszustand von Mariness zu bekommen, von ihm eine Vollmacht benötigte. Vater Dreschmann stellte diese sofort aus, es war ihm Recht, dass noch jemand Bescheid wusste. Meller würde jede neue Information sofort an beide Herren weitergeben.

Griffel fuhr Mariness' Vater ins Krankenhaus. In der Zwischenzeit informierte Norman telefonisch den Arzt: „Mir macht der Zustand von Herrn Dreschmann große Sorge. Er war völlig außer sich."

„Kann ich verstehen. Machen Sie sich aber jetzt bitte nicht auch noch verrückt. Wir haben nochmals geröntgt und, so makaber es klingt, ich glaube, sie ist gerade noch rechtzeitig zusammengeklappt. Es wird weniger schlimm, als wir zu Beginn annahmen."

„Ihr Wort in Gottes Ohr. Ich komme aber trotzdem zu Ihnen."

Norman ging zu seinem Auto und fuhr den beiden anderen hinterher. Seine Gedanken waren unablässig bei Mariness. Wenn sie das bloß bereits überstanden hätte! Norman wurde sich klar darüber, dass Mariness am Anfang für ihn nur eine nette Kollegin war. Am Anfang. Ein wenig war er selbst erschrocken, als er feststellte, wie gern er sie hatte.

Harald von Bendom hatte ihn schon einige male aufgezogen: „Norman, du wirst dich in deinem Alter doch wohl nicht noch verliebt haben?"

Damals hatte er verlegen abgewinkt; doch Harald hatte Recht. Nur war er nicht verliebt in Mariness. Ich liebe sie, dachte er. Und wenn sie will, werde ich sie auf der Stelle heiraten, sogar im Krankenhaus.

Trotzdem war Norman ehrlich und ging mit sich ins Gericht: immerhin war er sechzehn Jahre älter als sie.

Aber was ging diesen Harald eigentlich sein Alter an!

*

Fedja, der ruhelos in der Wohnung umherlief, wartete auf seinen Vater. Kerstin beobachtete ihn eine Weile schweigend.

„Du machst dir doch um irgendetwas Sorgen, Fedja. Willst du mir nicht sagen, was los ist?"

„Nur wenn du mir versprichst, nicht gleich wieder an der Decke zu kleben ...!"

„Ist etwas mit Mariness?", sah Kerstin ihn an.

„Ich weiß es noch nicht. Plötzlich hatte ich so ein komisches Gefühl. Da ich aber nicht schon wieder hören wollte, dass ich sie angeblich lieber hätte als dich, bin ich zum Telefonieren zu Vater gegangen. Wir haben versucht, sie zu erreichen. Doch da meldet sich niemand."

„Vielleicht ist sie ganz einfach mal nicht zu Hause."

„Wenn sie uns nicht ihren neuesten Spielplan geschickt hätte, könnte ich daran glauben. Doch das ist unwahrscheinlich. Sie speist meistens nach der Vorstellung mit ihren Kollegen – wie sie immer schreibt – und dann geht sie heim; sie will ihren Vater abends nicht allein lassen. Seit meine Tante tot ist, hängen die beiden sehr aneinander."

Fedjas Unruhe übertrug sich auf Kerstin und sie lenkte ihn ein bisschen ab indem sie fragte: „Willst du mir nicht mal ein bisschen mehr von ihr erzählen. Von Magda höre ich immer nur Negatives. Langsam glaube ich, dass das in dieser Form nicht gerechtfertigt ist ..."

Einige Zeit später klopfte es hart an die Wohnzimmertür; Boris stand im Zimmer: „Du hattest recht! Mariness liegt im Krankenhaus."

„Und was hat sie?"

„Genau wissen sie es noch nicht; die Ärzte tippen auf einen Tumor im Kopf."

Alle drei sahen sich an. Das konnte doch nicht sein. Mariness, die immer gut aufgelegte, liebenswerte Mariness sollte krank sein? Und dann so schwer. Es war nicht möglich!

Boris sah Fedja an und meinte: „Ich weiß zwar noch nicht, wie wir es Magda beibringen sollen, aber ich bin dafür, dass wenigstens einer von

uns hinfliegt. Nachdem, was sie alles für uns getan hat, ist es das Wenigste, was *wir* tun können."
Mit einem „was ist das denn hier für eine Versammlung", stand Magda plötzlich in der Tür.
Kerstin platzte heraus: „Mariness ist schwer krank!"
„Krank? Die? Schauspielern wird sie, das nehme ich bei der exotischen Pflanze eher an!"
„Magda!"

*

Mariness befand sich in einem Schwebezustand zwischen wachen und schlafen. Sie wanderte über eine wunderschöne, bunte Frühlingswiese und durch einen dunklen Tannenwald. Vor ihr, ganz ohne Ankündigung stand ein Bär. Fedja kam auf sie zugerannt, sie konnte nur nicht verstehen, was er sagte. Immer wieder rief sie ihm zu, dass er weggehen solle. Fedja rannte und rannte. Doch sie kamen sich nicht näher. Plötzlich begann es zu schneien; mitten im Sommer. Fedja rief ihr zu, dass sie die Pferde in den Stall hinter der Hütte bringen sollte. Doch sie konnte sich nicht rühren. Verzweifelt hob Mariness die Arme und schlug die Augen auf. Vor ihr verschwamm alles. Norman stand an ihrem Bett.
„Nun, wieder da?"
Mariness braucht eine Weile, um sich zu sammeln.
„Was ist passiert? Ich kann mich so schlecht erinnern. Vorhin war noch ein Arzt hier und hat mich gefragt, warum ich immer Kopfschmerzen habe. Dann bin ich wohl eingeschlafen."
„Du hast vierundzwanzig Stunden geschlafen, Liebes. Fühlst du dich etwas besser?"
„Ich weiß nicht recht; ich glaube, mir geht es ganz gut. Ich bin nur noch nicht richtig wach. Aber ich habe kein Kopfweh mehr. Endlich!"

Die Tür ging auf und Doktor Wendler kam herein. Er sah Mariness forschend an und stellte fest, dass sie wesentlich besser aussah als am Tag zuvor. Der angespannte Zug in ihrem Gesicht war fast verschwunden. Man konnte zwar immer noch sehen, wie abgekämpft sie war; doch der lange Schlaf tat ihr gut.

„Nun, dann wollen wir Ihnen mal genauer erzählen, warum Sie immer dieses Kopfweh haben. Sie haben damals, in diesem Schneesturm, einfach Ihre Kräfte überschätzt. Als Sie versuchten, den bewusstlosen jungen Mann zur Hütte zu schleifen, muss an einer dünnen Aderstelle ein winziger Riss entstanden sein. Dort hat sich im Laufe der Zeit ein kleiner Tumor gebildet und dieser hat, durch den Druck auf verschiedene andere Stellen im Kopf, die Schmerzen ausgelöst. Wir kommen nicht umhin, zu operieren."

Mariness guckte ganz erschrocken auf den Arzt.

„Am Kopf?"

„Nein, im Kopf."

„Ja, aber ...?!"

Beruhigend legte Norman seine Hände auf Mariness Schultern. „Keine Angst, Doktor Wendler hat mir das schon ganz genau erklärt. Es ist wirklich nicht so schlimm und, Mariness, ganz egal ob mit oder ohne Angst, es muss gemacht werden. Erstens wirst du sonst das Kopfweh nie mehr los und zweitens ..."

„Zweitens?", fragte Mariness.

Doktor Wendler schaltete sich ein und sagte beinahe ein wenig brutal: „Zweitens könnten an dieser Stelle unter anderem Blutungen entstehen, die fatale Folgen haben. So, mein Fräulein, das war, vorsichtig gesagt, die schonungslose Wahrheit."

Hätte man Mariness aufrecht an die weiß gekalkte Wand gestellt, ihre Gesichtsfarbe hätte sich nicht mehr unterschieden. Sie war schneeweiß geworden. Sowieso nicht die Stärkste, gingen die Nerven vollends mit ihr durch. Sie weinte hemmungslos. Norman nahm sie in den Arm und tröstete sie, so gut wie möglich. Mariness wollte sich nicht beruhigen. Sie dachte an ihre Mutter und vergaß in der Aufregung ganz, dass seit der Operation, die ihre Mutter nicht überlebt hatte, fast zwanzig Jahre vergangen waren. Außerdem sind die Techniken inzwischen so ausge-

reift, dass ihre Mutter an diesem Eingriff heutzutage nicht mehr verstorben wäre. Auf dem Flur standen noch Griffel und Vater Dreschmann. Beide auch auffallend blass und Griffel redete auf Mariness' Vater ein: „Machen Sie sich jetzt bitte nicht verrückt. Es wird nichts passieren. Gerade hat Doktor Wendler mir gesagt, dass er den Eingriff selber vornehmen wird. Mariness kann jetzt keinen aufgeregten Vater gebrauchen. Im Gegenteil. Sie müssen versuchen, ihr diese Angst zu nehmen. Kommen Sie, Mann, reißen Sie sich zusammen."
Mit diesen Worten öffnete Griffel die Tür und musste ein paar Mal heftig schlucken, als er die in Tränen aufgelöste Mariness sah. Er wünschte sich auch, es wäre schon alles überstanden. Diese junge Frau war für ihn wie eine Tochter.

Norman war beschäftigt und Griffel beobachtete ihn beinahe eifersüchtig. Ihm war klar, die Beiden gehörten zusammen. Andererseits konnte ihm nichts Besseres passieren. Weder Norman, sein männlicher Spitzenstar, noch Mariness hatten je den Wunsch geäußert, das kleine Theater zu verlassen. Beide waren Vollblutschauspieler und absolute Publikumslieblinge. Hoffentlich bleiben sie mir tatsächlich erhalten, dachte Griffel. Mit seinen Finanzen sah es gar nicht rosig aus; er musste sein Theater ohne staatliche Zuschüsse unterhalten und besonders toll war es mit seinen Mitteln nicht bestellt. Immerhin hatte es den Vorteil, dass er über seinen Spielplan allein bestimmte. Wenn alles vorbei war würde er, Griffel, versuchen, beide für fünf Jahre zu verpflichten.

*

Nach ihrem gehässigen Ausspruch umfing Magda eisiges Schweigen. Sie merkte, dass sie einen Fehler gemacht hatte. Sogar Kerstin, die sich schon aus Eifersucht sonst immer auf ihre Seite schlug, sah sie entsetzt an. Boris drehte sich um und klärte sie mit eiskalter Stimme über den tatsächlichen Sachverhalt auf. Alle drei, Fedja, Boris und Kerstin waren sich ohne große Worte einig, dass sie *das* besser nicht gesagt hätte. Kerstin sah Fedja an und gab ihm ein Zeichen. Sie standen auf und beratschlagten, wer nach Deutschland fliegen sollte. Fedja oder Boris. Sich selbst schloss sie aus. Einmal kannte sie Mariness kaum und da sie immer auf die negativen Einflüsterungen von Magda gehört hatte, fühlte sie sich äußerst unwohl. Mariness war diese Tatsache sicherlich nicht verborgen geblieben und einen Besuch von ihr, Kerstin, würde sie sich vermutlich nicht erklären können. Einmal mehr sah sie ein, dass sie in der Vergangenheit Fehler gemacht hatte. Das sagte sie auch Fedja. Der vertrat allerdings eher die Meinung, dass es besser sei, wenn sie beide, also er und Kerstin, fliegen würden.

„Nun ja ... vielleicht", meinte Kerstin zum Schluss, „wäre es wirklich nicht schlecht, wenn wir beide fliegen würden. Allerdings muss ich zuerst meinen Arzt fragen, ob ich jetzt noch fliegen darf. Es wäre schön, denn dann kann ich später auch mit ihr sprechen, damit sie mir nicht böse ist."

„Mariness war dir nie böse. Sie hat nur nicht begriffen, warum du, obwohl du sie kaum kanntest, gegen sie eingenommen warst. Dass Magda dahinter steckte, war ihr klar, aber auch Magda hat niemals erzählt, weshalb sie eine solche Abneigung gegen Mariness hat. Ich denke oft, sie hat diesen Hass gar nicht auf Mariness, sondern auf deren Mutter."

„Warum?"

„Ehrlich gesagt, ich weiß es nicht und es ist mir inzwischen völlig egal. Ich wünsche mir nur, dass Mariness erst einmal gesund und dann diese alte Geschichte endlich aus der Welt geschafft wird. Also, bleibt es dabei, dass wir beide fliegen?" Fedja nickte noch einmal bekräftigend und überlegte gleichzeitig, wie sie das bezahlen sollten. Zu einem ungünstigeren Zeitpunkt konnte man gar nicht krank werden, wie es jetzt mit Mariness passierte.

Er legte seinen Arm und Kerstins Schulter: „Gott sei Dank! Jetzt haben wir endlich Frieden. Komm, ich erzähle dir von dieser verrückten Story was ich weiß. vielleicht erkennst du ja den Hintergrund von Mutters Verhalten. Ich kann's nicht."

Boris ging wortlos aus dem Zimmer. Magda setzte sich in den nächsten Sessel und heulte. Nicht, dass sie Mitleid mit der kranken jungen Frau hätte; oh nein, sie haderte mit der ganzen Familie, weil sie mit ihren Ansichten über diese, ach so verworfene Mariness allein stand. „Schauspielerin", schniefte sie, „was ist das schon. Jeder weiß doch, wie die leben."

Trotzdem musste sie sich eingestehen, dass ihre Abneigung eigentlich nicht der jungen Mariness, sondern ihrer verstorbenen Schwägerin galt. Sie bemitleidete *sich*, weil sie damals selbst nicht den Mann bekam, den sie hatte haben wollen, dagegen hatte ihre Schwägerin alles bekommen. Dass Boris sie, für die damalige Zeit, aus einer entsetzlichen Lage befreit und sie mit ihm einen sehr lieben Mann und guten Vater für ihren Sohn hatte, kam ihr in diesen Minuten nicht in den Sinn. Magda malte sich aus, dass ihr Leben mit Arne, der Fedjas Geburt schon nicht mehr erlebt hatte, ganz anders verlaufen wäre. Sie war schlicht und einfach unzufrieden. Dass ihre Schwägerin nur ein sehr kurzes Leben hatte und in diesem viel durchmachen musste, was ihr durch Boris erspart blieb, wollte sie nicht sehen. Jetzt stellte sich sogar Boris gegen sie und, was noch schlimmer war, sie hatte ihren Einfluss auf Kerstin verloren. Magda fühlte sich von allen verlassen. Nicht einmal jetzt begriff sie, dass sie allein die Schuld traf.

Am folgenden Vormittag telefonierte Kerstin mit ihrem Gynäkologen. Der hatte gegen einen Flug in den nächsten Tagen oder Wochen nichts einzuwenden, so dass es nun beschlossene Sache war, dass Fedja und Kerstin sich auf den Weg nach Deutschland machten. Für Mariness wäre es sicher tröstlich, bekannte Gesichter um sich zu haben, und auch eines, mit dem sie schöne Erinnerungen verband. Das war zweifellos Fedja. Boris wollte versuchen, noch weitere Auskünfte über Mariness' Gesundheitszustand zu bekommen und dann für Kerstin und Fedja den Flug buchen.

„Ihr braucht euch um die Kosten nicht zu sorgen", meinte er abschließend, „ich gebe euch etwas dazu."

*

Mariness lag inzwischen auf dem Operationstisch. Ihr Körper war mit sterilen Tüchern abgedeckt und ein Teil der Haupthaare abrasiert. Doktor Wendler besprach die letzten Notwendigkeiten mit dem Narkosearzt und sah sich noch einmal die Röntgenaufnahmen an. „Nun denn, es kann losgehen!"

Im OP herrschte absolute Stille. Das schattenlose Neonlicht zeigte jeden Schweißtropfen auf der Stirn des Chirurgen. Nur die leisen Kommandos erklangen. Puls, Blutdruck, alles in Ordnung. Ab und an hörte man leise das Operationsbesteck klirren.

Nach drei und einer halben Stunde richtete Doktor Wendler sich auf: „Gott sei Dank! Es war wirklich nur eine kleine Stelle und der Tumor deutlich lokal abgegrenzt. In ein paar Tagen wird das Schlimmste überstanden sein."

Auch die anderen Ärzte und Schwestern atmeten auf. Eine solche Operation ging allen an die Nieren. Außerdem wussten sie, dass immer ein gewisses Restrisiko blieb. Doch Mariness war jung, sie würde den Eingriff bald vergessen haben.

Im Besuchszimmer des Krankenhauses warteten Griffel, Vater Dreschmann und Norman auf das Ende der Operation. Alle schwiegen vor sich hin und wurden von Stunde zu Stunde nervöser.

„Wenn doch bloß mal einer rauskäme und irgend etwas sagen würde", meinte Vater Dreschmann und sprach damit aus, was alle dachten.

Angst und Spannung lagen greifbar in der Luft als die Tür aufging und ein junges Paar eintrat. Griffel sah neugierig zu den beiden hin und Mariness Vater sprang verdutzt auf: „Ja, um Himmels Willen, Fedja, Kerstin! Wo kommt Ihr denn her?"

„Direkt vom Flughafen ..."

Fedja stellte zunächst einmal den anderen seine Frau vor und ließ sich erklären, wer Griffel und Norman waren. Kerstin sah Norman neugierig an. Sie hatte noch nie einen Schauspieler aus der Nähe gesehen und war enttäuscht, dass er ein Mensch wie alle anderen war. Dabei hatte sie gehört, dass man ihn bereits, weit über das Theater hinaus, an dem er spielte, kannte. Das also war Mariness' Partner. Mit der feinen weiblichen Antenne spürte sie sofort, dass Mariness für Norman mehr war, als nur eine Kollegin. Ihre natürliche Kameradschaft gewann die Oberhand und sie sprach mit ihm über die Krankheit. So erfuhr sie auch die Hintergründe und meinte: „Da hätte Mariness dieses Drama im Schnee vor etlichen Jahren um Haaresbreite mit ihrem Leben bezahlt."

Norman lächelte Kerstin an. Ihm gefiel dieses Mädchen und erleichtert stellte er fest, dass sie Fedjas Frau war. Er brauchte nun endlich auch auf diesen Fedja nicht mehr eifersüchtig zu sein. Vor allem konnte er sich diesen jungen Mann einmal in Ruhe betrachten. Griffel grinste, trotz des Ernstes der Situation, in sich hinein. Er las in Norman wie in einem offenen Buch.
„Kommen Sie, Meller, ich glaube, wir sollten die Familie unter sich lassen", forderte er Norman auf, mit ihm nach draußen zu gehen.
Auf dem Flur sagte er ihm auf den Kopf zu, was er dachte und Norman wurde rot wie ein Schuljunge. Griffel war sein Chef, aber auch sein Freund. Norman ging endlich ein wenig aus sich heraus und erzählte Griffel, dass er Mariness fragen wollte, ob sie seine Frau werden wolle, wenn sie wieder gesund sei. Griffel nickte: „Das wäre schön, Norman, ich würde mich sehr freuen. Sie mag dich gern. Mindestens sehr gern."

Die beiden Männer wanderten den Krankenhausflur rauf und runter. Endlich wurde das Bett aus dem Operationssaal gerollt. Norman blickte entsetzt auf den verbundenen Kopf und das kalkweiße Gesicht.
„Keine Angst, Herr Meller, die Haare wachsen wieder. Und die Gesichtsfarbe ist nach einer Operation ganz normal. Das gibt sich!"
Doktor Wendler hatte den entgeisterten Blick gesehen und fügte hinzu: „Morgen können Sie sie besuchen und dann wird sie vollkommen wach sein. Glauben Sie mir. Wo sind denn die anderen?"
Norman atmete erleichtert auf· „Vater Dreschmann und die beiden neuen Besucher sind drüben im Zimmer."
„Neue Besucher?"

„Nun ja", strahlte Norman, „dieser Fedja – von dem sie immer gesprochen hat – und seine Frau."

Doktor Wendler lachte: „Vor allen Dingen seine Frau, wie?"

Und zum zweiten Mal an diesem Tag wurde Norman rot.

Griffel war nach der guten Nachricht, dass Mariness alles überstanden hatte, ins Theater zurückgefahren. Seine Mannschaft wartete bereits auf ihn und sie beratschlagten gemeinsam, was in den nächsten Wochen, vielleicht sogar Monaten, auf dem Programm stehen sollte. Vor allem musste die Presse informiert werden. Griffel hasste diesen Rummel, doch das war er seinem Publikum schuldig. Er konnte nicht einfach den Spielplan ändern, ohne dass das Publikum wusste, warum.

Harald von Bendom, Mariness' erster Partner in Johnny Belinda, wagte den Einwand: „Das wird Mariness aber nicht recht sein."

„Darauf, mein lieber Harald, kann ich ausnahmsweise keine Rücksicht nehmen. Das muss sogar sie einsehen; und das wird sie. Es ist schließlich auch *ihr* Publikum."

*

Fedja rief daheim in Norwegen an und dort hörte man erleichtert, es sei alles gutgegangen. Kerstin, die sehr gut deutsch sprach, und Fedja wollten noch paar Tage bleiben und wenigstens einmal ins Theater gehen. Kerstin hatte selten Gelegenheit, kulturelle Veranstaltungen zu besuchen. Der Weg von Vadsø in die Stadt war weit und beschwerlich. Deshalb vertrat Boris die Ansicht, dass sie sich ruhig ein paar schöne Tage machen sollten. Die Gelegenheit, sich in Deutschland ein wenig umzusehen, würden sie sobald nicht wieder bekommen.

Kerstin hatte von Deutschland wirklich noch nicht viel gesehen. Trotzdem hatte ihr das, was sie bislang an Eindrücken sammeln konnte, gut gefallen. Als Fedja dies Boris am Telefon erzählte, war der zwar überrascht, musste allerdings in seiner eigenen Erinnerung an Deutschland plötzlich lachen: „Klar, Deutschland ist auch ein wunderschönes Land, bloß, dass es dort meistens regnet!"

Im Augenblick schien die Sonne. Für Fedja sowieso. Mariness würde gesund werden. Das war für ihn im Moment das wichtigste. Einen kleinen Stich spürte er manchmal doch noch im Geheimen; er hing immer noch an seiner ersten und ältesten Liebe.

Für den Abend hatten sie sich über Griffel Theaterkarten besorgen lassen. Es war ein Stück von Shakespeare und Kerstin seufzte ein bisschen: „Ich hätte lieber etwas zum Lachen gesehen, sehe aber notwendigerweise ein, dass Griffel meinetwegen schlecht den ganzen Spielplan umschmeißen kann ..."

„Bestimmt nicht." Fedja lachte. „Komm, es wird dir schon gefallen. Du wirst ja außerdem entschädigt, weil Norman mitspielt", meinte er hinterlistig und nun wurde Kerstin ein wenig rot.

„Wir dürfen sogar hinter die Bühne. Das hat Griffel nur uns zuliebe zugelassen."

Kerstin überlegte fieberhaft, was sie anziehen sollte. Auf einen Theaterbesuch war sie nicht eingerichtet. Da kam ihr die Erleuchtung. Norman! Norman musste helfen. Er sollte ihr ein Kleid von Mariness besorgen. Irgendetwas würde bestimmt passen, da sie etwa die gleiche Größe und Figur hatten. Sie würde einfach mal eben ins Theater spazieren und Norman fragen.

*

Mariness spürte, wie sie sanft und doch nachdrücklich geweckt wurde.

„Lass das", murmelte sie halblaut. „Was soll das?"

Es dauerte eine ganze Weile, bis sie soweit wach war, dass sie Doktor Wendler erkannte. Immer noch benommen, verschwamm alles vor ihren Augen.

„Nun, meine Dame, da sind wir ja wieder", lächelte der Arzt. „Es ist alles überstanden!"

Mariness guckte ihn verständnislos an. Die Schwester bemerkte, dass sie zwar die Augen offen hatte, aber noch mit den Nachwirkungen der Narkose kämpfte. Vorsichtshalber holte sie eine Schale; da kam es auch schon von Mariness: „Oh, Himmel! Ist mir schlecht!"

Danach sank sie in einen tiefen Schlaf. Zufrieden sah Doktor Wendler auf seine Patientin. Am nächsten Morgen würde man sie vor das Bett stellen, damit der Kreislauf in Schwung kam. Dann würde es nur wenige Tage dauern, bis sie zum ersten Mal richtig aufstünde. In einigen Stunden, wenn sie die Narkose ausgeschlafen hatte, würde man auch erste Besucher zu ihr lassen.

Neben dem Vater, dem Cousin mit seiner Frau aus Norwegen und dem ganzen Theatervölkchen, wie Wendler sie im Stillen nannte, hatte sich noch ein Haufen anderer Leute angemeldet. Auf Wunsch der Verwandten sollte sie nicht soviel Besuch bekommen. Der Anlass war nun wirklich kein guter, doch immerhin eine Gelegenheit, dieses Mädchen endlich mal ein bisschen ausspannen zu lassen. Sollten die im Theater doch zusehen, wie sie klarkamen. Er, Wendler, würde dafür sorgen, dass die junge Dame zunächst gesund würde. Das war entschieden wichtiger als aller Ruhm. Sie war schließlich noch unverschämt jung und Wendler vertrat sowieso die Meinung, dass zuviel Ruhm in jungen Jahren nur schaden könnte.

Vater Dreschmann durfte das in Anwesenheit seiner Tochter zwar nicht laut sagen, teilte diese Meinung aber durchaus und sie wurden sich einig, es sollten nicht immer alle Besucher gleichzeitig um das Bett herumstehen.

„Vergessen Sie nicht, Herr Dreschmann", meinte Wendler, „sie hat alles bestens überstanden, trotzdem war es ein schwerer Eingriff. Nur der Jugend Ihrer Tochter ist es zu verdanken, dass sie schnell wieder auf die Beine kommen wird. Außerdem sollten wir dem lieben Gott danken, es war wirklich nur ein kleiner Tumor..."

Mariness' Vater sah den Arzt ein bisschen ratlos an: „Was hatten Sie denn gedacht?"

Wendler winkte ab: „Lassen wir das. Meine Befürchtung hat sich ja nicht bewahrheitet."

Damit wechselte er das Thema und kam auf die Tatsache, dass Mariness noch so jung, aber schon berühmt sei. Vater Dreschmann ging auf diesen Themenwechsel gern ein.

Er erzählte die Geschichte und war ungemein stolz auf seine Tochter.

Doktor Wendler bedauerte, dass er Mariness noch nie auf der Bühne gesehen habe, nahm sich aber vor, dies bei Gelegenheit nachzuholen.

„Ich denke", meinte Vater Dreschmann, „Mariness wird Sie mit Karten versorgen, bis Ihnen das Theater zu den Ohren heraussteht."

Wendler lachte. „Auch möglich. Ein bisschen neugierig bin ich schon. Es haben sich ja eine Menge Leute von dort angesagt, die sie alle besuchen wollen. Hat sie eigentlich einen nahen Verwandten in diesem Ensemble?"

„Verwandten? Nein, wieso?"

Vater Dreschmann sah den Arzt etwas ratlos an. „Wie kommen Sie darauf?"

Doktor Wendler erzählte ihm, dass ein junger Mann, ungefähr in Mariness Alter, zwischendurch einmal kurz im Krankenhaus war und sie in den nächsten Tagen besuchen wolle. Und er, Wendler, glaubte, eine außergewöhnliche Ähnlichkeit festzustellen.

Axel Dreschmann kam zu dem Schluss, dass das Zufall sein müsse. Sie hätten keine weiteren Verwandten.

Die beiden Männer gingen zurück ins Zimmer und Mariness entschloss sich, langsam richtig wach zu werden.

„Oh, Vater! Schön dass du da bist."

„Ich bin aber auch noch da!"

Mariness sah Norman an und lächelte, soweit das ihr Zustand zuließ.

„Bleibst du noch ein bisschen? Bitte, ich will Euch doch erzählen ..."

Damit schlief sie wieder ein.

*

Leise vor sich hin pfeifend machte Kerstin sich auf den Weg ins Theater. Sie hatte Fedja einen Zettel hingelegt, damit er sich nicht sorgte und glaubte, sie sei abhanden gekommen. Unterwegs betrachtete sie das Städtchen und fand es hübsch; alles sah aus wie frisch gebadet. In Gedanken versuchte sie, Bückeburg mit Vadsø zu vergleichen und stellte fest, es ging nicht. Jedes war auf seine Weise schön. Kerstin überlegte, ob sie in Bückeburg leben könnte, als sie schon vor dem Theater stand. Nachdem sie den Eingang entdeckte, machte sie sich daran, Griffels Büro zu suchen. Der würde wissen, wo sie Norman finden könnte. Das erwies sich als eine schwierige Aufgabe. An fast allen Türen stand entweder „Büro" oder „Garderobe." Bloß nirgendwo ein Name.

Nach längerem Suchen fand sie endlich eine Tür deren Schild die Aufschrift *Intendant* trug.

„Na also", dachte sie, „jetzt werde ich wohl auch jemanden finden, der mir weiterhilft." Kerstin öffnete die Tür.

Der Raum war behaglich eingerichtet und erinnerte sie mit seinen warmen Brauntönen an zu Hause. Halb auf dem Schreibtisch saß ein junger Mann. Er wandte ihr den Rücken zu und baumelte mit den Beinen. Kerstin hörte ihn sagen: „Na klar, mach' ich. Griffel wird sich freuen. Mariness war immer schon sein Liebling. Tschüß. Wiederhören."

Der Mann legte auf und dreht sich zu Kerstin um: „Hoppla! Wen haben wir denn hier? Sind Sie die Kathi... ? 'tschuldigung, aber Ihren Nachnamen habe ich vergessen. Wir warten nämlich sehnsüchtig auf Sie. Für die nächste Zeit sollen Sie für eine erkrankte Kollegin einspringen."

Kerstin sah dem jungen Mann fassungslos ins Gesicht und hörte sich sagen: „Nei ..., nein, ich bin keine Kathi noch irgendwas. Aber wer sind denn Sie?"

Harald hopste von Griffels Schreibtisch und stellte sich vor.

„Sagen Sie mal junges Fräulein, warum starren Sie mich so an?" Harald guckte verstohlen an sich herunter, konnte aber nichts Auffälliges feststellen.

„Entschuldigung, ich muss mich erst einmal setzen."

Kerstin fiel mehr, als dass sie sich setzte, in den nächsten Sessel.

„Sie sind also ein Kollege von Mariness?"

„Ja, und das seit einigen Jahren!"

„Dann sind alle, einschließlich Sie selbst und Mariness, blind", rief Kerstin aus. „Haben Sie denn nie festgestellt, dass Sie sich ähneln wie ein Ei dem anderen?"

„Ein Ei dem anderen ... ?", wunderte sich Harald. „Nein. Man hat zwar schon öfter festgestellt, dass wir uns irgendwie ähnlich seien, aber ..." Kerstin begriff es nicht. Mariness Vater hätte das doch sehen müssen. Harald meinte, dass das nicht sein müsste. Er wisse zwar, dass ihr Vater öfter mal ins Theater käme, aber schließlich würde nicht jeder in jedem Stück mitspielen. Ihm sei nur aufgefallen, dass Norman ihn manchmal ein bisschen komisch angucken würde. „Aber", so schloss er lachend, „ich denke, das ist wohl eher so etwas wie Eifersucht. Er liebt Mariness und hat auf jeden ein Auge, der sie ebenfalls nett findet."

„Nun ja", meinte Kerstin, „das ist doch auch verständlich, oder? Ich sehe es auch nicht sonderlich gern, wenn alle möglichen Mädchen um meinen Mann herum sind."

„Oh, Sie sind verheiratet. Verzeihung, da habe ich Sie wohl etwas falsch angesprochen."

„Macht nichts", wehrte Kerstin großzügig ab.

Dann kam sie auf ihr Anliegen zu sprechen und Harald versprach, ihr zu helfen. Irgendwo ließe sich schon was auftreiben. Am besten würde bestimmt Norman Bescheid wissen, weil er, zusammen mit Griffel, immer mitbestimmen würde, was Mariness bei ihren Auftritten tragen sollte.

Verdutzt und leicht den Kopf schüttelnd ließ Kerstin sich im Sessel nieder, schnappte sich etwas zu lesen und Harald machte sich auf die Suche nach Norman. Bis zur Aufführung blieben noch ein paar Stunden, aber er wusste, dass sein Kollege immer ziemlich früh ins Hause kam. Der legte sich gern ein bisschen in der Garderobe hin, studierte ein letztes Mal seine Rolle und ließ sich fast immer von Herbert, dem Theaterfaktotum, kurz vor dem Auftritt wecken.

Das war auch heute nicht anders.

Harald stürmte in Normans Garderobe und riss diesen regelrecht aus dem Schlaf. Norman gähnte ausgiebig und betrachtete seinen Kollegen, der ihm etwas blass um die Nase erschien.

„Ist was", murmelte er undeutlich, „setz dich und steh nicht so rum."

Harald fegte mit einer Handbewegung alles, was auf dem einzigen Stuhl in der Garderobe lag, beiseite und begann gleich mit seiner Erzählung. Er sprudelte nur so heraus, was Kerstin ihm bezüglich der Ähnlichkeit zwischen ihm und Mariness gesagt hatte und dass er, Harald, sich darauf keinen Reim machen könne. Kerstin hingegen sei regelrecht „ausgerastet". Norman hörte ihm anfangs verständnislos zu und brauchte eine Weile, bis er kapierte, um was es ging.

„So, schön der Reihe nach; jetzt werden wir erst einmal zusehen, ob wir für die junge Dame was zum Anziehen finden und dann reden wir weiter. Das mit der Ähnlichkeit stimmt übrigens. Ich habe mir diesbezüglich ebenfalls meine Gedanken gemacht."

Norman und Harald machten sich auf den Weg zu Mariness' Garderobe. Unterwegs nahmen sie Kerstin mit; sie sollte sich selbst aussuchen, was ihr angenehm war. Außerdem konnte sie gleich anprobieren, ob ihr die Sachen wirklich passten. Norman maß sie verstohlen mit Blicken und dachte, dass sie ohne weiteres in Mariness' Kleider hineinpassen würde.

Auf dem Flur kam ihnen Griffel entgegen.

„Sagen Sie mal, Kerstin – ich darf doch Kerstin sagen, oder? Haben Sie keine Lust bei uns einzusteigen?"

„Kommt nicht in die Tüte!", tönte es von hinten.

Kerstin drehte sich um und lachte: „Hallo Fedja, da bist du ja auch schon!"

*

Nach einer Woche bildete Mariness sich ein, Bäume ausreißen zu können. Sie schlief zwar immer noch sehr viel, hatte aber trotz Operation ein wenig zugenommen.

Norman neckte sie, indem er meinte, wenn sie so weiter essen würde, hätte sie bald Ähnlichkeit mit einem Mops. Mariness hörte das gar nicht gern. Sie versuchte, beim Essen zu mogeln, aber die Schwestern bestanden darauf, dass sie immer alles aufaß. „An Ihnen ist sowieso nix dran, Kindchen. Hier wird gegessen." Anschließend war sie meistens so müde, dass sie den Nachmittag verschlief. Doktor Wendler war froh darüber; so schlief sie sich gesund. Langsam lockerten sich auch die Gesichtszüge und Griffel, der fast täglich kam, stellte fest, dass sie fast wieder so aussah wie vor fünf Jahren.

Heute saß Mariness im Bett, las und wartete auf Norman. Er kam jeden Abend nach der Vorstellung. Eigentlich durfte so spät niemand mehr ins Haus, aber Doktor Wendler machte bei ihm eine Ausnahme. Die Anderen durften das nur nicht merken. Griffel und Norman, Harald und ein paar andere Kollegen hatten dafür gesorgt, dass man Mariness in einem Einzelzimmer unterbrachte. Darüber war sie besonders glücklich und begann fleißig mit dem nächsten Rollenstudium. Eine Weihnachtsgeschichte. Mariness malte sich bereits die Besetzung aus, wie sie sie gern hätte. Innerlich verzog sie das Gesicht. Sie kannte Griffel, daran würde er bestimmt wieder etwas zu mäkeln haben. Sie waren echt gute Freunde, aber in dieser Beziehung lagen sie sich öfter als einmal in den Haaren. Mit einem Blick auf die Uhr stellte Mariness fest, dass Norman jeden Moment kommen müsste. Die Vorstellung war seit fast einer Stunde aus und er würde sicher mit den Kollegen noch etwas essen. Immerhin konnte sie nicht verlangen, dass er ihretwegen hungerte und lachte bei dem Gedanken in sich hinein. Als sie nach der Operation wach wurde, stand Norman neben ihrem Bett und als sie später aus ihrem ersten Schlaf danach aufwachte, ebenso. Da wurde ihr klar, dass sie zu ihm gehörte. Als sie dann noch Fedja und Kerstin sah, war sie der gehässigen Magda fast dankbar, dass sie damals alles daran setzte, sie und Fedja auseinander zu bringen. Sie strahlte Norman an und wartete jetzt nur noch darauf, dass er sie fragte, ob sie ihn heiraten wolle. Und ob sie wollte. *Warum* fragt er mich bloß nicht?

Doktor Wendler war sehr zufrieden mit ihr und meinte, in ungefähr einer Woche könne man sie entlassen. Dann sollte sie noch vier Wochen in ein Rehabilitationszentrum. Griffel erklärte sich mit allem einverstanden, wenn er seine Mariness nur unbeschadet zurück bekam und sie in der kommenden Theatersaison wie geplant einsetzen konnte. Dagegen sei nichts einzuwenden, meinte der Arzt. Außerdem würden die ständigen Besuche von Herrn Meller sehr zu Mariness' Genesung beitragen. Griffel hoffte nur, dass Mariness – wenn! – sie Norman heiratete, nicht ihren Beruf an den Nagel hängen würde. Sogar Wendler hatte Mariness erkannt und äußerte: „Nee, die nicht! Die hängt mit allen Fasern ihres Herzens neben Norman Meller an ihrer Schauspielerei."
„Hoffentlich haben Sie recht."
Griffel fuhr nach Hause.

*

Norman und seine Kollegen standen zusammen und beratschlagten, ob man wegen des geänderten Spielplanes nicht eine kurze Ansprache an das Publikum halten sollte. Die Presse hatte über die Erkrankung informiert und die Zuschauer wussten, dass die Hauptdarstellerin ausgefallen war. Norman vertrat die Meinung, man sollte jedoch noch ein paar persönliche Worte sagen. Immerhin ist Bückeburg keine Großstadt und eine Menge Zuschauer kannten die Schauspieler oft persönlich. Norman hielt das für richtig und Griffel hatte nichts dagegen. Es ging jetzt nur darum, wer sprechen sollte. Man einigte sich auf Harald.

Kerstin sah zu Hause noch einmal in ihre Handtasche, um festzustellen, ob sie auch wirklich die Theaterkarten eingesteckt hatte. Dabei bemerkte sie, dass sie nicht nur zwei, sondern drei Karten besaß. Sie ging ins Wohnzimmer, um Mariness' Vater zu überreden, dass er doch mitkommen solle. Er wand sich ein bisschen und Kerstin meinte: „Nun, die anderen Schauspieler werden sich bestimmt freuen, wenn Sie mitkommen,

obwohl – oder gerade weil – Ihre Tochter im Krankenhaus liegt. Immerhin haben die Kollegen viel für Mariness getan."
Er ließ sich überzeugen und musste sich nun geradezu beeilen, rechtzeitig fertig zu werden. Ein Taxi brauchten sie nicht. Griffel ließ es sich nicht nehmen, Mariness' Besuch, den er fast als den seinen betrachtete, abzuholen. Diesmal hatte er noch einen weiteren Gast im Auto und hinten wurde es ein wenig eng. Professor Bechsteiner wollte nach der Vorstellung, mit Norman zusammen, seine einstige Lieblingsschülerin unbedingt besuchen.
Kerstin und Fedja hatten richtig Hemmungen, als die hörten, wie Griffel den weißhaarigen Mann im Auto mit *Herr Professor* ansprach. Die gerieten allerdings schnell in Vergessenheit, denn der alte Herr erzählte so humorige Anekdoten, dass sie unter lautem Gelächter am Theater vorfuhren.
„Los", meinte Griffel, „rein mit euch. Ihr habt Plätze in der ersten Reihe, genau in der Mitte. Nach der Vorstellung sehen wir uns wieder. Wir werden dann mit dem ganzen Club essen gehen und wie ich Norman kenne, haut der ab ins Krankenhaus."

Nachdem sie sich alle ein wenig umgesehen hatten, nahmen sie ihre Plätze ein. Kerstin und Fedja studierten das Programm, weil beide den Inhalt des Stückes nicht kannten. Vater Dreschmann hatte Norman entdeckt und hob die Hand zum Gruß. Norman bedeutete ihm, dass alles okay sei. Er nickte. Ein bisschen wehmütig dachte er daran, dass Mariness nun wohl bald von zu Hause weggehen würde. Er kannte seine Tochter. Sie hatte sich wohl ihrerseits in den Kopf gesetzt, Norman zu heiraten und wie es aussah, wollte dieser das auch. Bloß gefragt hatte er sie noch nicht. Mariness hatte einmal so eine Andeutung gemacht. Nun ja, das ist wohl das Los eines jeden Vaters. Er hatte schließlich auch geheiratet und damals waren ihm seine Eltern ebenfalls weniger wichtig gewesen. Er rief sich selbst zur Ordnung. Mariness war nicht so, er wusste, es war ihr nicht egal. Immerhin kam sie noch jeden Abend nach

der Vorstellung nach Hause, damit er nicht allein sei. Oft brachte sie
Norman mit und den mochte er sehr gern.
Norman Meller, dachte er, du bist so erfrischend normal.

*

Vater Dreschmann rückte sich auf seinem Theatersessel zurecht und
wartete darauf, dass der Vorhang aufging. Hinter der Bühne hörte man
die üblichen Geräusche der Kulissenschieber. Diesmal sollte das Fern-
sehen dabei sein und überall rannten noch die Kabelzieher herum. Es
war eine etwas ungemütliche Atmosphäre.
Er musste gähnen. Neben ihm steckten Fedja und Kerstin die Köpfe zusammen. Auf der anderen Seite studierte der alte Professor ein Rollenbuch. Endlich wurde es dunkel, und nur die Scheinwerfer erhellten die
Bühne.

Ein junger Mann trat vor den Vorhang. Er hielt eine kleine Ansprache,
in der er das Publikum noch einmal auf die besondere Situation aufmerksam machte und fand warme Worte für seine erkrankte Kollegin:
Das Publikum honorierte soviel Fairness in der Truppe mit lautem Beifall. Mariness' Vater hatte zwar die Worte gehört, sich aber mehr zu
Professor Bechsteiner gewandt, der ihm leise ein paar Dinge erzählte, so
dass er erst am Schluss hochsah.
Im gleichen Moment sprang er auf.
Der Professor neben ihm guckte ganz erschrocken auf seinen Nachbarn
und dann, mehr durch Zufall auf die Bühne. Er kannte Harald. Er war
früher einer seiner Schüler.
„Professor, kennen Sie diesen jungen Mann? Wer ist das?"
Professor Bechsteiner zog seinen Nachbarn auf den Sitz zurück: „Pst ...
ja, den kenne ich. Er heißt Harald von Bendom, ein ehemaliger Schauspielschüler von mir ... und sehr begabt."
„Wissen Sie auch, woher er kommt und wie alt er ist?"

Der Professor konnte Mariness' Vater nicht beruhigen. Das Stück hatte inzwischen begonnen; um die anderen Zuschauer nicht zu stören, packte Professor Bechsteiner seinen Sitznachbarn am Ärmel: „Kommen Sie, wir gehen raus. Ich kenne das Ganze in- und auswendig und außerdem beschleicht mich das Gefühl, dass es offensichtlich für Sie etwas Wichtigeres gibt als Shakespeare."

Bechsteiner suchte ein leeres Büro und veranlasste Mariness' Vater sich zu setzen.

„So, und jetzt versuchen Sie mal, der Reihe nach zu erzählen, was Sie so aus der Fassung gebracht hat. Der junge Mann, dieser Harald von Bendom, sieht Ihrer Tochter sehr ähnlich, das ist mir schon lange aufgefallen. Da so etwas öfter vorkommt, habe ich mir nichts dabei gedacht. Zumal er von Bendom heißt und Ihre Tochter Dreschmann."

Vater Dreschmann holte tief Luft: „Herr Professor, was jetzt kommt, ist über zwanzig Jahre her. Mariness, die übrigens mit vollem Namen Maria-Ines heißt, hatte einen Zwillingsbruder. Wir wohnten damals vorübergehend in Zentralamerika, weil ich von meiner Firma für einige Jahre dorthin versetzt war. Das ist übrigens nichts Außergewöhnliches, sondern in großen Industriebetrieben Gang und Gäbe. Dies nur zur Information. Ebenso war es üblich, in diesen Ländern als Ausländer Personal zu beschäftigen, sonst verlor man sein Gesicht. Also hatten wir ein Kindermädchen. Eines Tages kam unser Kindermädchen völlig aufgelöst mit Mariness nach Hause. Sie war mit den Kindern zum Einkaufen und kam nur mit Mariness wieder zurück. Den Jungen hatte man ihr regelrecht von der Hand gerissen und entführt. Wenige Stunden später erhielten wir den ersten Erpresseranruf. Wir sollten zahlen. Sehr viel zahlen.
Meine Firma sprang bei dieser horrenden Summe ein, trotzdem blieb der Junge unauffindbar. Meine Frau und ich haben alle Organisationen eingeschaltet, die man sich vorstellen kann. Erfolglos. Sie hat es nie verwunden, eines ihrer Kinder auf diese Weise verloren zu haben und

wurde schwer krank. An einem irreparablen Nierenleiden ist sie letztendlich gestorben."

Nachdenklich sah der Professor ihn an: „Hm, wir werden nichts anderes tun können, als das Ende der Vorstellung abzuwarten. Ich werde Harald hierher holen. Sie sollten ruhig einmal mit ihm sprechen. Zumindest würde sich dann klären, dass diese Ähnlichkeit rein zufällig ist. Es wäre für Sie bestimmt eine Beruhigung."

Vater Dreschmann lehnte sich schwer atmend in seinem Sessel zurück: „Sicher."

König Lear, eines der schwierigsten Stücke für die beteiligten Schauspieler, wurde vom Publikum glänzend angenommen. Das ist bei weitem nicht immer so; ganz sicher nicht, wenn es sich um einen so problematischen Stoff handelt. Harald hatte sich an diesem Abend selbst übertroffen und war nach der Vorstellung völlig groggy. Er hatte nur noch den Wunsch, in seiner Garderobe zu verschwinden, sich umzuziehen, eine Kleinigkeit zu essen und heimzufahren. Auf seinem Weg zur Garderobe hielt der Professor ihn fest und bat ihn, das Büro aufzusuchen, in welchem Vater Dreschmann ihn erwartete. Der Professor erklärte ihm warum und Harald wurde ein wenig blass um die Nase. Der erstaunte Ausruf von Kerstin am Vormittag fiel ihm wieder ein und er erzählte dem Professor davon.

„Ich kann mir nicht helfen, Herr Professor, ich habe plötzlich ein ganz komisches Gefühl. Wissen Sie, ich weiß nämlich selbst erst seit etwa einem Jahr, dass meine Eltern gar nicht meine Eltern sind."

Der Professor sah ihn entgeistert an: „Wie bitte?"

*

Mariness lag in ihrem Krankenzimmer und wurde langsam unruhig. Sie verstand nicht, wo Norman heute so lange blieb. Enttäuscht drehte sie sich zur Seite und versuchte, ein bisschen zu schlafen. Vielleicht kam er heute einmal nicht. Warum bloß?

Gerade eingeschlafen, spürte sie eine Hand an ihrer Wange und schlug die Augen auf.

„Oh Norman – du kommst ja doch noch."

„Natürlich. Dieser Abend war besonders anstrengend und das Essen hat sich auch länger hingezogen als üblich. Außerdem waren dein Cousin dabei, Kerstin und Professor Bechsteiner. Er wollte dich übrigens heute besuchen, doch es wurde so spät, so dass er das vertagen musste."

„Schade", meinte Mariness, „vor allen Dingen, weil ich vermutlich am Wochenende entlassen werde."

„Na prima! Dann werde ich dich in die Reha-Klinik fahren. Bechsteiner wird dich ganz bestimmt dann dort besuchen."

*

Harald stand vor Vater Dreschmann und dieser starrte den jungen Mann an wie einen Geist.

„Diese Ähnlichkeit ist wirklich frappierend", meinte er.

Harald räusperte sich verlegen und Mariness' Vater begann, noch einmal ausführlich die Geschichte zu erzählen, die er zuvor an Professor Bechsteiner weitergegeben hatte.

Ohne ihn ein einziges Mal zu unterbrechen hörte Harald zu. Als Mariness' Vater nun mit den Worten schloss: „Ja, und nun diese unwahrscheinliche Ähnlichkeit ..." Da schluckte Harald.

„Herr Dreschmann, ich muss Ihnen dazu auch etwas erzählen. Aber ich möchte, dass meine Eltern dabei sind. Können wir bitte zu mir nach Hause fahren?"

Herr Dreschmann war ohnehin völlig aufgelöst und erklärte sich mit allem einverstanden. Die beiden machten sich auf den Weg. Haralds Auto hielt vor einer alten, eleganten Vorstadtvilla und Vater Dreschmann erkannte, dass diese Leute wohl wesentlich besser betucht seien als er.

Mit einer großen Portion Hemmungen folgte er dem jungen Mann in die Halle.

Haralds Eltern hatten am Abend Gäste gehabt und gaben dem Hausmädchen gerade die letzten Anweisungen für den folgenden Tag. Aufräumen solle sie noch, dann könne sie auch schlafen gehen. Überrascht sahen sie auf, als ihr Sohn in Begleitung eines Fremden eintrat. Herr Dreschmann wurde trotz der späten Stunde und der Tatsache, dass er unbekannt war, freundlich begrüßt und aufgefordert, Platz zu nehmen. Dass Harald ihn mitbrachte war Grund genug, den Herrn zuvorkommend zu empfangen. Harald und Mariness' Vater waren beide übermäßig nervös und begannen gleichzeitig, die verworrene Geschichte zu erzählen.

Im Verlauf der Schilderung wurde Haralds Mutter immer stiller und blasser. Sie schluckte mehrmals und kämpfte mit Tränen. Nachdem sie sich etwas geräuschvoll die Nase geputzt hatte, schluckte sie noch einmal und meinte: „Nun, wir ... mein Mann und ich, haben niemals mit der Möglichkeit gerechnet, dass Harald noch irgendwo Familie hat. Lassen Sie sich erzählen, wie er zu uns gekommen ist."

Leise begann sie zu berichten: „Sie, Herr Dreschmann, lebten mit Ihrer Familie zu der Zeit, als Ihr Junge entführt wurde, in Guatemala. Wir lebten im Nachbarstaat Honduras. Mein Mann war, ebenso wie Sie, von seiner Firma ins Ausland geschickt worden. Eines Tages, am späteren Abend, hörten wir ein Weinen im Garten. Unser Hund hatte angeschlagen und wir fanden einen völlig verängstigten Jungen, der nebenbei total verdreckt und ausgehungert war. Das war am siebenundzwanzigsten Mai."

Aufgeregt fuhr Mariness' Vater dazwischen: „Genau fünf Tage nach der Entführung und einen Tag, nachdem wir das Lösegeld bezahlten. Umsonst, wie sich herausstellte, denn unser Sohn blieb verschwunden. Im gleichen Atemzug berichtete er dann auch, dass Mariness durch ein bezauberndes kleines Indio-Mädchen dort ihren Namen bekommen habe. „Richtig heißt sie Maria-Ines, doch das kleine Mädchen wurde mit dieser Abkürzung gerufen und wir fanden diesen Namen einfach wunderschön."

Haralds Vater schmunzelte: „Ja, das ist er auch. Nun möchte ich erst einmal weiter erzählen. Also: zunächst einmal holten wir das Kind natürlich ins Haus. Abgesehen davon, dass der Kleine jämmerlich weinte, war kein Wort aus ihm heraus zu bekommen. Wir haben mehrmals nach seinem Namen gefragt. Er sagte aber immer nur ein Wort, das wir nicht verstanden. Daraufhin haben wir ihn einfach Harald genannt. Dass das nicht sein Name war, konnten wir uns denken, leider sprach der Junge kein Wort deutsch."

Aufgeregt fuhr Vater Dreschmann wieder dazwischen: „Was sagte er für ein Wort? Er konnte sehr wohl deutsch, konzentrierte sich aber immer, wenn er mit unserem Kindermädchen zusammen war, mehr auf spanische Brocken, er konnte ohnehin noch nicht richtig sprechen."

„So etwas ähnliches wie: Jamick" antwortete von Bendom auf die ursprüngliche Frage.

Vater Dreschmann schüttelte den Kopf: „Nicht Jamick, sondern Yannick. Mit „Y" und zwei „n", das ist nämlich sein Name. Er muss aber Wäsche getragen haben, in der ein großes „Y" eingestickt war. Unser Kindermädchen hatte damals in alle Wäschestücke Schildchen eingenäht, kurz nachdem die beiden geboren waren. Er und Mariness sind in Guatemala zur Welt gekommen."

„Das ist richtig", antwortete Frau von Bendom. „Die Sachen habe ich noch."

Sie stand auf und holte einen kleinen, verstaubten Koffer mit den Kindersachen, die Yannick damals trug, vom Dachboden.

Vater Dreschmann sah auf die Sachen: „Wie, um Himmels Willen ist der Junge bloß nach Honduras gekommen?"

„Das können wir nur vermuten. Wahrscheinlich illegale Grenzgänger. Die Gauner hatten schließlich das Geld, aber Angst, dass man sie doch noch schnappen würde. Und so brutal, ein kleines Kind umzubringen, waren sie wohl nicht. Aus diesem Grund werden sie Harald, ach nein,

Yannick, nach Honduras verschleppt und dort einfach ausgesetzt haben. Wir können von Glück sagen, dass es so ausgegangen ist." Fragend sah Herr Dreschmann auf die Familie. „Wie ging es weiter?"

„Nun, wir meldeten den ungewöhnlichen Fund natürlich bei der Polizei, der Kirche, dem Roten Kreuz und was es sonst noch alles so gibt. Genaue Beschreibung, ungefähres Alter ... Ohne Erfolg. Was sich jetzt insofern geklärt hat, als dass keine der angesprochenen Hilfsstellen auf die Idee kam, dass das Kind aus dem Nachbarstaat entführt worden sein könnte. Mit Hilfe der Behörden haben wir dann den Jungen behalten dürfen und blieben bei dem anfänglich ausgesuchten Namen: Harald. Das Geburtsdatum machte natürlich Schwierigkeiten. Einer der Ärzte im Krankenhaus von Tegucigalpa hat den Jungen dann gewogen und vermessen und weiß Gott was mit ihm angestellt. Er kam zu dem Ergebnis, dass der Kleine, über den Daumen gepeilt, zwei und ein halbes Jahr alt sein könnte."

„Was sogar stimmte", warf Herr Dreschmann ein.

„Daraufhin wurde der Tag seines Findens zwei und ein halbes Jahr zurück gerechnet und als Geburtsdatum in die Papiere eingetragen. Wir zogen wenig später nach Deutschland zurück und haben ihn, kurz bevor er zur Schule musste, nach deutschem Recht dann quasi noch einmal adoptiert. Ja – so war das".

Harald saß ungewöhnlich still in seinem Sessel und sah von einem zum anderen. Alle schwiegen und hingen ihren Gedanken nach. Haralds Eltern wussten nicht, wie ihr Adoptivsohn nun reagieren würde und Haralds richtiger Vater hatte Angst, etwas zu sagen.

Plötzlich räusperte Vater Dreschmann sich: „Nach über zwanzig Jahren habe ich völlig unerwartet meinen Sohn wieder gefunden und weiß gar nicht, ob ich überhaupt Sohn sagen darf."

Nachdenklich und äußerst gespannt sahen die von Bendoms abwechselnd auf Harald-Yannick und seinen leiblichen Vater. Harald stand auf: „Ich glaube, Ihr macht euch jetzt alle zu viel Kopfschmerzen. Einer hat vor dem Anderen Angst. Ihr, liebe Eltern, dass ich plötzlich einen Vater habe, von dem ich nichts wusste und du, mein Vater, dass ich diese ganze Geschichte nicht oder falsch verdauen könnte. Macht euch nicht verrückt!"

Harald legte den Arm um seine Eltern: „Ihr seid mehr als zwanzig Jahre meine Eltern gewesen, habt mir fast jeden Wunsch erfüllt und sogar zugelassen, dass ich Schauspieler werde, was in *euren Kreisen* nicht unbedingt selbstverständlich ist. Das soll alles so bleiben. Ich habe", und damit wandte Harald sich an seinen Vater, „einfach zwei Väter. Denn, Ihr Lieben, es ist offensichtlich noch nicht in euer Bewusstsein gedrungen, dass ich noch etwas abgekriegt habe? Eine kleine Schwester!"

„Klein ist gut, sie ist ganze dreizehn Minuten älter als du!" bemerkte Vater Dreschmann etwas wehmütig.

„Richtig! Wir sind ja Zwillinge!"

Harald erzählte nun auch seinen Eltern, wie er Mariness kennen gelernt hatte und, dass sie derzeit im Krankenhaus lag. Inzwischen dürfte sie sich auf dem Weg in eine Reha-Klinik befinden. Sie kamen überein, dass er seiner Schwester, vereint mit seinen Eltern und dem *frischgebackenen* Vater, diese Nachricht erst überbringen wollte, wenn sie völlig genesen sei. Während der, im Anschluss geplanten, Kur wäre dann Zeit genug, die Geschichte zu erzählen.

Zu seinem Vater gewandt meinte Harald: „Bist du meiner Meinung? Meine Eltern bleiben meine Eltern und du bist mein Vater!"

Er konnte seinen Sohn nur in die Arme nehmen und nicken. Richtig begriffen hatte noch an diesem Abend niemand, dass das Schicksal einmal ganz besonders gnädig war.

Die Älteren saßen noch ein bisschen zusammen und kramten in Erinnerungen. Dabei stellte sich heraus, dass sie eine Menge gemeinsamer Bekannte hatten. Was niemand verstand, war, dass sie so viele Jahre in der gleichen Stadt wohnten und sich nie begegnet waren. Nicht einmal im Theater.

Clemens von Bendom erhob sich aus seinem Sessel und meinte: „Die ganze Geschichte war für uns alle ein Schock, den wir erst einmal verarbeiten müssen. Wir werden ganz sicher den Kontakt im Laufe der Zeit vertiefen und ich hoffe, dass es uns gelingt, wirkliche Freunde zu werden. Das wäre eine wunderschöne Sache, oder? Immerhin, und das rechnen wir unserem gemeinsamen Sohn hoch an: er verteilt seine Sympathien gerecht und beweist, dass er durch und durch Charakter hat. Empfinden Sie das nicht auch?"

Vater Dreschmann nickte, er war damit sehr einverstanden und meinte nur: „Ich zapple richtig vor Ungeduld, was meine Tochter wohl dazu sagen wird."

*

Mariness war jetzt schon in der dritten Woche im Kurheim in Bad Wörishofen. Sie hatte sich als absolutes Stadtkind erst an eine *Ruhe, die man hören kann* gewöhnen müssen. Nun fühlte sie sich ausgesprochen wohl. Zu ihrem eigenen Schrecken, doch zur Freude der Ärzte hatte sie sogar ein paar Pfund zugenommen. Nun lag sie im Liegestuhl, las einen Brief von Norman und wünschte sich, dass die Spielzeit endlich zu Ende sei, damit er sie besuchen könne. Auch der Vater hatte etliche Briefe geschrieben, war aber im Moment in seinem Beruf so eingespannt, dass er seinen Besuch wieder einmal verschieben musste. Griffel und Professor Bechsteiner hatten sie einmal besucht. Die Freude darüber war groß, obwohl sie das Gefühl nicht loswurde, dass etwas geschehen war, was man ihr nicht sagen wollte. Aus Normans Briefen konnte sie nichts herauslesen und seufzend dachte Mariness, dass sie sich wohl in Geduld fassen müsse.

Sie machte sich daran, die unbeantworteten Briefe nochmal durchzulesen und stand auf, um in das Schreibzimmer zu gehen als plötzlich ein junger Mann vor ihr auftauchte und sie, ohne zu fragen, fotografierte. Mehr verdutzt als wütend fragte sie, was das solle. Sie bekam zur Antwort, das brauche er für die Story, die in der nächsten Woche erschien. Mariness war völlig ratlos und meinte: „Ich hab' in meinem ganzen Leben noch nichts angestellt, was eine Story wert wäre. Lassen Sie das und löschen Sie das Foto. Sie hätten mich zunächst fragen müssen."

Der Reporter grinste: „Na, dann werden Sie nach Erscheinen der Zeitung ja mächtig überrascht sein." Danach verschwand er ebenso abrupt wie er aufgetaucht war.

Aufgewühlt und ein bisschen wütend ging Mariness auf ihr Zimmer und versuchte Norman zu erreichen. Sie benutzte seine Handy-Nummer, weil sie ihn im Theater bei der Probe vermutete und wollte endlich wissen, was los war. Es dauerte eine Weile, bis er sich meldete.
Norman hörte sich erst einmal in Ruhe alles an und meinte dann: „Ich weiß auch nicht, was das soll. Aber ich werde versuchen, es herauszufinden. Ich werde dich ohnehin bald besuchen, vielleicht weiß ich dann, warum, wieso und weswegen." Insgeheim bekam er einen wahnsinnigen Schrecken. Wer in drei Teufels Namen hatte da gequatscht. Sämtliche Mitglieder des Ensembles wussten Bescheid, waren aber von Griffel zum absoluten Schweigen verdonnert. Irgendjemand war undicht! Aber wer?
In Gedanken ging er alle bekannten Personen durch und kam auf Anneliese. Sie konnte als einzige darüber geredet haben und ... ihr Bruder arbeitete als Journalist.
Norman ging zurück zur Probe und bat Griffel, kurz hinter die Bühne zu kommen. Der motzte zunächst, weil er es hasste, den Probenablauf zu unterbrechen. Norman schilderte das Telefonat mit Mariness; wie er es voraussah, wurde Griffel entsetzlich wütend. Auch er vertrat die Meinung, dass das nur von Anneliese gekommen sein konnte.
„Hol' sie mir her", knurrte er und verschwand in seinem Büro.
Anneliese wurde zu Griffel zitiert. Angesichts dessen Zornausbruches heulte sie los und versicherte immer wieder, dass sie ihrem Bruder das Ganze unter dem Siegel der Verschwiegenheit erzählt habe. Er sollte die Chance bekommen, diese Geschichte als Journalist exklusiv bringen zu können. Es sei so schwer heutzutage, in diesem Beruf eine wirklich gute Story aufzuspüren. Man solle doch versuchen, sie zu verstehen.
Griffel konnte sich im Stillen ein Grinsen nicht verkneifen, ging aber trotzdem hart mit ihr ins Gericht. Zu Norman gewandt, meinte er: „So,

und du hau ab zu Mariness. Nimm ihren Vater und Harald mit; für heute Abend müssen halt die beiden Ersatzkräfte ran. Aufgrund der Eile muss es jetzt erst einmal ohne Haralds Eltern gehen. Mariness darf diese Geschichte auf gar keinen Fall aus der Zeitung erfahren."
Die kippt mir sonst sofort wieder aus den Latschen, fügte er in Gedanken hinzu.

*

Harald wurde von Norman noch während der Probe auf der Bühne eingesammelt und Vater Dreschmann telefonisch über den Vorfall unterrichtet. Jetzt ging alles Hals über Kopf! Sie vereinbarten, dass Harald-Yannick ihn in einer Stunde zu Hause abholte. Sie wollten sofort losfahren, da man nicht wusste, was dieser Journalist sich womöglich noch einfallen ließ. Norman war immer noch der ruhigste von den Dreien, so dass er sich als erster hinter das Steuer setzte und die vor ihnen liegenden fast achthundert Kilometer in Angriff nahm.
Harald sah seinen neuen Vater von der Seite an und bemerkte, dass ihm die Nerven durchzugehen drohten. Leise sprach er ihn an: „Mach' dich nicht verrückt. Mariness wird ganz bestimmt nicht umkippen. Du solltest doch deine Tochter kennen: manchmal ist sie vielleicht etwas zart besaitet, aber im Grunde zäh."
„Wie eine Katze", fügte Norman hinzu, der bis dahin als stiller Zuhörer fungierte.
Nach gut zwei Stunden steuerte Norman einen Parkplatz an und meinte, dass Harald nun weiterfahren könne. Der war inzwischen auch wieder ruhiger geworden und löste Norman gern ab. Das Verhältnis zwischen den beiden Männern hatte sich in den letzten Wochen völlig verändert. Da kein Grund mehr zur Eifersucht vorlag, waren sich die beiden näher gekommen und freundeten sich an.
Kerstin und Fedja waren inzwischen wieder abgereist, nicht ohne das Versprechen in der Tasche, dass Mariness ihren geplanten nächsten Urlaub in Vadsø verbringen würde. Norman mischte sich ein und sagte,

dass er sich auf diesen gemeinsamen Urlaub mit Mariness sehr freute. Mit Fedja hatte er sich in Gedanken ausgesöhnt. Er fand auch Kerstin ausgesprochen reizend, was wiederum Fedja nicht so behagte...

Norman hing während der Autofahrt seinen Gedanken nach und erschrak, als Harald plötzlich abrupt auf die Bremse trat. Vor ihnen geriet ein PKW ins Schleudern und Harald schaffte es gerade noch, das eigene Fahrzeug zum Stehen zu bringen.
„Verd ..., das hätte schief gehen können", schimpfte er. Die beiden Anderen guckten verdattert auf den laut schimpfenden Harald.
„Was ist denn passiert?"
„Wenn ich das wüsste! Dieses Kamel kam immer weiter auf die linke Fahrbahn, bremste plötzlich und drehte sich wie ein Kreisel. Ein Glück, dass ich gerochen habe, dass der pennt!"
Trotz des Schreckens musste Norman lachen. „Abgesehen davon, dass dank deiner schnellen Reaktion alles gut gegangen ist, hast du dir anscheinend immer noch nicht abgewöhnt, einen Zoo im Auto spazieren zu fahren."
Harald guckte verständnislos. „Zoo?"
„Nun ja, vorhin begegnete uns ein Rindvieh, der war gerade ein Kamel. Wie ich dich kenne, kommen noch ein paar andere Zooinsassen, Wüsten- oder Stallbewohner hinterher."
Endlich hatte Harald begriffen, was Norman meinte und lachte. Entspannt fuhr er weiter. Nach etlichen Stunden und mehrmaligem Fahrerwechsel war Bad Wörishofen erreicht. Die Zeit im Auto war allen lang geworden, da die Sonne von einem wolkenlosen Himmel brannte und das Auto über keine Klimaanlage verfügte. Unterdessen war es früher Abend; jetzt galt es nur noch, das Kurhaus und natürlich Mariness zu finden.
Diese hatte sich, trotz der vorgerückten Stunde, noch einmal nach draußen in ihren Liegestuhl verzogen und versuchte, mit einer Zeitung als Unterlage, einen Brief an Norman zu schreiben. Ganz im Gegensatz zu den sonstigen Briefen wollte ihr das Schreiben diesmal nicht so recht

von der Hand gehen. Sie kaute nachdenklich auf ihrem Kugelschreiber herum, als ein Schatten über sie fiel.

Mariness fuhr hoch: „Zum Kuckuck, ich habe Ihnen doch gesagt, Sie sollen sich zum Teufel scheren!" Im nächsten Moment glaubte sie, unter Halluzinationen zu leiden. Vor sich sah sie ihren Vater, Harald und Norman. Sie wischte sich über die Augen, aber das Spukbild blieb.

„Wir sind absolut echt, meine Liebe, du kannst es schon glauben", kam es von Harald, der als erster den Frosch im Hals überwunden hatte.

Mariness stotterte ebenfalls ein bisschen und begann, wie sich das für ein so zart besaitetes Mädchen gehört, vor lauter Rührung an zu schniefen: „Wo kommt Ihr denn so plötzlich her?"

„Eigentlich direkt von der Autobahn", begannen alle drei gleichzeitig zu reden und drucksten herum, bis Harald, als Sprecher auserkoren, sich neben Mariness im Gras niederließ und sagte: „Wir müssen dir eine Menge erzählen ..."

Harald, sonst immer ein „Hoppla-jetzt-komm-ich-Typ", begann vorsichtig, die Geschichte zu schildern. Vater Dreschmann ergänzte zwischendurch Einzelheiten und Harald schloss nach einer Stunde mit den Worten: „So, jetzt haben wir dir alles erzählt und du musst mit der Tatsache leben, dass ich dein Bruder bin."

Mariness grinste ein bisschen schief: „ ... von wegen unausgegorene Nudel und so!"

Sie stand auf und ging mit langsamen Schritten um ihren Liegestuhl herum. Immer und immer wieder.

Norman gab den anderen ein Zeichen: „Lasst sie, das war ja auch eine Masse auf einmal. Sie muss jetzt mit allem erst fertig werden."

Mariness hatte seine Worte aber doch gehört und lächelte mit blassem Gesicht. „Irgendwie ist es ein Schock, ja", meinte sie. „Auf der einen Seite. Andererseits kann ich mich an meinen Bruder nicht mehr erinnern. Dazu war ich zu klein. Die Geschichte kenne ich natürlich. Mutter hat sie mir oft erzählt. Ich habe auch noch alle Fotos von damals ..."

„Ach, du hast dieses Album. Ich habe es nach Mutters Tod vermisst", warf Vater Dreschmann ein.

„Jetzt ist mir auch der Zeitungsreporter klar", meinte Mariness zu Harald gewandt, „so langsam begreife ich auch, warum ich mit dir immer so schnell Krach bekam. So kann man sich wohl nur mit seinem Bruder streiten."

Harald grinste auf altbewährte Weise. „Da könntest du ausnahmsweise Recht haben. Mein kleines Schwesterchen!"

„Von wegen kleine Schwester! Ich bin dreizehn Minuten älter als du. Vergiss das nicht! Trotzdem ..., es ist schon komisch, plötzlich einen Bruder zu haben, der außer seinem Vater auch noch so etwas wie eigene Eltern hat. Das hat nicht jeder vorzuweisen."

Norman lachte. „Ich schlage jetzt trotzdem vor, dass wir versuchen, irgendwo etwas zu essen zu bekommen. Mit diesen Ereignissen im Hintergrund braucht Mariness vermutlich nichts, wir haben dagegen etliche Stunden hinter dem Steuer gesessen und ich falle langsam um vor Hunger! Ich kriege sowieso immer fürchterliches Magenknurren, wenn ich mich aufrege. Und ich habe mich erheblich aufgeregt", fügte er leise hinzu.

Mariness packte ihre Utensilien zusammen, brachte alles in ihr Zimmer und zog sich um. Dann ging sie zum Stationsarzt und berichtete in groben Zügen, was geschehen war. Sie bat um entsprechende Ausnahmegenehmigung, an diesem Abend, über die übliche Schließungszeit hinaus, den Kurbereich verlassen zu dürfen.

Aufgrund des außergewöhnlichen Anlasses wurde ihr das gestattet.

Die drei warteten in der Empfangshalle auf sie und zogen gegen zwanzig Uhr gemeinsam in das beste Restaurant, das im Ort zu finden war. Die Stimmung hatte sich gelockert und Norman war der Meinung, die Tatsache, dass Mariness einen Bruder und Harald zusätzlich einen Vater bekommen hätte, müsse gebührend gefeiert werden. Unter fröhlichem Gelächter, was entsprechend missbilligende Mienen der vornehmen Gesellschaft herausforderte, stürmten sie das Restaurant. Bevor sich alle am Tisch niederließen, ging Harald durch das Lokal und fragte den Kellner, ob Übernachtungsmöglichkeiten im Hause bestünden. Dieser bejahte und begleitete Harald an die Rezeption, die auf der anderen Seite des Hauses untergebracht war. Dort buchte Harald für jeden ein Zimmer mit Frühstück. Dann endlich konnten sie sich der Speisekarte widmen, was Mariness zu der Bemerkung veranlasste: „Hunger habe ich gewiss keinen. Mein Magen ist genauso durcheinander wie ich!"

Harald grinste und legte den Arm um seine Schwester. „Das legt sich. Spätestens bei der nächsten Probe."

„Ja" lachte Mariness, „wenn du mal wieder alles besser weißt!"

Vater Dreschmann bestellte zur Feier des Tages eine Flasche Sekt, dann machte man sich erneut an das Studieren der Speisekarte. Auch während des Essens schlief die Unterhaltung nicht ein; Mariness hatte tausend Fragen. So gut es ging wurden sie, je nach Art und Inhalt, von ihrem Vater oder Harald beantwortet. Gegen Ende des Abends meinte Norman: „So, meine Lieben, nun bin ich dran. Ich bestelle jetzt noch eine Flasche Sekt, dann ..." Der Rest des Satzes blieb in der Luft hängen und Mariness, ebenso wie ihr Vater, sahen Norman neugierig an. Lediglich Harald, der ahnte was kam, grinste unverschämt.

Norman ging an den Tresen und besprach sich mit dem Kellner. Der kam kurze Zeit später mit einer neuen Flasche Sekt an den Tisch und sagte: „Der Herr kommt sofort zurück. Er will nur etwas abholen, soll ich Ihnen ausrichten."

Sie nickten und dachten, was Norman denn wohl holen wollte. Es dauerte fast eine Viertelstunde, bis er wieder auftauchte und gleichzeitig, wie auf ein geheimes Zeichen, erschien der Kellner, um die zweite Flasche Sekt zu öffnen, die bis dahin verschlossen im Eiskübel stand.

Norman verschwand fast hinter einem riesigen Rosenstrauß.

Mariness war angesichts der Rosen ganz gerührt und meinte: „Du bist verrückt ...!"

„Stopp, meine Liebe", sagte Norman, „die Rosen hier sind nicht von mir. Von mir bekommst du rote. Bald! Diese Rosen kommen mit den allerbesten Wünschen für unsere gemeinsame Zukunft von deinem väterlichen Freund Griffel und Professor Bechsteiner."

„Gemeinsame Zukunft!" Mariness sah überrascht von einem zum anderen.

Norman lachte verschmitzt und Harald platzte vorlaut heraus: „Aber Mariness, wusstest du das denn nicht, du wirst in spätestens vier Wochen geheiratet!"

Sowohl Mariness als auch Norman klappte der Unterkiefer runter. Harald hatte richtig geraten und Mariness' Augen strahlten. Norman zog sie leicht an sich und küsste sie zart auf die Lippen. „Das, meine Liebe, war der Theaterkuss für die Öffentlichkeit."

Bevor er seinen Satz zu Ende bringen konnte, ging die Eingangstür auf und genau der Reporter, der Mariness schon einmal unerlaubt fotografierte, kam mit schussbereiter Kamera auf ihren Tisch zu.

„Norman platzte heraus: „Der muss vor uns her geflogen sein!"

Der Fotograf lachte: „Stimmt. Aber diese Story kann ich mir wirklich nicht entgehen lassen. Zu Mariness gewandt meinte er dann: Jetzt darf ich aber, oder?"

Mariness nickte mit einem Kloß im Hals. „Können Sie mir mal sagen, woher Sie das alles wussten?"

Der Fotoreporter berichtete, dass er alles von Anneliese, seiner Schwester, unter dem Siegel der Verschwiegenheit, erzählt bekommen habe und bat um Erlaubnis, die Geschichte exklusiv in der Zeitung in Bückeburg bringen zu dürfen.

Wieder konnte Mariness nur nicken. Norman war zwar nicht begeistert, sah aber ein, dass das eine ungewöhnliche und gute Publicity sei. „Nun ja", meinte er, „wenn es denn sein muss."

Als der Reporter nach einer guten Stunde wieder abzog, beendete auch der kleine Kreis den gemeinsamen Abend. Mariness musste ins Kurheim zurück.

„Noch ein paar Tage", seufzte sie, „dann habe ich es überstanden. Gott sei Dank."

Normann brachte sie zurück bis vor ihre Zimmertür, schloss auf und kam unaufgefordert hinter ihr in den Raum. Der Tür hinter sich gab er einen Stoß.

„So, jetzt komm einmal her, du plötzliche Zwillingsschwester – damit sowohl dein Bruder als auch der Reporter recht behalten mit der Hochzeit in vier Wochen!"

Mariness konnte nur noch leise murmeln: „ ... und jetzt aber ohne Öffentlichkeit!"

***

Mariness lebt ihren Traum

Mariness bestand ihr Debüt als Belinda *in dem gleichnamigen Bühnen-stück meisterhaft und das Publikum vereinnahmte sie regelrecht. Nun lag der weitere Weg klar vor ihr und das bedeutete, sich vollkommen in das Theaterleben zu integrieren.*
Doch bevor Norman und sie endlich heiraten können, was die beiden bereits seit Mariness' Genesung vorhaben, passiert noch Einiges, was die Nervenkraft aller Beteiligten auf eine harte Probe stellt.

„Mit der vorgesehenen Hochzeit in vier Wochen, das war wohl nix!"
Mariness rekelte sich auf der Couch und murrte: „Kannst du mir mal sagen, warum wir so eine Riesenhochzeit feiern müssen. Ich wollte eine kleine Zeremonie, ganz still für uns. Vater sieht ebenfalls nicht begeistert aus bei dem Gedanken an diesen Aufmarsch."

Norman drehte sich um. „Ich weiß, Liebes, mir wäre es auch lieber, wenn wir es nach unserem Plan hätten gestalten können, aber Haralds Eltern – ach nein: Yannick heißt er ja jetzt – wollen dir was ganz besonders Gutes tun. Sie freuen sich einfach, dass Ihr Sohn plötzlich noch eine Schwester und diese ganze Geschichte sich letztendlich in Wohlgefallen aufgelöst hat."

„Nun, Wohlgefallen würde ich nicht gerade sagen. Immerhin sind wir in dem Papierkram der Behörden bald erstickt und die von Bendoms bekamen einen Haufen Ärger, weil sie ein Kind adoptierten, das noch leibliche Angehörige hatte. Nämlich einen Vater.!"

„Und dabei konnten die von Bendoms gar nix dafür…!"

„Das Ganze war und ist einfach nur verrückt und jetzt heißt es Augen zu und durch. Außerdem, vergiss nicht, die Geschichte mit meinen Papieren. Keiner konnte ahnen, dass es problematisch sein würde, meine Geburtsurkunde ranzuschaffen. Ich habe im Traum nicht damit gerechnet, dass sie in England liegen könnte. Vater ist nach seiner Scheidung wieder nach London gegangen und hat sie anscheinend mitgenommen. In dem damaligen Durcheinander hat niemand darauf geachtet und das Fehlen kam erst ans Licht, als ich sie brauchte. Aber irgendwann werden wir alles zusammen haben und dann ist es soweit. Lange kann es nicht mehr dauern. Immerhin haben die Behörden wenigstens geantwortet." Damit drehte Norman sich um und steuerte den nächsten Sessel an. Nachdenklich ließ er sich nieder und war mit seinen Gedanken weit weg. Wieder einmal sah er Mariness mit dem Kopfverband in der Klinik und spürte die Ängste, dass sie vielleicht nie wieder gesund würde. Jetzt saß sie hier, in seiner Wohnung, und in absehbarer Zeit würden sie verheiratet sein. Die Kollegen vom Theater fielen angesichts dieser Geschichte aus allen Wolken und es hagelte Fragen, die Mariness und

Yannick so gut wie möglich beantworteten. Abgesehen von der Riesenstory die Annelieses Bruder in die Zeitung brachte. Anneliese arbeitete als Theatersekretärin bei Griffel, dem Intendanten, und ihr Bruder als Journalist. Das war *das* Futter für die sensationslüsterne Masse. Zwei Schauspieler vom Theater, die zudem jeder kannte und die quasi mitten unter ihnen wohnten, na, das war doch ein Highlight. Der Bruder aus Honduras und die Schwester aus Bückeburg – wie geht das denn? Und dann auch noch Zwillinge. Da musste man unbedingt genauer nachfragen. Die beiden Klatschtanten im Nebenhaus von Intendant Griffel redeten sich einmal mehr die Köpfe heiß, konnten allerdings nichts Verwerfliches finden. So ein Pech! Bei dem Gedanken musste Norman in sich hinein kichern und Mariness sah hoch. „Was gibt es zu lachen", fragte sie und Norman erzählte von seinen kurzen Erinnerungen. „Hui, diese zwei Hexen aus Hieronymus' Nachbarhaus…"
„Wer, um alles in der Welt, ist Hieronymus?" Norman war ein einziges Fragezeichen.
„Na, unser Griffelchen heißt doch so. Das ist sein Vorname. Warum, glaubst du wohl, verschweigt er den so eisern. Er findet ihn furchtbar."
„Kann ich verstehen. Aber, sag mal, seit wann nennst du ihn beim Vornamen?"
„Gar nicht. Wenn ich, so wie jetzt, *von* ihm spreche, sage ich das. Aber wenn ich *mit* ihm spreche sage ich immer noch Herr Griffel."
„Ach so."
„Kann es sein, dass ich einen leisen Anflug von Eifersucht heraushöre?" Mariness grinste. „Brauchst du nicht. Er ist für mich so etwas wie eine Vaterfigur; außerdem habe ich ihm eine Menge zu verdanken. Vergiss das nicht."
„Stimmt. Mir desgleichen, wäre ich nicht mit dir in sein Büro gegangen, wärst du nie bei uns gelandet und wir säßen hier nicht so rum ..."
„Da hast du Recht."
Bevor Mariness den Satz zu Ende sprechen konnte, klingelte es und beide sahen sich verdutzt an. „Wer ist denn das? Um diese Zeit?"

Immerhin zeigte die Uhr kurz vor zwanzig Uhr und gewöhnliche Menschen hockten vor der Glotze. Norman stand auf und konnte sich nach dem Öffnen der Tür kaum ein Grinsen verkneifen. Wie war das gleich? Wenn man vom Teufel sprach…

„Guten Abend Meller. Ich hoffe, ich störe nicht."

Am liebsten hätte Norman angemerkt *doch.* „Kommen Sie rein, Herr Griffel, nein Sie stören nicht", kohlte er gewandt und bat seinen Chef ins Wohnzimmer. Dieser Besuch war ihm nicht Recht, er freute sich auf einen gemütlichen und ungestörten Abend mit Mariness, die zwar genesen, aber immer noch schnell erschöpft war.

„Hallo Mariness. Schön, dass ich dich auch gleich hier treffe."

Mariness schluckte die Bemerkung: *Wo sollte ich sonst sein* runter und deutete mit der Hand auf die Couch.

Griffel duzte Mariness von Anfang an und dabei blieb es auch.

„Was führt Sie denn zu uns?" erkundigte sie sich.

„In meinem Kopf hat sich ein neues Stück breitgemacht und das wollte ich mit Euch besprechen. Nicht unbedingt leichte Kost, aber ich glaube, es lohnt sich."

„Was soll es denn sein?", fragte Mariness zurück.

„Cyrano de Bergerac."

„Oh – das ist wirklich nicht leicht", kam es von Norman. „Nehmen Sie Platz. Wie ich Sie kenne, haben Sie neben dem Gedanken für das Charakterstück auch gleich die Besetzung im Kopf, oder?"

Griffel lachte. „Stimmt und ich glaube, dieses Mal muss ich mich nicht mit Mariness darüber streiten."

Diese grinste und erwiderte: „Was halten Sie von einem kleinen Imbiss und einem Glas Wein dazu? Dabei lässt es sich besser denken."

Keine schlechte Idee, meine Haushälterin ist zu ihrer Schwester gefahren und ich musste demzufolge sowieso hungern."

Die Drei lachten. Gleichwohl kannten sie Griffel's Marotte, im Zweifelsfall die Haushälterin dafür verantwortlich zu machen, wenn er keine Lust hatte, sich in aller Ruhe an seinen Mittagstisch zu setzen. So war es auch heute. Seine Idee nahm ihn völlig gefangen, so dass er ganz einfach das Essen vergaß. Jetzt lehnte er sich gemütlich zurück. „Ich freue mich schon … was gibt es denn?"

Mariness guckte ein bisschen perplex. „Nun, da ich auf hohen Besuch nicht eingerichtet war, ganz einfach eine Brotzeit. Aber", fügte sie lächelnd hinzu, „ich kenne doch Ihre Vorlieben. Ein paar Oliven und etwas Schafskäse haben wir immer im Haus. Das ist für uns ebenfalls so eine Art Notstopfen." Damit verschwand sie in der Küche.

Norman und Griffel saßen zusammen und fachsimpelten, wie immer, wenn sich Gelegenheit dazu bot. Meistens war im Theater die Zeit zu knapp bemessen, so dass man sich zu weiteren Gesprächen in einem Café oder beim Essen traf.

„Wissen Sie, Meller, ich bin auch noch aus einem anderen Grund hier. Hat Mariness eigentlich mal darüber gesprochen, ob sie nach Ihrer Heirat weiter bei uns bleiben wird. Oder will sie aufhören und sich ganz dem Eheleben und dem Haushalt widmen? Nicht zu vergessen, dass ihr Vater auch glaubt, zeitlich ein Anrecht auf sie zu haben."

Norman guckte entgeistert auf seinen Chef. „Wie kommen Sie denn auf diesen Gedanken? Mariness ohne Theater und ohne ihren Herrn Griffel – das geht gar nicht!"

Griffel lachte. „Es hat noch einen weiteren Grund, dass ich Sie so heimsuche. Eigentlich, so denke ich, sollten wir endlich mal das förmliche Sie fallenlassen. Wir kennen uns seit vielen Jahren; Mariness duze ich von Anfang an. Sie ist so etwas wie meine Tochter …"

Norman sah Griffel erwartungsvoll an und dieser tat ihm den Gefallen, endlich die Geschichte, die dahinter steckte, zu erzählen.

„Weiß Mariness davon?" fragte Norman.

„Ja, ich habe sie ihr mal vor längerer Zeit erzählt. Hat sie nicht darüber gesprochen?"

„Herr Griffel, wenn Sie Mariness etwas anvertrauen, können Sie sich darauf verlassen, dass sie niemals mit Anderen darüber spricht. Auch mit mir nicht."

Griffel nickte bedächtig und bemerkte: „Das habe ich schon immer an ihr geschätzt. Sie beteiligt sich nicht an Klatsch. Und seit der Geschichte mit diesem Ramon Hellersen schon gar nicht mehr. Kommen wir zurück auf meinen Vorschlag. Was halten Sie davon, dass wir, wie soeben erwähnt, das hölzerne *Sie* weglassen, uns mit Vornamen ansprechen und *Du* sagen?"

„Von mir aus sehr gern. Ich bin neugierig, was Mariness dazu sagt."

„Wozu soll ich etwas sagen?" Mariness kam aus der Küche und balancierte ein Tablett mit vielen kleinen Tapas.

„Herr Griffel machte gerade den Vorschlag, dass wir uns mit dem Vornamen ansprechen und duzen sollten; dazu sollst du natürlich auch Stellung nehmen."

Mariness hatte Mühe nicht zu schmunzeln, denn damit hätte sie Griffel tief verletzt. Sie dachte nur *Hieronymus* – laut sagte sie: „Darüber freue ich mich sehr. Ich hoffe nur, dass ich mich daran gewöhne. Immerhin sind Sie, ach nein, bist du, nicht nur mein väterlicher Freund, sondern auch mein Chef. Und es ist sicherlich nicht die Regel, dass man seinen Chef duzt!"

Griffel lachte. „Da hast du Recht – aber wir versuchen es. In Ordnung? Dass ich Hieronymus heiße, wisst Ihr sicher. Ich hasse diesen Namen, leider konnte ich ihn mir nicht aussuchen. Wenn man ihn wenigstens abkürzen könnte. Aber noch nicht einmal das … Hippo geht nicht."

Norman und Mariness nickten bestätigend, wobei Marines sich mühsam das Lachen verkniff. Sie dachte: *ein Nilpferd bist du wirklich nicht; für mich bleibst du die Spitzmaus.*

Norman verschwand Richtung Diele.

„Wo will denn der hin", fragte Hieronymus.

„Wahrscheinlich in den Keller; diesem Ereignis muss doch gebührend begegnet werden. Wie ich Norman kenne, mindestens mit einer Flasche Sekt."

So war es dann auch. Ein fröhliches Anstoßen: auf immerwährende gute Freundschaft.

*

Harald-Yannick bummelte auf dem Heimweg durch den Schloßpark, sein neues Rollenbuch unter dem Arm, und dachte nach. Griffel händigte ihm am frühen Nachmittag das Script für die geplante neue Aufführung *Cyrano de Bergerac* aus und sagte gleich dazu, dass sowohl Norman als auch Mariness davon noch nichts wussten. Er würde sie am gleichen Abend aufsuchen, sie entsprechend unterrichten und auch deren Scripts mitnehmen.

Während des Rumbummelns kam er in Gedanken auf seinen neuen Namen Yannick zurück. Er freundete sich immer noch nicht recht damit an und überlegte, ob er eventuell richtiger bei Harald bleiben sollte. Das wäre weniger seinen Eltern als der Tatsache geschuldet, dass man ihn auf allen Werbeplakaten vom Theater unter *Harald* von Bendom kannte. Yannick – gut, das hörte sich exotisch an. Wie er seine Bückeburger kannte, hatten die damit nichts am Hut. Sie liebten das Althergebrachte. Seufzend, unentschlossen und ein wenig missmutig trat er den Heimweg an. Er würde sowohl mit seinen Eltern als auch mit seinem Vater darüber sprechen müssen.

Ach ja, dachte er feixend, jetzt muss ich auch noch die Väter auseinander halten. Der Eine war sein Adoptiv- und der Andere sein biologischer Vater. In dessen Gedächtnis hieß er natürlich Yannick, aber seit mehr als zwanzig Jahren kannte er sich selbst nur als Harald und, wenn es nach ihm ging, sollte das auch so bleiben. *Ich glaube*, sinnierte er, *ich nenne meinen leiblichen Vater mit seinem Vornamen Axel. Ob er damit einverstanden ist? Zweimal Vater gibt lediglich ein heilloses Durcheinander.*

Währenddessen erwog er, statt nach Hause zu gehen, kurz im Theater vorbeizuschauen, um festzustellen, wie weit seine neuen Kollegen mit den Proben waren. Griffel hatte ihnen sozusagen Nachsitzen verordnet, weil alle ihre Rollen nicht ordentlich gelernt hatten. *Jungvolk* murmelte Harald in sich hinein. *Das hätten wir uns mal erlauben sollen.* Damit öffnete er die Tür zum Haus und stellte überrascht fest, dass ihn Dunkelheit umfing. Oha! Schlagartig bekam er eine Gänsehaut – sein Gefühl sagte ihm, irgendetwas stimmte hier nicht. Die Kollegen müssten bei der Probe sein; na gut, vielleicht hatten sie sich lediglich woanders hin verzogen. Das kam schon mal vor. Trotzdem war ihm die schweigende Umgebung nicht geheuer und er ging den Flur längs, um am hinteren Ende das Licht einzuschalten. Idiotischer weise musste man die ganze Diele entlang laufen, um an den Lichtschalter zu kommen. Eben Altbau. Es wurde hell und Harald ging Richtung Bühne. Der Vorhang, wie immer, beiseite gezogen. Er machte auf der Bühne Licht und dann stockte ihm der Atem. Da lag etwas, oder besser, ein Mensch. Auf dem Bauch, Beine und Arme von sich gestreckt und rührte sich nicht. Mit ein paar Schritten stand er vor der Person, überwand sein Grauen und fasste eine Hand an – kalt. *Oh, mein Gott*, murmelte er, *der ist wohl tot. Was mache ich jetzt?* Statt die Polizei zu rufen, rannte er in heller Panik nach draußen, knallte die Tür hinter sich zu und schlug den Weg zu Griffels Wohnung ein. Bloß der war nicht zu Hause.

*

„Kennst du das Stück, Norman?", fragte Hieronymus.
„Nicht wirklich. Ich weiß nur, dass es dabei um einen Mann mit einer fürchterlich langen Nase geht, der Hemmungen hat, sich seiner Liebsten zu erklären. Die hat ohnehin einen Anderen im Visier und bekommt von diesem zärtliche Liebesbriefe. Nur, dass der sie nicht selbst verfasste, sondern sein Freund mit der langen Nase, Cyrano de Bergerac."
Mariness mischte sich ein. „Ja, das ist alles richtig. Ich weiß, dass das ein romantisch-komödiantisches Versdrama von Edmond Rostand ist. Es wurde Ende des neunzehnten Jahrhunderts in Paris uraufgeführt."
Hieronymus nickte. „Am Théatre de la Porte Saint Martin."
„Um Himmels Willen, Mariness wann hast du das Stück denn zuletzt gesehen? Sowas weiß man doch nicht aus dem Handgelenk!"
Mariness lachte. „Sicher nicht. Ich war, glaube ich, vierzehn, als ich es auf der Bühne sah und war unglaublich fasziniert. Diese Tiefe hat mich berührt, vielleicht konnte ich mir deshalb alles so gut merken, obwohl die gereimte, respektive Versdichtung mir beim Zuhören einiges abver-

langte. Ich kann mich noch an den Namen des heimlichen Geliebten der Magdeleine Robin, genannt Roxane erinnern: Christian von Neuvillette. Obwohl er, Cyrano, Roxane ebenfalls liebt, überzeugt er Christian davon, Roxane zu ehelichen, damit diese nicht dem Grafen Guiche als Geliebte in die Finger fällt. Der Graf ist stinksauer und beordert die Beiden aus Rache in den Krieg. Cyrano de Bergerac schafft es trotzdem, unter widrigen Umständen, Liebesbriefe in Christians Namen an Roxane zu schicken, doch bevor die ganze Täuschung auffliegt, fällt Christian in diesem Krieg. Roxane trauert fast lebenslang um Christian und geht ins Kloster. Erst nach vierzehn Jahren entdeckt sie die Wahrheit. Indes wird de Bergerac kurz vor seinem obligatorischen Sonntagsbesuch bei Roxane, die auch seine Cousine ist, bei einem Anschlag verwundet und verstirbt in ihren Armen."

„Mein Gott, Mariness! Und die Rolle des Cyrano de Bergerac, soll ich spielen? Oder wie hattest du dir das gedacht, Hieronymus?" Fragend sah Norman seinen Chef und Freund an.

Dieser nickte und fügte hinzu: „Dass Mariness die Roxane sein wird, liegt auf der Hand und Harald macht den Christian *von Neuvillette*. Ach verteufelt noch mal, ich kann mich nicht daran gewöhnen, dass unser Harald jetzt Yannick heißt. Er weiß das übrigens schon; ich traf ihn heute Mittag und habe ihm das Rollenbuch gleich in die Hand gedrückt. Wie ich sehen konnte, ist er damit in den Schlosspark marschiert und wird wahrscheinlich schon lesen…"

„Tröste dich, Hieronymus, ich auch nicht" fügte Mariness hinzu. „Ich meine, ich kann mich auch nicht damit anfreunden, dass er Yannick heißt. Er ist mein Bruder, und das ist nun einmal sein Name, trotzdem, für mich ist und bleibt er Harald. Ich glaube, ich muss mal mit Vater sprechen – denn mein *Brüderchen* Harald scheint über seinen *Yannick* ebenfalls nicht glücklich zu sein", vollendete sie ihre Ausführungen.

Dann machten sie sich mit großem Appetit über die Tapas her und Hieronymus bemerkte kauend: „Was Anderes brauchst du mir gar nicht zu servieren, das schmeckt ausgezeichnet."

Norman schenkte den Sekt aus und das Ereignis, künftig nicht mehr so förmlich miteinander umzugehen, wurde besiegelt. Beim letzten Prosit klingelte es Sturm.

„Das darf doch nicht wahr sein! Mensch, hör auf zu klingeln, ich komme schon!", rief Norman während er an die Haustür eilte und sie mit einem heftigen Schwung aufriss.

„Harald!!! Was in drei Teufels Namen ist passiert. Du siehst aus wie Braunbier mit Spucke!"

„So fühle ich mich auch. Darf ich reinkommen?"

„Sicher – klär uns mal auf, welchem Teufel du begegnet bist."

„Einem Toten! Im Theater! Auf unserer der Bühne!"

Fassungslos starrten die Drei auf Harald, der sich in den nächsten Sessel fallen ließ.

„Hast du die Polizei informiert?", fragte Hieronymus.

„N-n-n-nein, das hab' ich total vergessen. Aber …"

„So", nahm Norman augenblicklich das Zepter in die Hand. „Das werden ich jetzt tun und dann gehen wir rüber und gucken uns das mal an."

*

„Polizeirevier Bückeburg, Sandmann hier. Was kann ich für Sie tun?"

„Hier spricht Pfarrer Julius Neuhauser. Herr Kommissar, ich habe gerade eine Leiche gefunden. In der Kirche. Ehmm, in *meiner* Kirche. Stadtkirche."

„Ach du lieber Gott – in der Kirche?!" Der Kommissar blickte fassungslos auf das Telefon, als ob er da die Schuld für einen solchen Anruf finden könnte. Noch während er schluckte und eine Antwort an den Pfarrer formulierte, läutete das Telefon auf dem Schreibtisch nebenan.

„Entschuldigung, Herr Pfarrer, ich bin völlig von der Rolle, jetzt klingelt das andere Telefon auch noch. Bitte bleiben Sie einen Augenblick in der Leitung."

„Polizeirevier Bückeburg, Sandmann am Apparat. Was kann ich für Sie tun?"

„Hier spricht Norman Meller. Wir kennen uns, Herr Kommissar. Soeben kam unser Harald von Bendom, der Ihnen ebenfalls bekannt ist, völlig aus der Puste hier an. Er machte auf dem Heimweg einen Abstecher zum Theater und fand zu seiner Verblüffung das Haus dunkel vor. Das war ihm nicht geheuer, weil eigentlich Proben im Gange sein sollten. Er machte das Licht an, ging Richtung Bühne und fand dort eine Leiche…"

„Das darf doch wohl nicht wahr sein! Auf der anderen Leitung habe ich Pfarrer Neuhauser; er berichtete mir soeben von einem Leichenfund in seiner Kirche. Der Stadtkirche. Himmel Herrgott nochmal! Und das in unserem gemütlichen Bückeburg. Herr Meller, ich schicke vorderhand einen Streifenwagen zum Theater und einen zweiten zur Stadtkirche. Da liegt die andere Leiche. Irgendwie schlägt das alles über meinem Kopf zusammen. Wir treffen uns an den Orten der Geschehnisse!

Völlig fassungslos rief Norman in den Hörer: „Wie bitte …!"

Doch der Kommissar hatte bereits aufgelegt.

Sandmann nahm den anderen Hörer wieder auf: „Herr Pfarrer, sind Sie noch da?"

„Ja, ich habe mitgehört. Was ist denn im Theater passiert. Habe ich das richtig gehört. Es gibt eine weitere Leiche?"

„Stimmt genau Herr Pfarrer, ich komme zuerst zu Ihnen in die Kirche, zwischendrin muss ich zusehen, dass ich meinen Kommissar Deterlich an Land kriege, damit der den anderen Fall übernehmen kann. Enschuldigung, ich bin schließlich nicht Jesus und kann nicht an zwei Stellen gleichzeitig sein."

„Das ist klar – gut, Herr Kommissar, ich gehe dann wieder zur Kirche und warte dort auf Sie. Zwischenzeitlich sind sicher die Streifenpolizisten eingetroffen. Bis später." Damit beendete der Pfarrer das Telefonat.

*

Norman legte den Hörer auf und zu Harald gewandt sagte er: „Kannst du mitgehen, oder …?"

„Ich gehe auf jeden Fall mit. Abgesehen davon, dass ich den Toten gefunden habe, wird die Polizei vermutlich etliche Fragen stellen."
„So wird es sein." Damit schlüpfte Norman in seine Jacke. Griffel und Mariness standen noch immer sprachlos im Raum; Mariness schluckte und meinte: „Das kann ich alles gar nicht glauben."
Sie verließen gemeinsam das Haus und Hieronymus Griffel dachte laut nach: „Wo waren die Leute seiner Truppe? Die hätten noch bei der Probe sein müssen. Ich hatte allen quasi Nachsitzen verpasst, weil nachmittags nichts, aber auch gar nichts, klappte."
Norman zuckte mit den Schultern. „Du weißt doch, wenn die Katze aus dem Haus ist, tanzen die Mäuse auf dem Tisch. Obendrein haben wir zwei *Individuen* dazwischen, denen ich unterstelle, dass sie die Schauspielerei als Hobby betrachten, dem man mal nachgeht oder auch nicht. Wir sollten Beiden ans Herz legen, sich einen anderen Beruf zu suchen. So geht das nicht. Sie stören den gesamten Ablauf empfindlich."
Mariness mischte sich ein: „Ich bin auch dafür. Sie passen nicht in unser Kollektiv und sind überdies nicht gewillt, sich auch nur im Geringsten anzupassen."
Währenddessen hatten die Drei das Theater erreicht. Die Polizei stand vor dem Eingang und Griffel hieß sie einzutreten. „Ich selber war noch nicht hier, seit ich davon erfuhr, aber hier – und damit zeigte er auf Harald – der junge Mann hat den Toten gefunden."
„Woher wissen Sie, dass der tot ist?" Der Polizist war äußerst unfreundlich und Harald zuckte zusammen.
„Ich habe ihn gefunden. Ich befand mich auf dem Heimweg und überlegte, dass ich noch schnell mal im Theater vorbeischaue, was unsere Truppe macht. Unser Intendant hatte Proben außer der Reihe angeordnet, weil keiner seine Rolle anständig konnte. Als ich hier ankam, fand ich zu meiner Verblüffung das Haus dunkel und empfand das als ungewöhnlich. Also bin ich rein, ging den Flur entlang und schaltete am hinteren Ende Licht an. Weiter ging ich in Richtung Bühne, machte dort ebenfalls Licht und sah etwas auf dem Boden liegen. Beim Näherkommen erkannte ich eine Person. Ich bin maßlos erschrocken und habe

mich darüber gebeugt. Als ich seine Hand berührte, war die eiskalt. In meiner Panik hastete ich zum Haus von Herrn Griffel; der war nicht daheim. Daraufhin rannte ich zu Norman Meller, wo ich auch unseren Intendanten, also Herrn Griffel, fand und Norman Meller rief dann die Polizei. Ich war einfach zu durcheinander…"

Der Streifenpolizist sah Harald immer noch skeptisch an; man spürte, dass er den jungen Mann für verdächtig hielt und Griffel schaltete sich ein. „So war das. Herr von Bendom kam völlig aufgelöst bei Herrn Meller an, kalkweiß im Gesicht und berichtete uns von seinem grausigen Fund. Wir konnten uns alle keinen Reim darauf machen und somit rief Norman, also Herr Meller, erst einmal bei Ihnen an. Kommissar Sandmann war am Apparat und jetzt passierte etwas, was auch Norman aus den Schuhen hob. Er erfuhr vom Kommissar, dass parallel dazu, unser örtlicher Pfarrer auf der anderen Leitung anrief und ebenfalls eine Leiche vermeldete. Und zwar in seiner Kirche."

„Wie bitte! Davon weiß ich nichts."

„Davon können Sie nichts wissen, ein weiterer Streifenwagen wurde zur Kirche beordert. Da waren Sie schon unterwegs. Sie sehen, das, was Herr von Bendom Ihnen berichtete, entspricht der Wahrheit. Der Kommissar wird Ihnen das insofern bestätigen können, als dass er zeitgleich den Anruf von diesem Pfarrer bekam. Aber was machen wir jetzt?"

Der Intendant sah ratlos in die Runde. Die Polizisten waren zu zweit, gingen hinter Griffel her und betraten die Bühne. Der Tote lag unverändert da und Harald bestätigte, ihn genauso gefunden zu haben.

*

Clemens und Marietta von Bendom saßen auf dem Sofa und Clemens kaute am letzten Bissen des Abendessens. Sie schalteten den Fernseher ein, um, wie in Deutschland üblich, die Tagesschau zu gucken, als Marietta unvermittelt fragte. „Sag mal, Clemens, bist du sicher, dass unser Harald mit seinem *Yannick* glücklich ist?"

Dieser schüttelte nur den Kopf und erwiderte: „Ich wollte ohnehin mit Axel Dreschmann sprechen, ich glaube, er sollte versuchen sich an Harald zu gewöhnen. Immerhin hat er seinen leiblichen Sohn seit mehr als zwanzig Jahren nicht gesehen, wusste nicht mal, dass es ihn überhaupt noch gibt, so dass ihm Harald genauso selbstverständlich über die Lippen kommen müsste wie uns."

„Genauso leicht will ich nicht sagen, doch ich denke, er sollte es uns allen zuliebe versuchen. Mariness ist nämlich auch nicht begeistert davon und ich hörte, wie sie letztens still vor sich hin maulte: *Am besten sage ich Harald-Yannick. So ein Blödsinn. Er ist zwar mein Bruder aber für mich bleibt er Harald!*", schloss Marietta ihren Kommentar.

Clemens nickte nur. „Kommen wir lieber nochmal auf das Thema von Mariness' Hochzeit zurück. Warum willst *du* die eigentlich ausrichten? Es geht hier nicht um die Kosten, doch ich denke, das ist nun wirklich nicht deine, respektive unsere, Sache."

„Axel hat nicht soviel Geld und ich habe beschlossen, in ihr so eine Art unvermittelt angeschwemmter Tochter zu sehen." Marietta lachte – ich weiß, irgendwie ist das ein bisschen doof, denn Norman könnte das gewiss ohnehin allein bewältigen. Wenn es nach Mariness ginge, würden die Beiden klammheimlich auf dem Standesamt heiraten und niemand kriegte was mit."

„Na ja, wenn sie das doch so gewollt hätten."

„Ich möchte ihr eigentlich was Gutes tun."

Clemens seufzte: „Hoffentlich ist es nicht nur gut gedacht, sondern auch gut gemacht." Damit ließ er das Thema fallen und wunderte sich halblaut darüber, dass Harald noch nicht zu Hause war. Dann fiel ihm ein, dass Griffel von einer zusätzlichen Probe sprach, weil seine frisch aufgestockte Mannschaft hinten und vorne nicht funktionierte. Er wusste mittlerweile eine Menge über das Theaterwesen, so dass er sich lebhaft vorstellen konnte, wie es in dem Perfektionisten Griffel brodelte, wenn etwas nicht so klappte, wie er sich das vorstellte. Er wird sicher gleich auftauchen, beruhigte er sich. Harald war immer sehr zuverlässig und wenn er sich extrem verspätete, rief er sogar heute immer noch daheim an.

*

Beinahe zur selben Zeit stand der zweite Streifenwagen vor der Stadtkirche und die beiden anderen Polizisten warteten auf Pfarrer Neuhauser. Dieser kam, kalkweiß im Gesicht und offenkundig erschüttert, angelaufen.
„Kommen Sie, meine Herren! Kommen Sie mit!"
Die Drei betraten die Kirche und sahen auf dem Mittelgang gleich die Bescherung. Offenbar hatte man die Person von der Empore hinunter geworfen. Aber – das war nicht das Schlimmste. Der Leiche fehlte etwas Entscheidendes. Der Kopf!
Außerdem war sie seltsam gekleidet und einer der beiden Streifenpolizisten meinte: „Dieses Outfit kenne ich. Das trug die Schauspielerin, die vor ein paar Jahren in dem Bühnenstück Johnny Belinda mitspielte, auf der Bühne."
„Himmel, hast du ein Gedächtnis! Abgesehen davon, dass ich das Stück nicht gesehen habe, könnte ich mich wahrscheinlich daran nicht mehr erinnern", erwiderte sein Kollege.
„Ich fand das Stück genauso faszinierend wie die junge Dame. Wie man später aus der Zeitung erfuhr, ist doch der Schauspielkollege Harald von Bendom ihr Zwillingsbruder und die haben sich zufällig wiedergefunden. Durch Verwandte, die aus Norwegen angereist waren und denen die eklatante Ähnlichkeit auffiel. Außerdem hat der Intendant sie wohl sozusagen von der Straße aufgelesen. Sagt man jedenfalls."
„Was du alles weißt!"
In der Zwischenzeit befanden sich der Pfarrer und die beiden Polizisten im Mittelgang und blieben verdutzt stehen. „Träume ich?", sagte Pfarrer Neuhauser. „Das ist gar keine Leiche – das ist eine Schaufensterpuppe!"
Fassungslos starrten die Drei auf die vermeintliche Tote und Neuhauser sagte: „Wer erlaubt sich denn einen solch makaberen Scherz."

„Ich bin nicht sicher, ob das ein Scherz ist, oder ob da nicht etwas anderes hinter steckt."

„Was denn?"

„Zum Beispiel Voodoozauber."

„Was bitteschön ist Voodoozauber?"

Paul Kleemann, der ältere der beiden Streifenpolizisten klärte seinen Kollegen auf: „Ich habe einen Freund, der vor etlichen Jahren von seiner Firma nach Ecuador geschickt wurde. Dort sollte man, um sein Gesicht als Europäer nicht zu verlieren, Hauspersonal haben. Seine Ehefrau hatte Probleme mit einem der Hausmädchen und ihr blieb nichts anderes übrig, als dieses zu entlassen. Das Mädchen stahl wie ein Rabe. Bevor die jedoch das Haus verließ, sprach sie einen Fluch aus …"

„Du glaubst doch nicht ernstlich an einen solchen Quatsch!" Irritiert sah Wolfgang Ixmann seinen älteren Kollegen an.

„Von wegen Quatsch, das haben sowohl die Beiden als auch ich bis dahin gesagt. Bis dann etwas passierte, was die Zwei anderer Meinung werden ließ" berichtete er weiter. „Isolde Frisonne erkrankte an einem seltsamen Fieber. Die Ärzte waren ratlos, Isolde magerte ab und wurde immer weniger. Eine engagierte Pflegerin betrat die Krankenstube und meinte plötzlich: „Haben Sie denn mal nachgeforscht, ob hier alles in Ordnung ist?"

Carlo Frisonne erwiderte etwas konsterniert: „Was soll denn hier nicht in Ordnung sein?"

Die Krankenschwester sah ihn nachdenklich an. „Ihr Hausmädchen war eine Einheimische, nicht wahr? Vielleicht mit indianischen Wurzeln?"

„Ja, natürlich. Wir müssen doch einheimisches Personal nehmen…"

„Eben. Kommen Sie, Herr Frisonne, wir werden Ihre Frau kurz umbetten und ich werde mir mal das Darunter ansehen."

Isolde Frisonne wurde vorübergehend auf die Couch verfrachtet und die Schwester nahm das Bett auseinander. Und – siehe da – sie fand ein Büschel seltsamer Blätter einer Pflanze, die von den Europäern niemand kannte. Sie nahm die Blätter aus dem Bett, zog frische Wäsche auf und ging. Nach weniger als einer Stunde kam sie zurück und verkündete:

„So, das hier sind die Übeltäter. Das ist ein Kraut, das man unter anderem zum Voodoozauber benutzt, es verursacht Ausschläge und Fieber. Und genau das hat ihre Frau krank gemacht. Es sollte ihr in den nächsten Stunden bereits besser gehen und das Fieber dürfte nachlassen."
Fassungslos stand Carlo Frisonne vor der Krankenschwester.
„Woher, um Himmels Willen, wissen sie das?"
„Ich habe unter den Einheimischen Menschen, die mir wohl gesonnen sind, weil ich ihnen einmal half. Sonst würden wir die Ursache wohl niemals herausgefunden haben."
Während Paul Kleemann seinem Kollegen die Wirksamkeit des Voodoozaubers erklärte, tat es hinter ihnen ein heftigen Knall. Etwas stürzte von der Empore. Der fehlende Kopf!
Zeitgleich hörte man wie das im Grunde gut geölte Kirchenportal ins Schloss fiel. Die danach einsetzende Stille schlug sich beängstigend auf die anwesenden Personen nieder.

*

Clemens von Bendom lief unruhig und irritiert im Zimmer herum und Marietta meinte: „Himmel noch mal, setz dich hin. Harald wird sicher bald auftauchen. Wenn etwas Gravierendes ist, meldet er sich. Wir wissen, dass er immer äußerst zuverlässig handelt."
„Das ist es ja, was mich so verunsichert. Außerdem habe ich ein komisches Gefühl."
„Das habe ich seltsamerweise auch…" Bevor Marietta den Satz beendete, läutete das Telefon.
„von Bendom", meldete sie sich.
„Norman Meller hier – Frau von Bendom könnten Sie mit Ihrem Mann vielleicht zum Theater kommen. Wir haben hier ein kleines Problem."
„Ist Harald etwas passiert?", kam es angstvoll zurück.
„Nein, er ist wohlauf, aber Ihre Anwesenheit könnte trotzdem hilfreich sein."

Ohne weiter nachzufragen, unterrichtete Marietta ihren Mann und beide machten sich auf den Weg.

Dort standen alle noch immer konsterniert um den Toten herum. Da die Spurensicherung, von allen kurz als Spusi bezeichnet, noch nicht eingetroffen war, hielten sie sich bedeckt. Harald zitterte unterdessen wie Espenlaub, seine Nerven gingen durch, zumal Mariness, die mitgekommen war, entsetzt ausrief: „Mein Gott! Das ist ja Ramon."
„Welcher Ramon", fragte Kommissar Sandmann nach.
„Ramon Hellersen, der Sohn vom Fabrikanten. Aber das kann doch gar nicht sein, der sitzt doch im Gefängnis!"
„Hellersen, Hellersen" … der Kommissar überlegte. „Richtig, das war doch diese Rauschgift-Geschichte aus dem Happy-Day-Club. Da wurde ein gewisser Roy irgendwer, den Nachnamen habe ich vergessen, hops genommen und eben Ramon Hellersen, der eine junge Schauspielerin beschuldigte, drogensüchtig zu sein."
„Das war ich", meldete sich Mariness und Kommissar Sandmann guckte ein bisschen konsterniert. „Entschuldigen Sie bitte, ich habe Sie nicht erkannt. Auf Plakaten sehen Sie ganz anders aus."
„Klar, da bin ich bis zur Halskrause geschminkt – gegen meinen Willen", betonte Mariness. „Aber kommen wir zurück zu Ramon Hellersen. Wieso liegt er hier tot auf der Theaterbühne? Wie kommt er hierhin? Und was …"
Das Ende des Satzes blieb in der Luft hängen, da die Spurensicherung eintraf. Die Herren Kallmann und Holler, die normalerweise zu Kommissar Deterlichs Team gehörten, machten sich ohne lange Vorrede an die Arbeit und stellten als Erstes fest: Der Fundort ist nicht der Tatort. Dieser Mann wurde erstochen. Es ist nirgendwo Blut zu sehen, das beweist, dass man ihn erst nach der Tat hier abgelegt hat. Tja, meine Herrschaften, das ist das, was wir im ersten Augenblick sagen können. Und wie lange er schon tot ist? Nun, ohne genau Untersuchung können wir nur schätzen. Ungefähr vierundzwanzig Stunden."

Sandmann seufzte. „Sch…, jetzt haben wir ein Problem. Wie kommt Hellersen hierher, wo er eigentlich im Gefängnis sitzen sollte. Und wieso wissen wir nichts davon, dass er draußen ist. Selbst wenn er abgehauen wäre, sollte uns das bekannt sein. Es hätte eine Fahndungsmeldung rausgehen müssen. Das ist alles äußerst ominös."

Sandmann hörte ein Geräusch, dreht sich um und rief: „Deterlich, Sie schickt der Himmel".

„Nun, ich wurde zur Stadtkirche beordert, bloß, als ich da ankam, gab es keine Leiche, sondern eine Schaufensterpuppe, die man – allerdings kopflos – von der Empore geschmissen hatte", sagte Kommissar Deterlich. „Also habe ich Kleemann und Ixmann dort gelassen und bin hierher gefahren. Vielleicht können Sie meine Unterstützung brauchen", beendete er seine Ausführungen.

Sandmann nickte. „Ja, immer gerne, vier Augen sehen mehr als zwei. Ganz besonders deshalb, weil das eine äußerst kuriose Geschichte ist. Der Tote ist Ramon Hellersen, der, laut unserer Informationen, in Haft sitzen soll. Wie kommt der hierher und dann auch noch tot!"

Sandmann guckte ratlos von Einem zum Anderen.

Kanter und Schwarz wiederholten, was sie zuvor Kommissar Sandmann berichteten und Deterlich zückte sein Smartphone. „Dann wollen wir mal die Gefängnisleitung anrufen. Irgendjemand muss schließlich wissen, wie das zusammenhängt."

*

Clemens und Marietta von Bendom trafen völlig aufgelöst im Theater ein und waren froh, ihren Sohn unbeschadet vor sich zu sehen. „Was ist denn überhaupt passiert?", fragte Marietta in die Runde

Griffel übernahm es, zu antworten, berichtete, was bis jetzt alle über die Geschichte wussten und schloss mit der Frage: „Können Sie etwas zur Aufklärung beitragen?"

Ratlos guckten die von Bendoms sich an. „Nein", meinte Clemens von Bendom, „ich wüsste nicht, was ich dazu sagen könnte. Der junge Mann ist mir nur aus den unliebsamen Vorkommnissen der Vergangenheit bekannt und die Familie kenne ich persönlich gar nicht. Nun, die Mutter dieses Jungen hat nicht den besten Ruf. Es heißt, sie würde sich mehr um alle Partys in der Stadt kümmern, als um ihren Sohn."

„Was vermutlich zutrifft", meinte Deterlich. „So und jetzt rufe ich die Gefängnisleitung an."

Rolf Deterlich, ohnehin nicht immer der Geduldigsten einer, trommelte auf dem Türrahmen herum, bis sich endlich am anderen Ende der Leitung eine gelangweilte Stimme meldete: „Justizvollzugsanstalt Bückeburg, Schneider am Apparat was kann ich für Sie tun?"

„Rolf Deterlich, Hauptkommissar der örtlichen Polizei. Ist der Chef da? Ich habe eine Frage bezüglich eines Inhaftierten. Ramon Hellersen. Der sollte, unseren Informationen nach, noch einsitzen, aber stattdessen liegt er im Theater von Herrn Griffel tot auf der Bühne. Erstochen."

„Nein, der Boss ist nicht im Haus. Und … wissen Sie, Herr Kommissar, ich darf Ihnen keine Auskunft geben."

„Herr Schneider! Abgesehen davon, dass wohl niemand auf die Idee käme, sich nach einem Ihrer Häftlinge zu erkundigen und dann auch noch um diese Zeit, finde ich das insofern lächerlich, weil Sie mich kennen. Heute Vormittag haben wir wegen eines anderen Knaben persönlich miteinander gesprochen."

„Stimmt Herr Kommissar, aber ich sage Ihnen jetzt etwas, was ich auch nicht sagen darf, aber es hilft Ihnen vielleicht weiter. Ich bin nicht Auskunftsbefugt *weil* es sich um Ramon Hellersen handelt."

„Aha – das bedeutet, dass der Herr Fabrikant wohl tief in die Tasche gegriffen und seinen Sohn freigekauft hat. Oder?"

„Das sehen Sie richtig, Herr Kommissar. Von mir wissen Sie das nicht, okay?"

„Nein, die Frage ist jetzt, wer hat ihn ins Jenseits befördert und warum. Und das ausgerechnet im Theater?"

Deterlich spürte förmlich, wie Schneider am anderen Ende die Schultern zuckte und dann kam es auch schon: „Keine Ahnung. Beliebt war

er nicht, auch nicht unter den Mitinsassen. Großes Maul und ein ziemlicher Dummkopf. Wenn Sie mich fragen."
Der Kommissr seufzte. „Das wissen wir. Er studierte zwar; wie uns bekannt ist, begann er kürzlich das dritte Studium und dann auch noch Archäologie. Naja, nichts für ungut und danke, dass Sie mir trotzdem weitergeholfen haben. Das haben Sie nämlich wirklich. Tschüss."
Damit legte Deterlich den Hörer auf und meinte zu den Anderen, die erwartungsvoll um ihn herum standen: „Also, Ramon Hellersen war auf freiem Fuß. Sein Vater hat es anscheinend geschafft ihn freizukaufen. Nun müssen wir noch (!) klären, wieso. Der Staatsanwalt hatte das seinerzeit nicht unterschrieben. Aber mit Geld kann man heute wohl alles erreichen. Wenn die Spusi fertig ist, lassen wir ihn abtransportieren und dann muss die Pathologie ran. Mist! Wir brauchen eine Menge mehr Kenntnisse."
Kommissar Sandmann, der ebenfalls noch anwesend war, meinte: „Damit kriegen wir ein weiteres Problem. Die Pathologie ist chronisch unterbesetzt. Kallmann und Holler haben die Toten von dem gestrigen Busunfall noch vor sich, weil da angeblich Drogen im Spiel gewesen sein sollen. Außerdem haben wir Schwierigkeiten mit passenden Räumlichkeiten."
„Ja, ich weiß, aber ich mache Ihnen einen Vorschlag. Meine Frau ist Pathologin, zwar außer Dienst, aber ich bin sicher, dass sie in diesem Fall gern einspringt. Außerdem hat sie die Möglichkeit, im Krankenhaus arbeiten zu können. Damit wäre uns sehr geholfen, oder?"
„Und wie", Sandmann lächelte zum ersten Mal an diesem Abend, „Das wäre ein Geschenk des Himmels."

*

Pfarrer Neuhauser stand wie angenagelt auf einem Fleck und die beiden Streifenpolizisten meinten: „Wir können diese komische Puppe ruhig aufheben. Der tut schließlich nichts weh und den Kopf kann man wieder draufsetzen. Ich frage mich nur", meinte Kleemann, wer auf so einen Mist kommt und was das soll."

Ixmann murrte. „Kann bloß ein Vollidiot gewesen sein. Was mich irritiert ist die Kleidung. Da muss es eine Verbindung zu der Schauspielerin geben. Nur welche? Mariness Dreschmann ist die Zwillingsschwester von Harald von Bendom…"

Der Pfarrer guckte verunsichert und ließ sich die Geschichte, die Ixmann in der Zeitung gelesen hatte, in Kurzform erzählen.

„Gut damit haben wir eine Verbindung zur Kleidung, aber keinen Anhaltspunkt, warum man diese junge Frau sozusagen hypothetisch umbrachte. Und ihr auch noch den Kopf abschlug. Das Ganze ist einfach nur grausam, auch wenn das hier keine wirkliche Tote ist."

Der Pfarrer begriff es nach wie vor nicht und schloss mit den Worten: „Ich glaube, wenn wir hier aufgeräumt haben, gehe ich nach Hause. Da ich nicht Don Camillo bin und Jesus mir vom Kreuz herunter keine Antwort gibt, muss ich eben allein versuchen, einen Zusammenhang in der Geschichte zu finden. Die technische Seite der Aufklärung liegt in Händen unserer Polizei, mir selber lässt es keine Ruhe. Warum bloß!"

*

Die Spurensicherung beendete ihre Arbeit und Ramons sterbliche Überreste wurden aus dem Haus geschafft. Hieronymus Griffel, Norman, Mariness, Harald und die von Bendoms standen im Foyer als Griffel anmerkte: „Es ist zwar schon spät und eigentlich kein Zeitpunkt, um etwas zu unternehmen. Ich bin der Ansicht, wir sollten versuchen, uns irgendwie abzulenken. Was haltet Ihr davon, wenn wir alle zu unserem Edelitaliener gehen und ein Glas Wein trinken. Essen mag ich nichts mehr; außerdem wurde ich bei Mariness und Norman gefüttert. Gut gefüttert", versuchte er einen Scherz.

Clemens von Bendom nickte und stimmte Griffel zu. „Das sollten wir tun, vielleicht fällt uns beim Zusammensitzen etwas ein, was diese seltsame und makabre Geschichte erhellt. Wer kann ein Interesse daran haben, den jungen Mann zum Schweigen zu bringen und warum ausgerechnet im Theater."

Kommissar Sandmann drehte sich zu Deterlich um. „Sie waren doch in der Kirche. Was war denn da eigentlich los? Erzählen Sie mal."

Rolf Deterlich blickte in die Runde und überlegte halblaut: „Das ist eine durchaus seltsame Geschichte, vor allem deshalb, weil mich einer der Streifenpolizisten darauf hinwies, dass die *verunglückte* Puppe genau das Kleid trug, das Sie, Frau Dreschmann, bei ihrer Aufführung in Johnny Belinda anhatten."

Mariness guckte erschrocken von Einem zum Anderen. „Wie bitte! Das ist doch wohl nicht wahr. Abgesehen davon, dass ich mit Ramon Hellersen nichts zu tun hatte, kann ich mir nicht vorstellen, was das Ganze soll. Ich verkehre nicht in zweifelhaften Kreisen und abends bin ich daheim. Mich findet man nirgendwo in der Stadt und schon gar nicht in dem Kreis, den man Szene nennt. Da kenne ich bestimmt niemanden."

Rolf Deterlich zuckte mit den Schultern. „Erklärbar ist das nicht; wir müssen die Obduktion abwarten. Hoffentlich wissen wir dann mehr. Ich werde jetzt nach Hause fahren und meine Frau fragen, ob sie in diesem Fall einspringt. Anderenfalls müssten wir wieder wochenlang warten, dafür ist keine Zeit. Macht's gut zusammen – einen schönen restlichen Abend, soweit möglich."

Mit diesen Worten verabschiedete Deterlich sich und Sandmann schloss sich an: „Ich muss auch heim, das war ein bisschen happig heute. Machen Sie es gut. Ich denke, wir sprechen uns in der nächsten Zeit gewiss öfter. Ich werde wahrscheinlich weitere Fragen haben."

Mariness, die immer noch verdattert im Raum stand, griff nach ihrer Jacke. „Wenn ich daran denke, dass wir morgen früh um zehn Probe haben, will ich jetzt einfach nur noch nach Hause. Norman, kommst du auch?"

Norman nickte und drehte sich zu Griffel um: „Sollen wir dich nach Hause bringen, Hieronymus?"

„Nein danke, ich werde die paar Schritte laufen und denke, ein bisschen frische Luft wird mir guttun. Ich bin nämlich ziemlich von der Rolle. Neee", zog er das Wort ungebührlich in die Länge, „wer denkt denn an sowas."

Clemens und Marietta von Bendom hatten sich zwischenzeitlich alles von Harald haarklein erzählen lassen und standen fassungslos vor diesen Geschehnissen. „Sag mal Harald, hast du eigentlich deinen Vater informiert?", fragte Clemens seinen Sohn, respektive Adoptivsohn. Dieser schüttelte den Kopf: „Das habe ich total vergessen. Dann werde ich besser jetzt noch zu ihm fahren, bevor er dieses Dilemma eventuell aus der Zeitung erfährt. Aber ich kann nix dafür, Norman hat bei Euch angerufen und offensichtlich den anderen Vater völlig vergessen."

„Hoffentlich ist er nicht sauer. Mariness hat nämlich auch nicht angerufen. Glaube ich jedenfalls."

Norman mischte sich ein: „Keine Panik, ich habe ihn angerufen, aber er war nicht daheim, deshalb habe ich auf den Anrufbeantworter gesprochen. Da er sich bis jetzt nicht gemeldet hat, scheint er noch nicht zu Hause zu sein. Jedenfalls habe ich ihn nicht vergessen."

Alle wendeten sich der Eingangstür zu als diese von außen stürmisch aufgerissen wurde. „Gott sei Dank, Ihr seid alle noch da!"

Axel Dreschmann stürmte regelrecht den Raum und sah beunruhigt von Einem zum Anderen. „Offensichtlich ist niemandem etwas passiert. Ich hatte bereits Horrorvorstellungen… Mariness", wandte er sich aufgeregt an seine Tochter, „du kommst am besten gleich mit mir nach Hause."

Fassungslos sah Mariness ihren Vater an: „Vater, ich gehe mit Norman nach Hause. Du hast anscheinend vergessen, dass ich schon seit einiger Zeit bei ihm wohne; immerhin werden wir, wenn es endlich klappt, in wenigen Wochen heiraten und werden auch dort wohnen bleiben."

Kopfschüttelnd sah Mariness ihren Vater an, der sich verlegen über den Kopf strich. „Entschuldige, ich habe immer noch nicht verinnerlicht, dass du jetzt dein Zuhause woanders hast. Es ist einfach noch nicht in mir drin."

Bevor sich die Situation weiter verschärfen konnte, griff Norman ein: „Axel, komm einfach mit zu uns. Wir haben ein Gästezimmer und da kannst du in aller Ruhe deinen Schrecken ausschlafen. Du hast gesehen, dass wir alle wohlauf sind, aber inzwischen, zugegebenermaßen, saumüde. Das war äußerst anstrengend. Nimmst du mein Angebot an?" Axel Dreschmann sah seine Tochter nachdenklich an und nickte. „Ja, ich komme gern mit. Danke für das Angebot." Damit wandten sie sich nun endgültig dem Ausgang zu. Luigi, der den ganzen Clan, wie er ihn für sich nannte, wirklich gut leiden mochte, sagte etwas hilflos zu Angelina: „Die sind alle zusammen eine verrückte Theaterbande. Trotzdem hab ich sie gerne hier." Damit schloss er hinter ihnen die Tür ab und gähnte ausgiebig.

Am anderen Morgen. Unausgeschlafen und mürrisch, was man sonst an Mariness nicht kannte, ging sie in die Küche und bereite das Frühstück. Es gefiel ihr nicht, wie der Vater sie am Vorabend behandelt hatte. *Ich muss mit ihm sprechen*, dachte sie, *es kann nicht angehen, dass er mich vor allen Leuten wie ein Schulkind behandelt. Außerdem hatte es den Anschein, als sei er eifersüchtig. Worauf oder auf wen? Rätselhaft. Ich denke, ich sollte mich mal in der Damenwelt seines Alters umsehen. Ja,* grinste sie innerlich, *das ist doch die Idee!* Mit diesem Gedanken im Hinterkopf machte sie sich auf den Weg, ihre beiden Männer zu wecken.

*

Für zehn Uhr war die Probe angesetzt und Griffel lief bereits eine halbe Stunde zuvor aufgeregt auf der Bühne herum. Wo, zum Teufel, steckte die Mannschaft, die gestern zusätzlich proben musste. Die sollten um zehn hier sein. Und … weit und breit niemand! Dabei vergaß er ganz, dass er eine gute halbe Stunde zu früh dran war.
Es dauerte noch fast fünfzehn Minuten bis der Erste auftauchte. Etwas verknautscht um die Augen, woraus sich schließen ließ, dass er am Vor-

abend nicht unbedingt sehr solide gelebt hatte. Griffel meckerte auch sofort los, was wohl eher den Erlebnissen des Vorabends geschuldet sein dürfte, denn normalerweise gehörte er zu den leiseren Menschen. „Hendrik, wo zum Teufel wart ihr gestern am späteren Nachmittag? Ich forderte Euch auf, Eure Rollen hier im Theater zu proben und verließ mich darauf, dass ihr mein Vertrauen, Euch allein zu lassen, nicht enttäuscht. Stattdessen fand Herr van Bendom, zufällig, das Haus leer und dunkel vor. Allerdings, ganz leer war es nicht. Auf der Bühne lag eine Leiche…"

Hendrick Hansemann, einer der neuen Schauspieler, die nicht so recht in die Gruppe passen wollten, guckte Griffel völlig verdutzt an. „Wie bitte! Wir waren bis zum frühen Nachmittag hier und haben uns dann überlegt, hinter dem Schloss, auf der Wiese, weiterzuarbeiten, weil es einfach zu schade war, bei diesem schönen Wetter hier drinnen zu arbeiten. Und wir haben *wirklich* gearbeitet!"

Griffel nickte nachdenklich. „Das bedeutet, dass der Tote erst nachdem Ihr das Theater verlassen hattet, hierher gebracht wurde. Und da ich Harald zuvor noch im Schlosspark traf, kann er es nicht gewesen sein. An diesem Alibi ist nichts zu rütteln. Die Spusi stellte unter anderem fest, der Fundort sei nicht der Tatort und, dass der Tote mindestens vor vierundzwanzig Stunden sein Leben aushauchte."

„Was hat das mit Harald zu tun?"

„Eigentlich nichts; einer der Polizisten machte den Eindruck, als würde er die Version, die Harald ihm mitteilte, nicht glauben und schien ihn zu verdächtigen. Das hat sich ja nun komplett erledigt!"

Erleichtert drehte Griffel sich um und da kam auch der Nächste auf die Bühne.

„Entschuldigung, Herr Griffel, ich hatte wirklich Pech. Wir zogen gestern, am frühen Nachmittag, noch auf die Wiese hinters Schloss, weil wir das schöne Wetter nutzen wollten, und da hat man mir mein Rennrad geklaut. Ich bin gleich zur Polizei, musste aber heute früh nochmal wiederkommen, weil ich meinen Fahrradpass nicht bei mir trug. Sonst wäre ich bestimmt pünktlich gewesen. Es tut mir Leid."

Griffel nickte unwirsch. „Sie haben sich wenigstens entschuldigt. Aber gucken sie sich mal ihren Kollegen an, der sieht aus, als habe er die Nacht durchgemacht. Meine Herren!" wandte er sich an Beide, „das geht so nicht. Wir sind hier ein Team, in dem Einer auf den Anderen angewiesen ist. Unsere Besetzung ist äußerst knapp und wenn einer aus der Reihe tanzt, kommt der ganze Plan durcheinander. Ich mache Ihnen den Vorschlag, in sich zu gehen und einmal auszuloten, ob der Beruf eines Schauspielers wirklich *der* Beruf für sie ist, den sie ausüben wollen. Es geht nicht, mal ein bisschen zu schauspielern. Diese Tätigkeit ist Berufung und man kann sie nur mit vollem Einsatz ausüben. Denken Sie darüber nach und wenn Sie zu einem Schluss gekommen sind, lassen Sie es mich wissen. Besser, wir trennen uns, bevor der Spielplan zusammenbricht, weil ich mich auf Sie nicht verlassen kann."

Damit drehte der Intendant den Beiden den Rücken zu und begrüßte Norman und Mariness, die sich zunächst aufatmend auf die berühmte Kiste setzte, die bei den Proben immer in der Ecke stand. Mariness feixte – die Kiste erinnerte sie bei jeder Theaterprobe an Johnny Belinda und an ihre Ratlosigkeit. Gott, das war nun schon eine ganze Weile her. Inzwischen fühlte sie sich vollends dem Theater zugehörig und sowohl Norman und auch Griffel waren ihre Freunde. Tja und dann Harald. Nicht zu vergessen. Er wurde nicht nur ihr Freund, sondern war zudem ihr Zwillingsbruder. Diese Geschichte hatte sie bis dato nicht so recht verdaut. Sie zankten sich gelegentlich, doch im Grunde waren sie ein Herz und eine Seele.

*

Clemens und Marietta von Bendom fuhren, gemeinsam mit Harald, nach Hause und gaben ihm zunächst ein Beruhigungsmittel. Er zitterte immer noch und war den Tränen nah. „Mein Gott, ich kam mir vor wie ein Verbrecher! Dieser Streifenpolizist benahm sich, als sei ich der Täter und dabei habe ich diesen Ramon Hellersen bloß einmal gesehen. Er stellte Mariness nach, beschuldigte sie seinerzeit des Drogenhandels und ließ die Polizei auch noch wissen, dass sie süchtig sei. Daraufhin landete sie für eine Nacht im Gefängnis. Der Irrtum klärte sich schnell auf, aber Mariness war völlig am Boden zerstört. Norman Meller besorgte ihr damals einen Anwalt, der sie vertrat und Ramon Hellersen wurde zu einer empfindlichen Gefängnisstrafe verdonnert. Wieso der als Toter auf unserer Bühne lag, kann ich mir nicht erklären."

Harald gähnte ausgiebig und meinte: „Ich werde trotzdem versuchen, zu schlafen, denn ich habe ein neues Rollenbuch von Griffel bekommen und das hat es in sich. Cyrano de Bergerac."

„Ach du Schreck! Das ist nicht gerade leichte Kost."

„Hab' ich schon gemerkt. Alles in Reimform – na prima. Aber wenn Griffel sich was in den Kopf gesetzt hat, dann zieht er das bis zum Ende durch. Ich muss ihm zugestehen, dass alle Ideen unter ihm als Regisseur beim Publikum immer hervorragend ankamen. Das wird wohl auch dabei so sein. Und jetzt Gute Nacht!"

*

Für Mariness und Norman zeigten sich die heutigen Proben leicht. Beide hatten ihre Rollen gründlich gelernt und dadurch, dass sie als eingespieltes Team galten, klappte alles auf Anhieb. Die Generalprobe am folgenden Abend würde vermutlich gut laufen. Beruhigt gingen die Beiden nach Hause, machten sich einen Kaffee und schnappten sich das Script von Cyrano…

Verwundert ließ sich Norman hören: „Cyrano de Bergerac hat es tatsächlich gegeben. Na sowas! Vollständig hieß er Hercule de Savinien de Cyrano de Bergerac und lebte von 1619 bis 1655. Er galt als Vorreiter der französischen Aufklärung und schilderte als Autor unter anderem phantastische-satirische Geschichten von Reisen zum Mond."

„Ich dachte, das sei Jules Verne vorbehalten", erwiderte Mariness und gleichzeitig entfuhr ihr ein „Ach du lieber Gott! Das kann heiter werden. Die Texte sind wirklich …, na ich weiß nicht, was ich dazu sagen soll."

Norman grinste hinterhältig. „Du warst doch so begeistert!"

„Ja", antwortete Mariness. „Damals habe ich im Zuschauerraum gesessen und zugehört, jetzt muss ich das selber lernen. Offenbar ist das ein erheblicher Unterschied".

Norman bestätigte das und meinte: „Hier habe ich einen Ausspruch von ihm: *Eine große Nase ist das Zeichen eines geistreichen, ritterlichen, liebenswürdigen, hochherzigen, freimütigen Mannes und eine kleine ist das Zeichen des Gegenteils* – na, hört sich doch gut an, oder? Aaah, da steht noch sowas Intelligentes. *Der Pessimist ist jemand, der vorzeitig die Wahrheit erzählt!* Na gut, damit kann ich durchaus konform gehen."

Mariness sah ihn verzweifelt an. „Kann es sein, dass ich irgendetwas nicht kapiere?"

„Scheint so", erwiderte Norman ungerührt. Denn höre dir mal die Passage aus dem Rollenbuch an. Ich habe willkürlich eine Seite aufgeschlagen und da finde ich das:

Aus der 4. Szene – Cyrano spricht:

> *Sie ist enorm!*
> *Und du, profilloses Insekt, Plattkopf, sieh hin!*
> *Und glaub mir, dass ich stolz auf diesen Vorbau bin!*
> *Denn eine große Nase ist das beste Zeichen*
> *für einen liebenswerten, klugen, tugendreichen*
> *tapf'ren und hilfsbereiten Mann, grad' so wie ich!*
> *Und so wie du nie werden wirst, auch wenn du dich*
> *noch so bemühst. Denn dein Gesicht, so stupsnäsig und flach,*
> *dem ich mit Backenstreichen auch noch Ehre mach...*

Cyrano ohrfeigt seinen Kontrahenten, der ruft verärgert AUA!
Cyrano spricht weiter:

> *... das ist genauso leer von Geist und Emphase,*
> *von Schwung, von Pracht, Stolz, Phantasie, kurzum: von Nase.*

Mariness lachte. „Na, da hat Hieronymus uns aber was Schönes einge-
brockt; doch tröste dich, ich bin auch nicht besser dran. Ich habe eine
Passage aus der sechsten Szene erwischt, in der Roxane ihre Maske ab-
nimmt":

Erst dank ich Ihnen, denn den Kerl, den Sie heut Nacht
in ihrem tapf'ren Zweikampf unschädlich gemacht,
hätt' mir ein mächt'ger Mann, der mich begehrt ...

„Und so weiter. Das Stück ist zwar kürzer als deines, aber ich fürchte,
von der längeren Sorte habe ich auch etliche drin. Und das müssen wir
in Nullkommanix auswendig lernen. Am besten fangen wir gleich damit
an. Vielleicht sollten wir gleich zu Dritt lesen; Harald steht bestimmt
genauso entgeistert vor dem Text. Zumal er von solchen Stücken ohnehin nicht begeistert ist. Er liebt Komödien."
„Was ich verstehen kann. Also – fangen wir an. Ich rufe bei von Bendoms an und vielleicht klappt es ja, dass wir von Anfang an zusammen
lernen können. Vorteilhafterweise stehen auch schon einige Regieanweisungen dabei; damit können wir nämlich auch was anfangen."

*

Griffel hockte in seinem Büro und grübelte. Diese Geschichte mit Ramon Hellersen war ihm heftig auf den Magen geschlagen, sein Sodbren-
nen machte sich unangenehm bemerkbar. Überdies dachte er darüber
nach, wie er die beiden jungen Schauspieler ersetzen könnte, sollten sie
abspringen. Andererseits konnte er derart unzuverlässige Mitarbeiter in
seinem Team nicht brauchen. Abgesehen davon, dass sie eine Menge zu
lernen hätten; Professor Bechsteiner rümpfte über die zwei die Nase,
bezeichnete sie als unbelehrbare Stümper und stellte, ebenso wie Griffel, fest, dass sie glaubten, alles besser zu können. Vor allem waren sie
nicht bereit, ernsthaft zu lernen.
Kurzentschlossen rief er Anneliese ins Büro. „Ich brauche deine Hilfe."
Anneliese sah ihn fragend an: „Wobei?"

„Kennst du oder dein Bruder aus Euerm Umkreis Leute die Interesse hätten, bei uns mitzuarbeiten?"

„So richtig hier bei uns am Theater?"

Griffel nickte. „Ja, ich glaube die zwei Neuen werden sich ausklinken. Ich habe ihnen heute den Marsch geblasen, weil sie nicht pünktlich zur Probe erschienen. Dabei gewann ich den Eindruck, dass denen das vollkommen gleichgültig war. Ich habe ihnen ans Herz gelegt, sich einmal dergestalt zu prüfen, ob sie diesen Beruf als Berufung ansehen oder nur als Hobby, das man mal ausübt oder auch nicht."

„Bloß mal so, das geht nicht." Anneliese war lange genug Griffels Sekretärin, um das beurteilen zu können. Außerdem ließe sie sich für ihren Chef vierteilen, was bedeutete, dass ihr auf jeden Fall etwas einfallen müsste. Demzufolge nickte sie und meinte: „Aus dem Ärmel nicht, aber ich denke, mir kommt bestimmt jemand in den Sinn. Ich werde es Sie wissen lassen. Natürlich frage ich auch meinen Bruder, der kennt immerhin einen Haufen Leute. Da ist gewiss einer darunter, der das vielleicht gern möchte und nie eine Chance sah."

Damit drehte sie sich um und ging in ihr Büro zurück, wo gerade das Telefon läutete.

*

Die Komödie, *Graf Maxl*, wurde an diesem Abend zum letzten Mal aufgeführt, dann war Saisonpause. Das Stück kam beim Publikum gut an und die Vorstellungen waren, bis auf eine, restlos ausverkauft. Griffel strahlte und schlug vor, zum krönenden Abschluss gemeinsam essen zu gehen. Damit waren alle einverstanden und so machten sie sich, nachdem der letzte Vorhang fiel, ausgehfertig. Abschminken, neu frisieren, umziehen, einige duschten noch schnell. Die Scheinwerfer auf der Bühne gaben eine enorme Hitze ab.

Nach einer guten halben Stunde trafen sich alle im Theaterfoyer und beratschlagten, wohin sie denn gehen sollten. Gehen wir ins Gallípoli, das ist nicht so teuer, meinte eine der Statistinnen. Dieser Vorschlag wurde einhellig angenommen, da einige Jungschauspieler sehr auf ihre Finanzen achten mussten und das Restaurant gute Qualität zu annehmbaren Preisen anbot. Außerdem fanden alle lustig, dass italienische Speisen auf dem Plan standen, der Wirt und Inhaber aus Mazedonien stammte und die Bedienung ihre Wurzeln in Rumänien hatte. Beide sprachen gut deutsch; Verständigungsprobleme gab es keine.

Auf zum Gallípoli.

Im Laufe des Abends fiel die Anspannung der letzten Aufführung von allen ab und es wurde gelacht und gescherzt. Natürlich kam auch Griffels neue Idee, den Cyrano de Bergerac ins Programm zu nehmen, zur Sprache. Dieser musste feststellen, dass sich die Begeisterung in Grenzen hielt, was eher der Tatsache geschuldet war, dass bis auf Mariness, Norman und Harald keiner das Stück kannte. Irgendwas Klassisches, meinte einer.

„Ja, das ist richtig", antwortete Griffel. „Aber es erfordert eine Menge Arbeit und ist sehr sprachgewaltig."

„Wann erfordert ein Stück bei Dir keine Arbeit", grinste Norman. „Aber lass nur, wir haben schon ins Rollenbuch geguckt und Mariness stellte fest, dass es ein Unterschied sei, im Zuhörerraum zu sitzen, oder diese Texte lernen und sprechen zu müssen."

Griffel lachte. „Das ist wohl so…"

Hinter ihnen ging die Tür auf und zwei weitere Gäste betraten das Lokal. Harald, der in Blickrichtung saß, ließ ein: „Hoppla, was hat Euch denn hierher verschlagen?" hören. Daraufhin drehten sich alle um und begrüßten, etwas verblüfft, Anneliese und ihren Bruder.

Mariness grinste."Heute gibt es aber keine Bilder zu schießen" meinte sie gut gelaunt. „Ihr seid doch nicht zufällig hierher gekommen, oder?"

„Nein", antwortete Anneliese. „Ich habe Jonathan mitgebracht, weil der eine Menge Leute kennt und Herr Griffel heute Nachmittag meinte, er bräuchte vielleicht zwei Personen, die am Theater mitspielen möchten, bislang keine Chance hatten und die bereit wären, wirklich zu lernen."

„Jonathan Brinker", stellte sich Annelieses Bruder vor und Griffel bemerkte für sich, dass er in all' den Jahren Annelieses Familiennamen fast vergessen hatte. Er schmunzelte in sich hinein: ein liebes Persönchen, warum sie wohl nicht verheiratet war. Dann wandte er sich Jonathan zu: „Wir kennen Sie doch noch aus dem Reha-Zentrum, in dem sie Mariness Dreschmann mit ihrer Fotoattacke erschreckten. Oder?"
Jonathan nickte beklommen. „Es tut mir leid, aber diese Story durfte ich mir nicht entgehen lassen. Es ist so schwer, guten Stoff zu bekommen, der vor allen Dingen auch seriös ist. Aber ich habe mich konsequent an die Wahrheit gehalten", meinte er abschließend. Norman nickte und äußerte: „Ja, die Geschichte ist hervorragend geschrieben. Das ist mit einer der Gründe, weshalb Herr Griffel an Sie dachte, jetzt, wo es darum geht, unter Umständen unser aktives Personal am Theater verstärken zu müssen. Sie kennen doch einen Haufen Leute, wie Anneliese bereits anmerkte."
„So", meinte Norman, „jetzt machen wir, dass wir heimkommen. Packt Euch, morgen früh geht es wieder rund. Lernen ist angesagt. Für den Rest des Abends kommt Ihr doch ohne uns zurecht."
Mit einemLächeln auf den Lippen machten sie sich, zusammen mit Axel Dreschmann, auf den Heimweg.

*

Die beiden Kommissare Deterlich und Sandmann saßen sich an ihren Schreibtischen gegenüber und studierten die Notizen bezüglich des Falles Ramon Hellersen. Sandmann stöhnte: „Was Gescheites haben wir nicht, bis auf die Tatsache, dass er gezielt erstochen wurde, der Fundort nicht der Tatort ist und die Tatwaffe ebenfalls fehlt."
„Was ist daran gescheit?", wollte Deterlich wissen.
Mit einem Mal hob er den Kopf und fragte: „Sag mal Horst, wir haben keine Tatwaffe, das ist richtig. Aber mir fällt was ganz anderes ein. Die komische Geschichte in der Kirche."

„Ja und? Das war eine Schaufensterpuppe, die jemand von der Empore geschmissen hat. Was ist damit?"

„Mich treibt etwas ganz anderes um. Dadurch, dass sich die vermeintliche Leiche als Schaufensterpuppe herausstellte, ist keiner von uns auf die Idee gekommen, mal auf der Empore nachzusehen. Oder wie sehe ich das? Kleemann und Ixmann waren in der Kirche, aber die haben sich ausschließlich um die Puppe gekümmert. Weißt du was, ich zieh mir jetzt den Mantel über und gehe in die Kirche."

„Die wird geschlossen sein."

„Mir egal, dann muss der Pfarrer eben aufschließen; ich habe auf einmal so ein Kribbeln im Bauch. Und das hat bei mir immer etwas zu sagen. Ich denke, dort liegt die Lösung."

„Ich komme mit!"

Pfarrer Neuhauser reagierte nicht begeistert, dass er die Kirche um diese Uhrzeit nochmals öffnen sollte. Das lag daran, dass er es sich in seiner Stube gemütlich gemacht hatte und sein Atem nun leicht nach Alkohol roch. Von der Kanzel predigte er eindrucksvoll, wie gefährlich diese Gesellschaftsdroge sei und nun erwischten ihn ausgerechnet zwei Kommissare mit Alkohol geschwängertem Atem. Peinlich. Missmutig holte er den Schlüssel und ging mit. „Was suchen Sie denn eigentlich?" fragte er. „Die beiden Polizisten stellten fest, dass es sich nicht um eine Leiche, sondern um eine Schaufensterpuppe handelte und damit ist die Sache doch erledigt, oder?"

„Das wollen wir eben gerade herausfinden. Niemand hat auf der Empore nachgesehen, ob sich da oben etwas ereignet hat, was uns durch dieses makabre Schauspiel hier unten entgangen sein könnte."

Mit diesen Worten erklommen die beiden Kommissare die Stufen zur Empore und blieben wie angewurzelt stehen. „Das ist nicht wahr!", entfuhr es Deterlich. „Sch…! Sieh dir das an!"

Horst Sandmann fluchte gotteslästerlich. Gleichzeitig fischte er ein Papiertaschentuch aus seiner Jackentasche und hob ein Klappmesser vom

Boden auf. „Rolf", sagte er zu seinem Kollegen, „sieh dir das an. Aufgeklappt und eingetrocknetes Blut ist auch dran."
„Na wunderbar." Kommissar Deterlich besah sich das Messer genauer und meinte plötzlich: „Hier ist eine Gravur, die ich kenne. LAdV, Ich bin ganz sicher. Ich muss mich nur noch erinnern, woher."

Rolf Deterlich hielt noch immer das Messer in der Hand, als vor seinem geistigen Auge ein Film ablief: Bei Penelope hatte er solch Messer einmal gesehen und sie sagte, es gehöre ihrem Exmann. Es wurde ihm irgendwo und irgendwann einmal gestohlen. Da fiel es dem Kommissar wieder ein. Die Gravur hieß *Leonhard Angelika da Vinci*. Bei allen Kollegen hieß Penelope nur Doktor Angelika und jeder wunderte sich, aber das war nun mal ihr Familienname. Vollständig hieß sie sogar Angelika da Vinci. Und Leonhard war der Vorname ihres Ex. Dessen Eltern bewiesen Humor. Er musste unbedingt mit Penelope sprechen. Sie wollte ohnehin die Obduktion von Ramon Hellersen leiten, da zeitnah kein anderer Pathologe zur Verfügung stand. Sie würde ihm sagen können, was es damit auf sich hatte.
Sandmann und Deterlich beorderten die Spurensicherung in die Kirche und motzten zunächst, dass niemand nach oben geguckt hätte. „Doch", meinten Kallmann und Holler, die wie üblich im Duett auftraten, „wir waren oben, bloß haben wir am frühen Abend in diesem diffusen Licht offensichtlich nicht genug gesehen. Wahrscheinlich", gaben die Beiden zu, „haben wir nicht genau hingeguckt, weil der Fall für uns klar war. Keine Leiche, also war hier nix."
Und dann war hier doch etwas… Nachdenklich verließ das Quartett das Gotteshaus und Rolf Deterlich zog das Handy aus der Tasche. Als erstes musste er Penelope anrufen.

*

Marietta von Bendom zeigte sich nicht gerade glücklich, als Harald ihr eröffnete, dass sowohl Mariness als auch Norman absolut keine große

Hochzeit wollten. „Mutter", meinte Harald, „Mariness will heute Nachmittag vorbeikommen und mit dir sprechen. Sie möchte einfach heiraten, hätte dir aber einen Vorschlag zu machen, den ich im Übrigen sehr gut finde."

„Wenn du das schon weißt, warum sagst du es dann nicht. Es ist doch wohl egal, ob ich die Idee von deiner Schwester höre oder von dir."

„Da hast du irgendwie Recht. Also, Mariness und Norman denken, dass es in unseren Kreisen vielleicht angebrachter sei, ein Barbecue zu veranstalten. Denn alle möglichen Leute wollen die Geschichte eventuell hören und in einer ungezwungenen Umgebung wäre das sicher *die* Gelegenheit…"

Nachdenklich nickte Marietta. „Ich stelle mir vor, dass deinem Vater dieses Procedere sehr entgegen käme. Er wollte sowieso nicht, dass *wir* die Hochzeit ausrichten und vertritt die Meinung, dass sei nicht unsere Sache. Aber ich", sagte sie fast ein wenig trotzig, „hätte das gern gemacht. Ich betrachte deine Schwester in etwa wie ein zufällig angeschwemmtes weiteres Kind."

Harald lachte. „Das sieht dir ähnlich. Aber okay, sprich später noch mit Mariness. Es wird sich bestimmt so fügen, dass alle Beteiligten zufrieden sind. Meinst du nicht auch?"

*

Währenddessen telefonierte Rolf Deterlich mit seiner Frau. Penelope zeigte sich überrascht, dass sie ihm sozusagen dienstlich zur Seite stehen sollte, erklärte sich aber im gleichen Atemzug bereit, dies selbstverständlich zu tun. Ihr war die chronische Unterbesetzung des Polizeiapparates bekannt und dazu zählte auch die Rechtsmedizin. „Ich denke", schmunzelte sie, „dieses eine Mal werde ich überleben…"

Rolf dankte ihr und versprach, wenigstens einigermaßen pünktlich zum Abendessen daheim zu sein.

„Ach", meinte Pen, „glaubst du wirklich noch an Wunder? Ich habe mir das schon lange abgewöhnt."

Gott sei Dank hatte Penelope lange genug selber in diesem Apparat gearbeitet um zu wissen, dass ein pünktlicher Feierabend so etwas wie Weihnachten und Ostern an einem Tag war.

Deterlich erklärte seiner Frau noch, wohin Ramon Hellersen verbracht wurde, damit sie nicht erst zum Gerichtsgebäude fuhr. Glücklicherweise lag das Krankenhaus fast um die Ecke, so dass sie keine aufwendige Anfahrt bewältigen musste.

Mit einem: „Bis später dann", wollte er gerade auflegen, als ihm einfiel, dass diese seltsame Geschichte mit der Gravur des Klappmessers noch im Raum stand. „Kleinen Moment noch", bat er Pen, „erinnerst du dich an das Messer von dem Ex? Wir haben hier ein Klappmesser mit einer Gravur gefunden, von der ich glaube, sie zu kennen.

LAdV buchstabierte er am Telefon und Pen antwortete: „Stimmt, das ist Leonhards Messer. Ich weiß, dass er es bereits zu unserer gemeinsamen Zeit vermisste. Aber wieso taucht das jetzt auf?"

„Das möchte ich auch gern wissen. Jetzt aber wirklich bis später." Damit legte er endgültig den Hörer auf.

Zu Kallmann und Holler meinte er: „Vielleicht kann meine Frau uns Aufschluss geben. Sie glaubt, das Messer zu kennen. Obwohl … ich kann mir nicht vorstellen, dass der Besitzer dieses Messers für diese Tat verantwortlich sein soll. Nun, wir werden sehen."

Mariness stand ein bisschen verloren in der Küche. Norman und ihr Vater hielten sich im Wohnzimmer auf und Axel Dreschmann fühlte sich äußerst unwohl, weil er genau wusste, dass er seiner Tochter zu nahe getreten war. Er konnte sich nur sehr widerwillig damit abfinden, dass sie erwachsen und seiner Kontrolle entzogen war. In diesen Momenten wünschte er sich, dass Mariness nicht nur mit ihm als Vater aufgewachsen wäre. *Es ist wohl doch ein Unterschied, wie man als Vater oder als Mutter mit einer Tochter umgeht.*

Zwischenzeitlich hörte Mariness leises Gelächter aus dem anderen Zimmer und überlegte, ob sie nachsehen sollte, was so witzig sei. Sie entschied sich gerade dagegen als die Tür aufging, die Beiden die Küche betraten und, wie sie feststellte, lediglich über einen stupiden Blondinenwitz lachten. *Männer* dachte sie. Bevor sie etwas sagen konnte, läutete das Telefon.

„Mariness Dreschmann", meldete sie sich.

„Hier ist Rolf Deterlich. Frau Dreschmann sagt Ihnen der Name Leonhard Angelika da Vinci etwas?"

„Wie bitte?", fragte Mariness verdutzt zurück. „Wollen Sie mich vergackeiern. Leonardo da Vinci ist seit ein paar hundert Jahren tot!"

Kommissar Deterlich lachte. „Nein, nicht Leonardo da Vinci, sondern Leonhard Angelika da Vinci. Das ist der Exmann von Frau Doktor Angelika, die seit ein paar Jahren meine Frau ist. Und Sie haben sie bereits kennengelernt. Meine Frau will sich um die Obduktion von Ramon Hellersen kümmern."

„Ach ja, richtig." Mariness erinnerte sich und dabei fiel ihr ein, dass die beiden Polizisten von der Spurensicherung im Nachhinein dieses Messer auf der Empore der Stadtkirche fanden. „Ich kann Ihnen zu diesem Messer nichts sagen; ich kenne es nicht."

„Ja, das denke ich. Ich glaube, Sie können mir anderweitig helfen. Erinnern Sie sich an den Abend, an dem Sie, wenn auch aus Versehen, von Ramon Hellersen unsanft auf das Straßenpflaster geschickt wurden?"

„Wie könnte ich das wohl vergessen?"

„Sie sagten, als sie wieder zu sich kamen, dass sich in Ihrer Nähe ein junger Mann befand, der sich, in Bezug auf Ihre Erklärung über Ramon Hellersen, nicht gerade positiv äußerte…"

„Stimmt, er nannte mich Landpomeranze und das ein Ramon Hellersen sich ganz bestimmt nicht mit so etwas wie mir abgeben würde. Woher wissen Sie das?"

„Ich habe die Polizeiakte gelesen, da wir bezüglich des Täters im Dunkeln tappen und der Besitzer dieses Messers ein bombenfestes Alibi hat. Er befand sich im Krankenhaus, seine Frau wurde gerade von einem gesunden Mädchen entbunden. Da gibt es nun wirklich nix dran zu rütteln. Aber der junge Mann, der sich in Ihrer Nähe aufhielt, ist bei der Polizei kein Unbekannter und bemerkte damals, dass er sich an demjenigen, der dafür gesorgt habe, dass sein Freund Roy, der auch Ramons Freund war, ins Gefängnis musste, rächen würde. Möglicherweise wäre das ein Anhaltspunkt. Und ich habe die Hoffnung, dass Sie uns vielleicht mehr darüber sagen könnten, und vor allem, wo wir ihn finden können."

„Uffa! Da haben Sie mich auf dem falschen Fuß erwischt. Ich kann Ihnen nur sagen, wie er aussah. Abgerissen, dreckige Jeans, schulterlange, fettige Haare und die auch noch auf der einen Kopfseite grün und auf der anderen rot gefärbt. Ob er heute noch so aussieht, weiß ich nicht. Ich habe ihn seit damals nie wieder gesehen."

„Schade. Dann müssen wir auf das Ergebnis der Obduktion warten. Auf Wiederhören."

Damit legte Deterlich auf. Immerhin hatte er eine vage Schilderung der äußeren Erscheinung und impfte nun das gesamte Streifenpersonal, auf eine solche Type zu achten. Vielleicht hatten sie Glück.

*

Griffel nahm sich die beiden neuen Schauspieler vor. „Meine Herren, haben Sie einmal darüber nachgedacht, ob Sie sich in die Gepflogenheiten meines Theaters einfügen möchten? Ich sagte bereits, dass Sie noch eine Menge lernen müssen und Professor Bechsteiner dürfte Ihnen bereits Ähnliches verkündet haben. Schauspielerei ist kein Hobby, sondern ein ernsthafter Beruf und ich habe den Eindruck, dass Ihnen diese Ernsthaftigkeit fehlt."

Die beiden jungen Männer sahen sich an. „Und wir haben den Eindruck, dass hier bloß völlig verstaubte Stücke aufgeführt werden, daher ziehen wir es vor, uns ein anderes Haus zu suchen."

Griffel konnte sich ein Grinsen nicht verkneifen und meinte nur: „Na dann viel Glück. Ihr anteiliges Entgelt wird Ihnen in den nächsten Tagen überwiesen."

Damit waren die Beiden entlassen

Anneliese hatte den Disput in Ihrem Büro mitbekommen. Sie schüttelte den Kopf und ging zu Griffel. „Mein Bruder rief vorhin an und berichtete, dass er drei lernwillige Schauspielschüler aufgetrieben habe. Soll ich ihm sagen, dass er sie rüberschicken kann?"

„Klar – immer ran damit. Wir kommen ohnehin in Schwierigkeiten, da wir etliche Statisten brauchen für unseren Cyrano. Man denkt immer, das sei ein Zweipersonenstück, aber wir brauchen Hintergrund…"

„Ich weiß. Ich sage Jonathan Bescheid und denke, dass die Drei sich allein schon um eine Statistenrolle reißen werden. Ich habe sie auch gesehen und auf mich machten sie einen soliden Eindruck."

Ein solider Eindruck, das war so ziemlich das höchste Kompliment, was Anneliese zu vergeben hatte. „Ach ja, noch was. Axel Dreschmann hat sich auch gemeldet und meint, da er in wenigen Wochen vorzeitig in Rente ginge, würde er sich ebenfalls interessieren. Ich glaube, der sucht eine Tätigkeit, damit er nicht allein ist. Wenn Mariness endgültig auszieht, wird er sich ziemlich verloren vorkommen."

Griffel guckte verdutzt. „Axel Dreschmann? Mariness' Vater? Das nenne ich eine Überraschung. Ich werde ihn gleich anrufen. Ich glaube, das wäre gar nicht schlecht. Abgesehen davon, dass er ein zuverlässiger Typ ist, verfügt er über ein gutes Gedächtnis und eine ausgeprägte Kontinuität. Und", schmunzelte er, „außerdem magst du ihn gut leiden. Das ist nicht unwichtig für den Zusammenhalt unserer Truppe."

„Fragt sich, was Mariness dazu sagt", meinte Anneliese nachdenklich.

„Warum, gibt es im Hause Dreschmann Probleme von denen ich nichts weiß?"

Anneliese zuckt die Schultern. „Davon weiß ich nichts, jedenfalls hat Mariness nichts dergleichen verlauten lassen."

„Also lassen wir ihn herkommen. Dann sehen wir weiter."

Mariness stand gerade bei den von Bendoms vor der Tür, als diese von innen geöffnet wurde und Harald herauskam. „Hoppla Schwesterchen, jetzt hätte ich dir beinahe zu Füßen gelegen", scherzte er. „Komm rein, meine Eltern sind im Kaminzimmer und schlürfen gerade ihren Kaffee. Da kriegst du sicher auch einen ab. Ich will eben zu Hieronymus; ich glaube, an dem Script von Cyrano muss etwas geändert werden. Wir ha-

ben zu wenig Statisten. Damit kriegen wir die erforderlichen Hintergrundgeräusche nicht geregelt. Tschüss – bis später."
Damit verschwand er um die Ecke.

Etwas verunsichert betrat Mariness den Flur und wusste nicht recht, wie sie sich verhalten sollte. Vorsichtshalber ging sie zurück zur Haustür und wollte gerade klingeln, als Clemens von Bendom aus dem Kaminzimmer trat und bemerkte: „Wir haben es schon mitbekommen, dass du da bist. Tritt ein. Kriegst auch noch 'nen Kaffee ab." Damit half er Mariness über die Verlegenheit hinweg und führte sie ins Zimmer. Marietta erhob sich: „Schön, dass du vorbei kommst. Wir haben gerade über dich gesprochen. Das heißt, eigentlich über Euch beide. Norman und dich."
„Deshalb bin ich hier", platzte Mariness heraus. Verlegen hielt sie inne und Marietta blieb auch erst einmal stumm. Clemens schloss die Tür und meinte: „Du kommst doch bestimmt wegen des Themas Hochzeit oder?"
Mariness nickte. „Ich weiß nicht so recht, wie ich anfangen soll."
„Ich weiß, aber ich werde es dir einfach machen. Marietta wollte gern Eure Hochzeit ausrichten, weil sie in dir sozusagen eine frisch angeschwemmte Tochter sieht. Ich bin jedoch der Meinung, dass Ihr, also Norman und du, selbst entscheiden solltet, wie und in welchem Stil Ihr Eure Hochzeit feiert."
Dankbar lächelte Mariness ihn an. „Ich weiß es zu schätzen, was Ihr für uns tun wolltet, aber es ist wirklich so, dass ich lieber ganz still heiraten möchte. In der Vergangenheit hatte ich genügend Rummel, der reicht für den Rest meines Lebens. Deshalb mache ich einen Vorschlag, der in Eurem Kreis sicher gut ankommt. Wie steht Ihr zu einem Sommerfest? Wir, also Norman, ich und natürlich auch Harald, könnten Jedem Rede und Antwort stehen und das würden wir auch tun. Bloß auf einer Hochzeit ist einfach ein anderes Ambiente. Ich bin nicht sicher, ob ich mich richtig ausgedrückt habe...?"
Erwartungsvoll sah sie die Adoptiveltern Ihres Bruders an; Clemens von Bendom nickte und erwiderte: „Doch hast du. Und", wandte er sich

an seine Frau, „bist du damit einverstanden?"

Marietta seufzte. „Doch, ich bin einverstanden und ich sehe ein, dass es letztendlich Eure Hochzeit ist. Doch ich hoffe, Ihr wisst, dass ich es nur gut gemeint habe."

Mariness stand auf und ging zu Marietta hinüber. Sie nahm diese etwas kühl wirkende Frau einfach in den Arm. „Das weiß ich und bemerkte eingangs schon, dass wir es sehr zu schätzen wissen, was Ihr für uns tun wolltet. Ihr tut es doch mit dem Sommerfest trotzdem. Wollen wir es so sehen?"

Marietta nickte und schluckte. „Aber du hast nichts dagegen, dass ich dich ein bisschen wie meine Tochter sehe?"

„Nein." Mariness drückte sie noch einmal, hielt sie ein wenig fest und lächelte. „Du bist meine zweite Mutter. Okay."

*

Harald befand sich auf dem Weg zu Hieronymus Griffel als ihm auf dem Bürgersteig ein verlottert aussehender Bursche entgegen kam. Er taumelte, als sei er betrunken. Harald sah ihm zufällig ins Gesicht und murmelte für sich *der ist total zu*. Die Pupillen sind nur stecknadelkopfgroß und völlig starr. Vorsichtshalber ging er ein Stück zur Seite, doch das nützte nichts. Der Typ steuerte ihn gezielt an und pöbelte gleich los: „Du bist doch einer von denen, die Roy auf dem Gewissen haben. Er ist mein Freund und bloß wegen solcher Figuren wie dir, musste er ins Gefängnis."

Harald blieb alarmiert stehen: „Wer, um Himmels Willen, ist Roy. Den kenne ich überhaupt nicht…"

„Halt die Klappe, sonst kriegst du ein paar rein. Schade, dass ich mein Messer verloren habe, sonst würde ich dir noch ganz anders Beine machen. Ramon habe ich schon erwischt. Der sagt nix mehr gegen Roy."

Schlagartig wurde ihm klar, dass er Einen aus der Bande vor sich hatte, der mit dem damaligen Angriff auf seine Schwester zu tun hatte. Ramon hatte Mariness angegriffen und unbeabsichtigt niedergeschlagen; Roy befand sich zu dem Zeitpunkt bereits in Haft und dieser Kerl war wohl der, der sich abfällig zu der Szene äußerte und keine Hilfe leistete. Mit Entsetzen erkannte er, dass der es gewesen sein musste, der Ramon ins Nirwana beförderte. Er sprach von einem verlorenen Messer.

Was mach ich jetzt? Anrufen – aber wen? Deterlich?

Inzwischen machte der Bursche einen Schritt auf ihn zu, knickte dabei aber um und landete auf dem Pflaster. Harald reagierte instinktiv, hockte sich auf ihn, zog das Handy aus der Tasche und drückte auf die SOS-Taste.

Nur Sekunden später meldete sich die Polizei und Harald gab an, wo er sei und was passiert war. Gleichzeitig bat er darum, sowohl Kommissar Deterlich als auch Horst Sandmann zu informieren.

„Bleiben Sie vor Ort. Wir sind gleich da."

Harald blieb auf dem Typen sitzen, was natürlich andere Passanten auf den Plan rief. Was das denn für ein Benehmen sei und, selbst wenn jemand so aussähe wie dieser Mann, dürfe man ihn nicht seiner Freiheit berauben. Und ähnliche Aussprüche.

Es kostete Harald einige Mühe, nicht auf diese Bemerkungen einzugehen und er war froh, als endlich ein Streifenwagen um die Ecke bog. Unmittelbar dahinter hielt ein weiteres, ziviles, Fahrzeug und zu seiner großen Erleichterung stiegen beide Kommissare aus.

„Was ist den hier passiert?"

Harald schilderte sein unangenehmes Erlebnis und äußerte die Vermutung, dass es sich wohl um den Typen handelte, der Mariness als Landpomeranze bezeichnet und in Frage gestellt hatte, dass Ramon Hellersen sich *mit sowas wie ihr* gar nicht erst abgeben würde.

Rolf Deterlich blickte ein wenig nachdenklich drein. „Das könnte zwar stimmen, aber wir brauchen die Sicherheit, dass er es wirklich ist. Ich habe den Menschen hier noch nie gesehen und was ist mit Dir?", fragte er und drehte sich zu Horst Sandmann um.

„Ich kenne ihn auch nicht."

Harald reckte sich, bog seinen Rücken in die entgegen gesetzte Richtung und dachte laut nach: „Es gibt zwei Personen, die ihn kennen müssten. Wenn auch nur vom Sehen. Das ist einmal Norman Meller, vielleicht auch Axel Dreschmann, denn die waren in der fraglichen Nacht gemeinsam unterwegs, um Mariness zu suchen…"

Währenddessen kam *Mister Drogen* langsam zu sich und richtete sich auf. „Was soll das denn?", nuschelte er. „Ihr könnt mich doch nicht einfach festhalten. Ich habe Euch schließlich nix getan!"

„Stimmt – uns nicht", bemerkte Harald, „aber deine Äußerungen von vorhin haben mir zu denken gegeben. Was meintest du damit, dass ich Schuld sei, dass dein Freund Roy im Gefängnis säße? Ich kenne überhaupt keinen Roy."

Mister Drogen wütete. „Schuld daran ist nur diese Schauspielerin in dem grauen Sackkleid. Nur sie! Warum ist sie nicht mit Ramon ausgegangen. Er wollte sie heiraten und reich ist er außerdem. Aber nein, die Dame war wohl was Besseres, dabei hat Ramon sie so verehrt und nur weil er ihr Schmuck kaufen wollte, hat er immer die Deals gemacht…"

Mit weinerlicher Stimme brach er ab und Rolf Deterlich schluckte. Verflixt, das sah ganz so aus, als wäre ihnen hier durch Kommissar Zufall ein dicker Fisch ins Netz gegangen. Aus Erfahrung wusste der Kommissar, dass man in solchen Fällen selber möglichst wenig sagte und die Leute kommen ließ. Er sah ihn also nur unverwandt an und da brach es auch schon aus ihm heraus: „Ja, da können 'se ruhig gucken! Dieses verdammte Weib ist schuld. Und ich wollte, dass sie dafür blutet und deshalb hab ich ihr den Kopf abgeschlagen. Und Ramon musste auch bluten. Er hat nämlich, bloß wegen dieser Schauspielerin, seinen Freund Roy verpfiffen. Und jetzt ist er tot."

„So, so", sagte Kommissar Deterlich ganz ruhig, „jetzt ist er tot. Wie ist er denn gestorben?"

„Na mit 'em Messer", nuschelte er. *„Ich hatte so'n tolles Messer und nu isses weg. Hat mir wohl einer geklaut. War auch nich von mir, hab ich mal irgendwo gefunden. Wo weiß ich nich mehr."*

Horst Sandmann wollte gerade etwas sagen, als er den warnenden Blick von Deterlich auffing. Dieser wandte sich an Mister Drogen und fragte: „So, gefunden haben Sie das Messer – und wo, wissen Sie nicht mehr.

Aber wir", knallte er ihm mit erhobener Stimme an den Kopf, „wir wissen, wo Sie es verloren haben, nämlich dort wo wir es später gefunden haben. In der Kirche, auf der Empore."

Mister Drogen wurde kalkweiß im Gesicht und murmelte nur noch: „Scheiße!"

Es schien, als habe sich der Drogennebel schlagartig verflüchtigt.

Sandmann nahm die Handschellen raus und sagte: „Mitkommen!"

*

Hieronymus Griffel hatte inzwischen Axel Dreschmann erreicht und die beiden Herren machten aus, sich am Abend zu treffen. Griffel schmunzelte bei dem Gedanken, dass Mariness' Vater am gleichen Theater arbeiten wollte, wie seine Tochter, aber ein gewisser Reiz war dieser Situation nicht abzusprechen.

Gemütlich lehnte er sich in seinem Lieblingssessel zurück, als es an der Haustür klingelte. Mürrisch erhob er sich und fluchte leise. Ihm wäre es lieber gewesen, noch eine Weile für sich zu haben, zumal er auch noch damit rechnen musste, dass sowohl Anneliese als auch ihr Bruder mit den drei neuen Schauspielanwärtern bei ihm auftauchten. Und er wollte eigentlich mal nicht ans Theater denken. Er öffnete die Tür und sah sich gleich fünf Personen gegenüber. Anneliese mit ihrem Bruder und die drei Schauspielanwärter strahlten ihn an und sagten: „Da sind wir, dürfen wir eintreten?"

„Natürlich, kommen Sie rein."

Die Fünf folgten Griffel ins Wohnzimmer; er dachte, eine sachliche Atmosphäre sei für den Anfang vielleicht zu beklemmend und er wollte zunächst sondieren, wie die Drei gestrickt waren. Einer davon, schon etwas älter, machte auf ihn einen professionellen Eindruck, so dass er ihn bereits in die engere Auswahl nahm. Zunächst stellten sie sich allerdings vor. Der Ältere der Kandidaten Hartmut Rödeler, berichtete, dass er schon seit Jahren an einer Werksbühne beschäftigt sei. Da diese demnächst schließen würde, suchte er ein anderes Aufgabenfeld und Griffels kleines Theater sei genau das, was ihm vorschwebte.

Hieronymus Griffel wusste um die Qualität der Vorstellungen dieser Bühne und erkannte, dass er sich damit einen echten Könner ins Team holte. Hauptberuflich war Rödeler derzeit noch Richter, hatte aber vor, in Kürze in den Vorruhestand zu gehen. Um bei Bedarf sofort zur Verfügung stehen zu können, wollte er seinen ausstehenden Urlaub dafür verwenden.

Das war ein Angebot, das Griffel angenehm berührte und er nickte. „Das nenne ich Einsatz. Ich denke, Herr Rödeler, darüber reden wir ausführlicher. Einverstanden?"

Rödeler nickte und lehnte sich zurück. Er fühlte sich angenommen und das war für ihn sehr wichtig. Wie viele Schauspieler, kämpfte er öfter mit mangelndem Selbstbewusstsein.

Als Nächster stellte sich Jens Mittelreich vor. Mit seinen dreißig Jahren sah er gut zehn Jahre jünger aus und Griffel schmunzelte in sich hinein. Abgesehen davon, dass alle Drei einen guten Eindruck machten, konnte er sich diesen Typen gut in jugendlichen Liebhaberrollen vorstellen. Auch er berichtete, dass er Hauptberuflich Industriekaufmann sei und gegenwärtig die Bilanzbuchhaltung eines ortsansässigen Unternehmens leite. Er habe früher schon als Statist gearbeitet und würde gerne umschulen. Ein entsprechendes Studium läge durchaus in seiner Absicht.

Auch hier nickte Griffel und wandte sich dann dem nächsten Kandidaten zu.

Lukas Anteil, genauso alt wie Jens Mittelreich, arbeitete noch in einem sogenannten seriösen Beruf und wollte sich verändern. Er hätte für sich das Gefühl seinem Leben nicht genug Inhalt zu geben und da sein Herz immer schon an der Schauspielerei hing, sähe er hier eine Möglichkeit.

Hieronymus Griffel sah sich die Drei noch einmal der Reihe nach an und meinte: „Ich bin beeindruckt. Sie haben sich offensichtlich sehr mit den Anforderungen dieses Berufes auseinander gesetzt und ich denke, wir werden es miteinander versuchen."

Während der ganzen Zeit hielten sich Anneliese und Jonathan zurück, doch jetzt strahlten beide um die Wette. Sie freuten sich, dass die von ihnen ausgesuchten Personen Griffels Beifall fanden. Bevor sie jedoch dazu Stellung nehmen konnten, klingelte es schon wieder.

„Himmel nochmal! Heute geht es bei mir zu wie in einem Taubenschlag. Wer ist denn das schon wieder?"

Während er vor sich hin moserte, öffnete er die Haustür. „Harald", rief er verblüfft. Was treibt dich denn um diese Zeit noch hierher?"

„Allerhand Neuigkeiten." Mit diesen Worten betrat er die Wohnung und guckte verblüfft auf die Versammlung. „Hoppla, habe ich etwas verpasst?", fragte er in die Runde.

„Nein, setz dich erst einmal und erzähle, was dich hierher geführt hat."

„Ich komme wegen des Scripts von Cyrano der Bergerac. Auf den ersten Blick sieht es aus, als seien nur wenige Darsteller erforderlich, aber wenn man sich das Ganze betrachtet, reicht das nicht."

„Stimmt – deshalb sitzen auch diese Herrschaften hier" und damit begann er die einzelnen Anwesenden vorzustellen. „Anneliese und Jonathan kennst du. Diese drei Herren sind Bewerber auf die Erweiterung unseres Teams, weil auch mir aufgefallen ist, dass das so nicht geht. Da die beiden unzuverlässigen Neulinge sich wirklich verabschiedet haben, bat ich Anneliese, über ihren Bruder geeignete und interessierte Anwärter ausfindig zumachen. Hartmut Rödeler ist der älteste der Aspiranten und hat bislang an der Werksbühne gearbeitet."

Harald nickte. „Sie kenne ich – zuletzt habe ich sie in *Alles im Garten* gesehen. Das war Klasse!"

„Oh, vielen Dank."

Hieronymus wies mit der Hand auf Jens Mittelreich und Lukas Anteil, die beide auch auf Harald einen guten Eindruck machten.

„Ich habe den Eindruck, willkommen sagen zu können", meinte er und wandte sich an Jonathan und Anneliese.

Diese freute sich offensichtlich und bemerkte. „Jetzt fehlt eigentlich nur noch einer. Axel Dreschmann."

Harald guckte etwas irritiert.

„Mariness' Vater? Was soll er denn dabei?"
„Ganz einfach; er hat sich gestern entschlossen, seinen Ruhestand mit etwas Sinnvollem auszufüllen und möchte bei uns mitmachen."
„Mich laust der Affe!"

*

Währenddessen ging Mariness nach Hause und war froh, das Thema Riesenhochzeit abhaken zu können. Sie freute sich auf eine kleine Feier im Kreis der Menschen, die sie um sich haben wollte und wusste, dass Norman diese Wendung ebenfalls begrüßte. Auch er war kein Freund großer Zusammenkünfte. Sie erinnerte sich gut an den Auflauf, den es in der Reha gab, als plötzlich dieser Reporter auftauchte. Inzwischen stand sie sich mit Jonathan Brinker, so sein Name, recht gut, er war einer von denen, die wenigstens nicht das Blaue vom Himmel schrieben. Und vor allen Dingen, so stellte sie grinsend fest, kam sie dabei immer besonders gut weg.

Vergnügt schloss sie die Tür auf und sah auf die Uhr. Norman war heute zum Leiter einer außergewöhnlichen Probe eingesetzt, da die Requisiten besprochen werden mussten. Mariness schlug vor, einfach nur einen Teppich auf die Bühne zu legen und einen Sessel darauf zu stellen, damit Roxane publikumswirksam sitzen konnte. Das lehnte Hieronymus strikt ab.

„Viel zu banal", rief er aus. „Roxane muss dem Publikum als unglückliche Figur regelrecht ins Auge springen. Denn sie ist im gewissen Sinne tragisch. Sie liebt den Falschen und weiß es nicht, wogegen das Publikum im Bilde ist. Das muss voll zur Geltung kommen. Nein, nein! Dazu müssen wir uns etwas anderes einfallen lassen. „Norman!", sagte er und drehte sich zu ihm um, „gehst du heute Abend ins Theater und klärst das mit dem Requisiteur?"

„Okay, mach ich." Insgeheime grummelte er – *warum bin ich bloß Schauspieler geworden... das ist alles andere als gemütlich.*

Mariness stand in der Küche und überlegte, was sie als kleinen Imbiss herrichten konnte. Sie wusste, wenn Norman später heim käme, würde er hungrig sein, aber nur eine Kleinigkeit essen wollen. Also öffnete sie den Kühlschrank und begutachtete den Inhalt. Während dessen klingelte ihr Handy.

„Mariness Dreschmann", meldete sie sich.

„Rolf Deterlich", kam es vom anderen Ende zurück. „Erinnern Sie sich an mich?"

„Aber ja, Herr Kommissar. Wie könnte ich Sie wohl vergessen! Was kann ich für Sie tun?"

„Ich weiß, es ist eine absolut unchristliche Zeit, aber wir brauchen Sie auf der Wache. Es sieht so aus, als hätten wir den Täter gefasst."

Mariness fragte nicht nach, welcher Täter. Es war klar, dass es sich nur um den handeln konnte, der Ramon Hellersen auf der Theaterbühne abgelegt hatte.

„Ich komme. Ich werde mir ein Taxi nehmen müssen, Herr Meller ist noch im Theater. Er sollte heute Abend eine Besprechung mit dem Requisiteur leiten."

„Sie brauchen kein Taxi. Ich komme zu Ihnen, lade sie ein, fahre mit Ihnen zum Theater und wir werden sehen, wieweit Herr Meller ist. Den brauchen wir nämlich auch. Dann können Sie gleich beide mit aufs Revier kommen. Ist das so recht?"

„Ja, natürlich. Ich bin fertig und warte auf Sie."

Es dauerte noch keine zehn Minuten bis der Streifenwagen vorfuhr. Mariness grinste in sich hinein. *Das müssten die zwei Klatschbasen, die neben Hieronymus wohnen, jetzt sehen. Ach du lieber Gott, denen bliebe sicher wieder der Mund offen angesichts dieses unmoralischen Völkchens vom Theater. Jetzt haben sie auch noch mit der Polizei zu tun!!!* Bevor Deterlich klingeln konnte, stand Mariness vor der Tür. Etwas beklommen war ihr doch zumute, aber sie lächelte freundlich und meinte: „Man spricht immer von dem Täter war es überhaupt ein Mann?"

„Ja. Und wir, also Kommissar Sandmann und ich, sind der Meinung, dass Sie und auch Herr Meller den Typ kennen müssten."
Nachdenklich guckte Mariness den Kommissar an. „Das kann ich mir nicht vorstellen. In solchen Kreise verkehre ich nun wirklich nicht."
Deterlich lachte. „Nein, das ist uns klar. Aber es gab einen Typen, der mit Ihnen sprach, nachdem Sie auf dem Straßenpflaster wieder zu sich kamen. Erinnern Sie sich?"
„Jaaa – aber ziemlich vage. Das war so ein herunter gekommener Kerl, der mich als Landpomeranze betitelte."
„Genau der! Und er hat es bereits zugegeben."
„Wie bitte?"
„Nun, er stand gewaltig unter Drogen als wir ihn aufgabelten. Dass wir ihn überhaupt schnappten, haben wir Ihrem Bruder zu verdanken. Aber die Geschichte lassen Sie sich besser von ihm selbst erzählen. Immerhin beschuldigte Sie dieser Kerl, an allem, was passierte, Schuld zu sein. Sie hätten den wiederholten Einladungen von Ramon Hellersen folgen müssen. Er wollte Sie doch wohl heiraten… Und weil Sie das nicht taten, begann Ramon zu dealen, er wollte Ihnen Geschenke machen, die er nicht bezahlen konnte. Sein Vater hielt ihn ziemlich kurz. Und eben weil Sie Ramon nicht erhörten, gab er Ihnen die Schuld und schlug Ihnen symbolisch den Kopf ab. Das war in der Kirche und Ramon musste dran glauben, weil er seinen Freund Roy verpfiff und der daraufhin im Gefängnis landete."
„Herr Kommissar! Können Sie sich vorstellen … ich und dieser Dummkopf Ramon? Das darf nicht wahr sein! "
Mariness regte sich fürchterlich auf und Kommissar Deterlich lachte.
„Beruhigen Sie sich. Ich habe nichts dergleichen angenommen aber das ist die Aussage von Mister Drogen – so tauften wir ihn, da wir zu dem Zeitpunkt keinen Namen wussten. So, los jetzt. Erst zum Theater und dann sehen wir weiter."

*

Normann seufzte, sah den Requisiteur an und meinte: „Das wird eine schwierige Geburt. Die Bühnenausstattung muss so prägnant wie das Stück sein, darf aber die Szenen nicht beherrschen."

„Genau. Lassen Sie mich mal machen. Übermorgen bekommen Sie die ersten Vorschläge und dann wird Herr Griffel auch noch etwas dazu sagen ... wie ich ihn kenne." Letzteres kam mit einem leichten Grinsen heraus.

„Gut, machen wir für heute Schluss. Das Wesentliche haben wir besprochen und jetzt geht es ab in sämtliche Betten. Spät genug ist es. In diesem Moment hörte Norman die Eingangstür, die noch nicht abgeschlossen war.

„Wer soll das denn sein?"

„Norman", hörte er Mariness' Stimme. Bist du noch hier?"

„Ja, wir machen gerade Schluss."

„Das ist schön", meldete sich Kommissar Deterlich zu Wort. „Aber mit *ab in sämtliche Betten* ist erstmal nix. Wir brauchen Sie auf dem Revier. Wie es aussieht, haben wir den Täter."

*

Hieronymus sah verstohlen auf die Uhr. Gleich Mitternacht. Hundemüde hoffte er, das Fachgeplänkel neigte sich dem Ende zu. Er musste zugeben, dass die Leute, die sich hier trafen, sowohl interessant als auch interessiert waren. Axel Dreschmann stieß erst am späteren Abend zu dem Grüppchen und fühlte sich, wie man gleich sehen konnte, ausgesprochen wohl.

„Ich glaube", sagte er zu Hieronymus, „in diese Truppe könnte ich mich gut integrieren. Vorausgesetzt, du lässt mich mitmachen."

„Das sieht so aus. Allerdings, kommst auch du nicht ums Lernen herum. Für den Anfang gibt es Statistenrollen und ich hoffe, du bist damit einverstanden. Abgesehen davon, dass wir in dem Stück noch einige Statisten brauchen und wir ohnehin knapp in der Besetzung sind."

Die drei anderen Anwärter, Hartmut Rödeler, Jens Mittelreich und Lukas Anteil, nickten. „Damit sind auch wir vollends einverstanden. Bis auf Hartmut Rödeler haben wir nur begrenzte Theatererfahrung. Herr Rödeler sticht uns diesbezüglich erst einmal aus."

Dieser bekam rote Wangen und meinte: „Ich möchte mich aber nicht aufdrängen."

„Wer spricht hier von Aufdrängen." Hieronymus Griffel lachte. „Kinder fangt bloß nicht so an – ich dachte, wir sind uns einig."

Damit stand er auf, ging ins benachbarte Büro und holte drei Scripts. „So, damit Sie sich einlesen können. Da die Zeit drängt, schlage ich vor, wir treffen uns Morgen wieder. Wenn es Ihnen recht ist, am späteren Nachmittag. Sagen wir um siebzehn Uhr?"

Alle nickten, standen auf und in dem Moment, man sollte es nicht glauben, klingelte das Telefon.

„Das ist doch wohl nicht wahr! Es ist Mitternacht. Das ist eine Unverschämtheit."

Griffel starrte den Apparat wütend an und überlegte, ob er den Anruf überhaupt annehmen sollte. Dann entschloss er sich, es doch zu tun und hörte zu seiner Verwunderung die Stimme von Norman Meller.

„Entschuldige bitte, Hieronymus, ich weiß, das ist eine unchristliche Zeit. Ich hoffe, du hast hoffentlich noch nicht geschlafen."

„Nein, habe ich nicht. Wir sind hier gerade mit unserer Besprechung fertig geworden. Jonathan hatte uns doch drei Anwärter für unser Team versprochen und die Herren sind noch hier. Um was geht es denn?"

„Der Täter, der Ramon ins Nirwana schickte, ist gefasst. Es wäre sicher nicht schlecht, wenn du mit zum Revier kämest. Das heißt, Axel müsste dabei sein. Er hat den Typen damals ebenfalls gesehen. Wir stehen hier unten vor der Tür."

„Wer ist wir?"

„Mariness und Kommissar Derterlich."

„Da bleibt mir wohl nicht anderes übrig. Ich verabschiede meine Gäste und komme mit Axel nach draußen…"

„Danke und bis gleich."

Aufatmend sah Deterlich sich um. „Ich glaube, diese Geschichte kriegen wir heute Nacht noch zu Ende."

In dem Moment traten alle, auch Jonathan Brinker aus dem Haus. „Darf ich gleich mitkommen?", fragte er.

Deterlich guckte etwas säuerlich und nickte erst bestätigend, als Norman ihn aufklärte, wer Jonathan war und dass dieser zu den Journalisten gehörte, die vertrauenswürdig berichteten.

Allerdings verdonnerte er ihn dazu, die Geschichte erst dann an die Redaktion weiterzugeben, wenn er – Deterlich – sein Okay geben würde. Das versprach Jonathan, weil er wusste, dass der Kommissar Wort hielt und er ganz bestimmt seine Story bekam.

*

Horst Sandmann saß einfach nur da und wartete. Er wusste, dass der Typ vor ihm immer nervöser wurde. Und dann kam es auch: „Ich weiß gar nicht mehr, was ich gesagt habe. Immerhin stand ich unter Drogen, und das haben Sie gesehen."

„Natürlich. Womit Sie bereits gegen das Betäubungsmittelgesetz verstießen. In Ihrer Tasche befanden sich mehrere Tütchen mit einem weißen Pulver, was derzeit im Labor analysiert wird. Das bedeutet, dass Sie Drogen nicht nur für den Eigengebrauch, sondern zum Verkauf mit sich führten. Das ist, für sich allein gesehen, eine Straftat. Bevor wir weitermachen, nennen Sie uns jetzt Ihren Namen."

„Nein!"

„Wie bitte? Okay, das geht auch anders. Sie sind immerhin polizeibekannt; wir werden Ihr Gesicht scannen und der Computer sagt uns, wer Sie sind. Das ist heutzutage kein Problem mehr."

„Gerald Knappes."

„Na bitte – geht doch. Jetzt warten wir nur noch auf die Leute, die Sie sahen, als Frau Dreschmann an dem Abend auf dem Pflaster lag und Sie keine Hilfe leisteten, sondern sie beschimpften."

Im Hintergrund hörte Sandmann Autotüren zuschlagen und atmete erleichtert auf. Rolf Deterlich betrat den Raum in Begleitung derer, die Gerald Knappes gesehen hatten oder eventuell gesehen haben könnten. Beim Anblick von Mariness verfärbte er sich und zischte: „Das bist du Schuld, nur du allein. Warum hast du dich nicht auf Ramon eingelassen, dann wäre dass alles nicht passiert."

Hieronymus sah den Mann ebenfalls an und zuckte die Achseln. „Kenn ich nicht."

„Aber ich!" Axel Dreschmann wandte sich um. „Ich habe am Abend, als das mit Mariness passierte, nicht nur Ramon Hellersen gesehen, sondern auch ihn. Nur war mir nicht klar, welche Rolle er spielt. Ich dachte einfach nur, dass dieser Hellersen ausgesprochen unangenehme Freunde hat."

Kommissar Deterlich seufzte. „Wir haben sein Geständnis."

Bevor er zu Ende sprechen konnte, rief Knappes dazwischen. „Das widerrufe ich. Ich war nicht bei Sinnen als ich diesen Blödsinn von mir gab."

Im Vernehmungszimmer stand die Luft, die Beteiligten waren hundemüde und wollten nur noch nach Hause. Da die Verdachtsmomente ausreichten und Knappes sich in Widersprüche verwickelte, durfte er die Nacht in einer Zelle verbringen.

Morgen würde man weitersehen.

Gerald Knappes verließ am nächsten Morgen in Handschellen seine Zelle. Das wurde von Hort Sandmann angeordnet, der sich ein entsprechend unterwürfiges Verhalten des Mannes versprach. Diese Rechnung ging auf. Knappes lamentierte los: „Was soll das – ich habe gar nichts getan."

Sandmann ließ ihn reden, stellte lediglich einen Kaffee auf den Tisch und deutete ihm an, dass der für ihn sei. Zigaretten gäbe es keine. Im Vernehmungsbüro war ebenso Rauchverbot, wie in den einzelnen Büros. Wenn sich auch nicht immer alle dran hielten. *Rolf Deterlich wurde öfter als einmal erwischt. Er argumentierte immer: Mit Zigarette kann*

ich besser denken. Und Denkarbeit erwartet ihr doch von mir. Schmun-
zelnd ließ man ihn paffen; bloß wenn der große Boss im Anmarsch war,
warnten sie ihn, damit er rechtzeitig verschwand und das Fenster noch
aufgerissen werden konnte.

Sandmann schob den amüsanten Gedanken beiseite und widmete sich
wieder Gerald Knappes.

„So, dann wollen wir mal. Ihre Argumentation stinkt schlichtweg zum
Himmel. Sie machen also eine junge Frau, die lediglich nicht mit ihrem
Freund gehen wollte, dafür verantwortlich, dass Ramon Hellersen dealte
und Ihren Freund Roy verpfiff, so, dass der im Gefängnis landete. Das
habe ich auch noch nicht gehört. Tatsache ist aber, dass Sie ebenfalls
mit Rauschgift handeln. Das ist für sich gesehen, wie schon erwähnt,
eine Straftat. Wenn auch zweitrangig. Absolut erwiesen ist das Tötungs-
delikt an Ramon Hellersen. Sie haben ihn auf dem Gewissen und das
mit einem Messer, das Sie nicht irgendwo gefunden, sondern geklaut
haben. Wir wissen, wem das Messer gehört und auch, seit wann der Be-
treffende es vermisst. Das passt zeitlich genau zusammen. Tja, Gerald
Knappes, das sieht nicht gut für Sie aus. Der jungen Frau symbolisch
den Kopf abzuschlagen, wäre lediglich ein mehr als makaberer Scherz
gewesen, das Andere ist für einen normalen Menschen nicht nachvoll-
ziehbar. Wir können außerdem beweisen, dass Sie der Täter sind. Auf
der Empore fanden wir das Blut von Ramon und Sie haben deutliche
Fingerabdrücke auf dem Messergriff hinterlassen. Die Tat geschah in
der Kirche, auf der Empore. Wie Sie es geschafft haben, Hellersen ins
Theater und auf die Bühne zu bugsieren, werden Sie uns erklären müssen. Runter geworfen haben Sie ihn nicht, denn dann wäre auch unten
Blutspuren zu finden gewesen. Wir werden also die erforderlichen
Schritte veranlassen und Sie bleiben in Untersuchungshaft. Der Staatsanwalt ist eingeschaltet."

Gerald Knappes senkte den Kopf und sagte nur noch. „Ich will einen
Anwalt."

„Haben Sie einen?"

„Nein."

„Dann werden wir einen Pflichtanwalt stellen. Und das war's dann erst einmal."

Sandmann sah Gerald Knappes an wie ein widerliches Insekt und gab den Wachmännern an der Tür ein Zeichen: „Abführen."

*

Völlig durchgedreht und übermüdet hatten die Anderen den Heimweg angetreten. Norman gähnte ausgiebig und meinte: „Hundemüde bin ich ja, aber ob das mit dem Schlafen so klappt ...?"

Hieronymus verabschiedete sich und war der gleichen Meinung. „Zu allem Überfluss haben wir morgen früh – ach nein – heute früh (!), auch noch Probe. Da hilft alles nix, denn unsere drei Neuen sind mit dabei. Sie wollen sich so schnell wie möglich einarbeiten und ich drückte ihnen gestern Abend die Scripts in die Hand. Wie ich die Herren beurteile, schlafen die auch noch nicht."

Axel Dreschmann guckte etwas verwirrt. „Richtig, ich habe das Rollenbuch auch schon. Es liegt aber im Auto von Norman und das muss ich mir noch schnell rausholen."

„Keine Panik. Wenn du es zur Probe mitbringst, reicht das erst einmal. Schließlich war das ein Ausnahmezustand, den niemand ahnte. Aber ein oder zwei Nachtschichten werden wir wirklich einlegen müssen. Es wird eh schon arg knapp." Mit diesen Worten ging er ins Haus.

Am nächsten Morgen standen alle pünktlich auf der Matte. Die drei Neuen genauso wie Axel Dreschmann. Mariness hatte nur halb mitbekommen, dass ihr Vater sich ebenfalls dem Theater zuwenden wollte und staunte nicht schlecht. „Na, das nenn ich eine Überraschung! Ich wünsche dir viel Glück. Norman drückte ihm die Hand und sagte: „Toi – toi – toi, ich schätze, das kannst du brauchen."

Etwas beklommen ging Mariness' Vater zur Bühne und stellte sich, wie seinerzeit Mariness, erst einmal in die Ecke neben der Kiste. Mariness sah es und schmunzelte in sich hinein. *Die Kiste hat was*, dachte sie und blätterte in ihrem Script. Dann ging es los.

Hieronymus sagte zu den einzelnen Passagen; wie und was er sich vorstellte. Natürlich hatten alle drei Alteingesessenen etwas anzumerken. Im Gegensatz zu den Proben für die Komödie *Graf Maxl* hielten sich die Kommentare in Grenzen. Das Stück war schwierig und alle verwendeten ihre Kraft auf die Szenen. Norman stöhnte und hätte am liebsten sämtliche Reime zum Teufel gewünscht.

Mariness war insofern besser dran, als dass ihre Passagen kürzer ausfielen. Einfacher wurde es dennoch nicht, weil sie sich zu sehr von Hintergrundgeräuschen ablenken ließ.

Axel Dreschmann sah dieses Mal einfach nur zu und überlegte währenddessen, ob er das überhaupt schaffte. Er hatte sich das bei weitem nicht so anstrengend vorgestellt und bekam eine Ahnung, was ihn nächstens erwartete. Konzentration pur. Mariness sah zu ihm herüber und grinste. *Du kleiner Teufel*, dachte er. Und damit war das Fundament gelegt: Jetzt erst Recht!

Nach vier Stunden stand das Grobraster und die Besatzung ging zum Mittagessen.

Anneliese war mit von der Partie und setzte sich neben Axel Dreschmann. Der wandte sich seiner Gesprächspartnerin zu und erzählte, was er sich vorstellte. Anneliese hörte aufmerksam zu und es dauerte nicht lange, bis die Beiden ausschließlich mit sich beschäftigt waren.

Mariness sah mit Vergnügen, wie ihr Vater auftaute und hoffte sehr, dass die Beiden sich auch künftig gut verstünden.

Die vergangene Nacht steckte allen noch in den Gliedern und Hieronymus meinte: „Sollen wir für heute aufhören?"

Norman sah die drei Neulinge an. „Und … Schluss für heute?"

„Nein", kam es einstimmig. „Es ist verdammt anstrengend, aber, Hartmut Rödeler sah seine Mitstreiter an, ich denke, wir machen weiter. Wenn ich das richtig beurteile, reicht die Zeit für Pausen nicht aus."

Das war Wasser auf Hieronymus' Mühle. „Bravo, meine Lieben, das nenne ich einen harten Einstieg. Also, auf geht es."

Tief durchatmend machte sich die Besetzung erneut auf und marschierte zur Bühne. Dort war ohnehin noch keine Kulisse, doch der Requisiteur kam vorbei und hörte eine Weile zu. Zu Norman meinte er: „Das hilft mir beim Nachdenken, wie und wo eventuell aufgebaut werden muss. Wenn Sie Lust haben, können Sie gleich nochmal zu mir kommen. Ich habe ein paar Ideen aufgezeichnet."
„Soll Herr Griffel auch mitkommen?"
„Mir ist lieber, Sie kommen erst einmal allein. Wenn Sie nämlich schon etwas abgesegnet haben, ist der Intendant leichter zu überzeugen." Dabei grinste er schelmisch und Norman dachte: *es ist Gold wert, wenn eine Crew solange zusammen arbeitet.*
Nach weiteren drei Stunden hatten alle die Nase voll und wurden sich einig, Schluss zu machen.
Mariness, Norman und Harald gingen gemeinsam aus dem Haus und Harald kam noch einmal auf das Thema Hochzeit zurück.
"Bist du mit meinen Eltern klar gekommen?", fragte er Mariness. Diese nickte und gab einen kurzen Lagebricht, worauf Norman erleichtert sagte: „Ehrlich! Ich bin heilfroh, dass das nicht so ein Riesenrummel wird. Die Idee mit dem Sommerfest ist prima, denn auf eines könnt Ihr Euch verlassen, diese Gelegenheit lässt Jonathan sich nicht entgehen. *Seine* Mariness heiratet! Na, wenn dass keine Story wird."

*

Penelope Deterlich, die Eheferau des Kommissars, machte sich auf den Weg zum Krankenhaus, um die Obduktion an Ramon Hellersen vorzunehmen. Rolf zeigte ihr das gefundene Messer und sie identifizierte es als das Messer ihres Exmannes Leonhard Angelika da Vinci.
Die Fingerabdrücke waren eindeutig und die Spurensicherung leistete ganze Arbeit, indem sie die Puzzleteile zusammensetzte und diese ge-

nau das Bild ergaben, was sowohl Kommissar Sandmann als auch Rolf Deterlich herausgefunden hatten. Für die Szene in der Kirche hatten alle bloß ein verständnisloses Kopfschütteln übrig.
Für Gerald Knappes war der Zug abgefahren. Er saß in Untersuchungshaft: Bis es zu seinem Prozess käme, würde noch eine Weile vergehen. Seine Schuld war einwandfrei erwiesen, der bevorstehende Prozess dürfte keine Überraschungen zutage fördern.

Jonathan bekam von Rolf Deterlich grünes Licht und durfte als Erster die Story an die Redaktion geben. Für ihn bedeutete das sehr viel. Journalisten hatten es heutzutage schwer, vor allem, weil die Berichterstattung oftmals haarsträubenden Schilderungen unterworfen war und er sich mit seinen konkreten Darstellungen, die sich strikt an die Wahrheit hielten, mittlerweile einen guten Namen machen konnte. Es meldeten sich schon andere Zeitungen, doch Jonathan hielt seinem Blatt die Treue. Sie gaben ihm Arbeit als er noch ein junger Spund war und das vergaß er nie. Seine Devise hieß: Was mir Gutes getan wurde, vergesse ich nicht und lohne es mit absoluter Treue.

*

Die Proben für Cyrano de Bergerac liefen auf vollen Touren. Die Darsteller bekamen das Gefühl, schlafen sei Luxus. Teilweise übermüdet, manchmal reizbar, doch im Großen und Ganzen verträglich gingen sie alle am Tag der Generalprobe mittags Pizza essen. Hieronymus meinte, das müsse sein, sonst würde ihm die Crew abends zusammenbrechen.
Anneliese Brinker und Axel Dreschmann, Mariness' Vater hatten sich in den vergangenen Wochen, zu Mariness' Belustigung, angefreundet und Anneliese beriet ihn so gut sie konnte. Axel stöhnte öfter als einmal: „Himmel, das habe ich mir ganz anders vorgestellt. Ich habe Mariness belächelt, wenn sie abends heimkam und sagte, sie sei völlig erschlagen. Jetzt weiß ich, was sie meinte. Ich bin das nämlich auch.

Da Mariness den überwiegenden Teil der Zeit bei Norman verbrachte, machten Anneliese und Axel es sich zur Gewohnheit, nach den Proben entweder zu ihm oder zu ihr zu gehen und dort gemeinsam eine Kleinigkeit zu essen. Anneliese hörte ihm immer wieder die Rolle ab und gab Hilfestellung, wenn er Schwierigkeiten hatte, die Regieanweisungen von Hieronymus umzusetzen. Für Axel wurde sie unentbehrlich und er bemerkte, dass es mehr war, was sie verband. Doch diesen Gedanken behielt er erst einmal für sich.

Die Generalprobe lief besser als erwartet und Hieronymus war zufrieden. Mariness patzte zweimal, was er an ihr gar nicht kannte und hinterher musste er sie zur Seite nehmen: „Mariness, breche bitte nicht in Tränen aus. Ich weiß, dein Ehrgeiz lässt einen Patzer nicht zu, aber du bist ein Mensch, keine Maschine. Und mir ist es lieber, du haust mal daneben, als wenn du auf der Bühne stehst und das Publikum nimmt dir deine Rolle nicht ab. Also – schlaf drüber und morgen läuft alles wie am Schnürchen. Versprochen!"
Mariness nickte, doch man sah ihr die Unzufriedenheit mit ihrer Leistung an. Norman kann hinzu, nahm sie in den Arm und hielt sie nur einen Moment fest.
„Du hast anscheinend nicht mitbekommen, dass dein Brüderchen auch ganz schön rumgestottert hat."
„Doch", und da grinste Mariness, „das hab' ich ihm nach dem letzten Rüffel, den er mit verpasste, auch gegönnt."
„Dachte ich mir, du bist manchmal ein kleines Biest."
„Muss ich bei dem Bruder auch sein."
Damit zogen sie sich um und machten sich auf den Heimweg.

*

Am nächsten Abend. Premiere. Das Theater war voll besetzt und die Darsteller schwitzten hinter der Bühne. Es war keiner dabei, der nicht unter Lampenfieber litt. Die Rollen waren äußerst anspruchsvoll – sie

hatten bei den Proben schon ihr Bestes gegeben und nun befiel sie die Angst, es könne nicht genug sein. Alle galten als gute Schauspieler und die sind eben nicht unbedingt mit starkem Selbstbewusstsein gesegnet. Harald hatte schweißnasse Hände und Mariness war blass um die Nase. Der Einzige, dem man keine Aufregung anmerkte, war Norman. Der feixte, als man ihn darauf ansprach. „Doch, meine Lieben, ich bin ebenso nervös wie ihr, aber ich habe eine Extra-Ladung Schminke im Gesicht. Damit sieht man nicht, dass ich käseweiß bin…"
Damit schlug er den Knoten durch, alles lachte und Hieronymus atmete erleichtert auf. Norman hatte es wieder einmal geschafft, seine Crew zu beruhigen. Was täte er nur, wenn er diesen Mann nicht hätte.
Damit drehte Norman sich um und sah Hieronymus ins Gesicht. Der griemelte wissend. „Lass nur, auf mich kannst du dich verlassen."
Hieronymus nickte nur und wandte sich der Bühne zu. Es ging los.

*

Letzter Aufzug:
Roxane sitzt im Sessel, den Kopf in die Hände gestützt und starrt aus dem Fenster. Sie wartet auf Cyrano und zürnte mit sich. Nach dem Tod ihres Geliebten Christian von Neuvilette ging sie in ihrer Trauer für vierzehn Jahre ins Kloster und bemerkte erst jetzt, dass sie all die Jahre den falschen Mann liebte. Nicht Christian war der Poet, der ihr diese wunderbaren Briefe schrieb, es war Cyrano. Sie konnte sich selbst nicht verstehen, dass sie nicht früher bemerkte, dass er sie liebte. Sie war ihm zugetan, immer schon, doch geblendet von dem guten Aussehen ihres Christian hatte sie Cyrano einfach nicht wahrgenommen. Doch heute war Sonntag. Er würde gleich kommen. Cyrano kam immer sonntags. Sie würde es ihm gleich sagen…
Im Hintergrund hörte sie, wie die Tür zuschlug und das Hausmädchen einen Schrei ausstieß. Bevor sie hinausgehen und nachsehen konnte, kam Cyrano durch die Tür. Doch wie sah er aus. Verdreckt und blutend sank er vor ihr auf die Knie. Roxane umfing ihn mit ihren Armen. Er

sah sie unverwandt an. „Ich wurde Opfer eines Attentates und ich habe dich immer geliebt", konnte er gerade noch sagen, dann schloss er die Augen.
Roxane hielt ihren Cyrano in den Armen, beugte sich über ihn und das Publikum sah einen ergreifenden Auftritt. Roxanes Schultern bebten und jedem im Zuschauerraum ging diese Szene unter die Haut. Als der Vorhang fiel, war es mäuschenstill. Es dauerte länger als eine Minute, dann setzte frenetischer Beifall ein. Achtmal mussten die Darsteller auf die Bühne, bis sich der Vorhang zum letzten Mal schloss.

Aufatmend hielten Norman und Mariness sich an den Händen.
Hieronymus stürzte auf die beiden zu und jubilierte: „Kinder, dieses Finale war hinreißend. Das macht Ihr bitte jetzt immer so…"
Norman fasste sich als erster. „Lieber Hieronymus, das würden wir gewiss gern tun, aber nochmal geht es *so* nicht."
„Warum?"
„Weil Mariness das, was ich ihr sterbend in der letzten Szene erzählte, jetzt schon kennt und dann hat es keine Wirkung mehr."
„Du hast ihr etwas *erzählt*?"
„Ja, ich war in der Theaterpause kurz daheim und habe den Briefkasten geleert. Und dabei" … lachend hielt er ein Dokument in den Händen, „habe ich das heraus geholt. Meine Geburtsurkunde aus England. Wir können jetzt wirklich in vier Wochen heiraten."

Hieronymus bekam einen Lachanfall. „Sag bloß, das hast du Mariness erzählt, während sie vor Trauer verging?"
Mariness schaltete sich ein. „Genauso war es. Aber meine Schultern bebten wirklich … bloß vor Lachen. Damit drehte sie sich zur Norman um: „Du bist absolut unmöglich."
„Weiß ich", antwortete er selbstzufrieden. „und damit wirst du ab sofort leben."

***

Erschienen 2015
bei BoD Norderstedt
Books on Demand

Geschichten aus der Zeit zweier
Deutscher Staaten

Erschienen 2016
bei BoD Norderstedt
Books on Demand

Tiergeschichten für kleine und
auch große Kinder

Erschienen 2017
bei BoD Norderstedt
Books on Demand

…ein bisschen hiervon und ein
bisschen davon – alles was eine
gemütliche Lesestunde ausmacht

Erschienen 2018
bei BoD Norderstedt
Books on Demand

Was tut eine Ente vor der Schran-
ke? Diese und andere Kuriositäten
sorgen für vergnügliche Lektüre.